ヌリタス ～偽りの花嫁～
下

Jezz
✦
Illustration
なおやみか

gabriella books

ヌリタス～偽りの花嫁～　下

c o n t e n t s

第56話　ヒースフィールドの夜

ヒースフィールドに夜が訪れた。

モルシアーニ家のテントでは、時々薪《まき》が落ちる音以外、何も聞こえなかった。

ヌリタスはガウンで体を包んだまま椅子に座っていた。とても長い一日が終わろうとしている。

（どうして、こんなところまで来てしまったのだろう）

名無しの子どもはヌリタスという名前を与えられ、メイリーン・ロマニョーロになり、そして今は公爵夫人と呼ばれるようになっていた。

一年も経《た》っていないのにすごく長い道のりだった。

（ここから私がいなくなったら……公爵様は寂しいと思って下さるだろうか。少しでも私を恋しいと思ってくれるだろうか）

自分は、公爵が自分の目の前からいなくなったらと想像しただけで、心が冷たくなり、そしてたまらなく寂しくなる。思わず背筋が震えた。


「もっと火を強くしようか」

公爵が濡《ぬ》れた髪のままテントの中へ入ってきた。

ヌリタスは驚いたせいでさらに背中に力が入り、下腹部にひんやりとした痛みを感じた。

「いいえ。十分暖かいです」

これは、火を強くしたからといって解決できる類の寒さではない。ヌリタスは彼に無駄な心配をかけたくなくて、平気なフリをした。

ルーシャスはすぐに柔らかい毛皮の上に体を投げた。

「疲れる一日だった。そうだろ？」

「はい。今日一日、お疲れ様でした」

ヌリタスはそう言うと顔を背けた。テントに穴が空いてしまうのではないかと思うほど不自然に目をそらしていた。

「……夫人、そろそろこちらに来て休まないか」

公爵の深みのある声は刺激的だった。

「先にお休みくださいませ。私は少しやることが残っておりまして」

硬い椅子につらそうに座り、手に本や針すら手にしていないこの状況でその発言は、あまり説得力がなかった。だがこれがヌリタスにできる最善の策だったのだ。

いた。

（狼《おおかみ》さえいなければ……）

公爵はそれ以上強要せずに、ヌリタスを見てほほえんで
それからどのくらいの時間が経っただろうか。

「あなたがここで体調を崩してしまえば、母君は悲しむだろうな」

公爵は彼女にとっての最大のカードを投げた。そしてすぐに彼女はそれに反応を示した。

ヌリタスは公爵の言葉を聞き、その通りだと思った。

このまま木の椅子に座って夜をあかすわけにもいかない。ゆっくりと椅子から立ち上がる。

できるだけ公爵と目を合わせないように気をつけながら、とてもゆっくりと歩いた。

ヌリタスは最大限に体を離そうと、毛皮の端にちょこんと座った。

すると反対を向いていたはずのルーシャスが、いつの間にかヌリタスをじっと見つめていた。

「あなたが横になってくれれば俺も眠れる気がするのだが」

「あ、はい……」

ヌリタスは、自分のせいで疲れた公爵が休めないのはいけないと思ったのだろう。最大限、体は離したままで毛皮の隅で横になった。

手を伸ばせば触れられる場所に彼女がいるということが、公爵はとても嬉《うれ》しかった。

公爵の居城のベッドはとても大きくて、二人で横になっても指が触れることなどなかったからだ。

「今思うと、寝室のベッドが無駄に大きすぎるな」

「え？」

ルーシャスの独り言にヌリタスは驚いて声を出した。つい心の中の言葉を口に出してしまったルーシャスは、咳払《せきばら》いをしてごまかした。

公爵は、さっきテントの前でセザールと交わした会話を思い出した。

『公爵様、さすがに狭くないですか？　二人では使いづらいでしょうに、なんとかもうひとつ寝床を用意しましょうか』

『断る』

『で、では、掛け布団だけでももうひとつ持ってきます。

あれをお二人で使うつもりですか？』

『それも断るよ。セザール・ベイル』

セザールは、公爵の意図を全く読み取れない時がある。

絶好の機会を手に入れてルーシャスは一人で満足そうな表情を浮かべていた。


時間が経つにつれて、テントの並ぶヒースフィールドは人々の寝息の音に包まれた。

ヌリタスは緊張した様子で、身を固くしていたが、疲労が溜《た》まっていたのだろう。やがて彼女の腕は力なく床に落ちた。

「全く、意地っ張りだ」

ルーシャスはヌリタスの寝息が一定になり、深く眠ったことを確認すると、手を伸ばして彼女の腰を内側に引き寄せた。

布団もかけずに体を丸めていたせいで、彼女の体は冷えていた。ルーシャスは布団を引っ張り、彼女の体をキュッと包んだ。

それでも寒いのか、体を縮めるヌリタスを見て、布団の上から彼女の体を抱きしめ、彼女の頭に唇を当てた。

目覚めている時も、こんなふうに優しく抱きしめてあげたかった。二人の気持ちに速度の差はあったが、今は同じ気持ちのはずだった。

彼女よりも先に自分の気持ちに気がついた自分が彼女の心が完全に開くのを待つつもりだった。

（それが俺の傲慢だとしても）

少しずつ体温が上がってきたヌリタスの寝息に耳を傾けながらルーシャスも目を閉じてみた。

ずっと昔に感じたことのある暖かくて幸せな気持ちを全身に感じ、今まで眠れぬ夜を過ごしてきた彼にも、すぐに眠りが祝福のように舞い降りた。


ヌリタスは悪夢を見た。どこから現れたか分からない狼に追いかけられる夢だ。

裸足《はだし》で雪の上に立つヌリタスの足は恐怖でガタガタと震えながらも、地面に落ちていた太い木の枝を拾って公爵に習った剣術の防御体勢を取った。

しかし、抵抗も空《むな》しく、狼は一度に包囲網を狭め、そして一気に彼女に襲いかかった。

痛みがくるのだと目を強く閉じたが、痛みはなくそれどころか暖かさを感じるではないか。

「?」

ヌリタスは目を覚ました。気がつくと公爵の大きくて力強い手が彼女を毛布ごと抱きしめていた。ヌリタスの首筋に寝息が当たり、布団の上からとはいえ、広い肩が触れている。とんでもない状況だ。

なんとか脱出するため、体を動かそうと頑張った。だが、少しも身動きをとれなかった。

顔は見えなかったが、公爵が穏やかに眠っているのが分かる。

ヌリタスは脱出を諦めて、肩の力を抜いた。


狼が出てきた夢は、単なる悪夢だ。風すら入ってこないテントの中には、赤く燃える暖炉の火と彼女を守ってくれる彼がいた。

(あなたに与えられるものなど何もない私にも、安らかな夜ぐらいは与えてあげたい)

ヌリタスの青い瞳が、暗いテントの中で一瞬輝いた。

＊＊＊

日が昇る直前に、ヌリタスはやっと公爵の腕から抜け出すことができた。ヌリタスを抱きしめていた手が寂しさを感じたのか、一瞬体をよじらせたが、公爵はぐっすり眠っているようで、何の反応も示さなかった。

テントを出ると、警備兵達が槍《やり》で体を支えながらウトウトしていた。

まだ空気は冷たく、草の先についた水滴が太陽が昇るのを待っているかのように風に揺れていた。ヌリタスは外出用のマントをかぶり、星が散りばめられた空を見上げた。


夜でもなく、朝でもない境目の空は、貴族の高貴な血が半分、残りの半分は卑しい血が流れている自分と似ていた。

空が明けていく眩《まぶ》しくて正面から見ることができない太陽の暖かさが、彼女の凍えていた頬《ほお》と手を溶かした。

ヌリタスは両手を伸ばし前へ進んだ。

「私みたいな者にも、誰かのためになれるチャンスはありますか。あの人の隣にいることを、夢見てもいいのでしょうか」

冷えきっていた両手に体温が戻り、そのおかげで彼女の中に以前はなかった感情が芽生え始めた。

初めて勇気を出したヌリタスの上に昇った太陽が、彼女の体を明るく照らし、華奢な肩を包み込んだ。

第57話　昨日とは違う今日

ルーシャスは久しぶりに深い眠りにつくことができた。

こんなにも頭がスッキリしているのは久しぶりで、両手を上にあげて軽く伸びをする程だった。しかし次に何かが欠けている事に気づく。布団の中にいるはずの彼女が消えているのだ。

「……また一人か？」

以前にもあった事だが、ルーシャスは呆《あき》れてしまう。戦場に長年いたせいで隣で誰かが動けば必ず目を覚ます体質だというのに。

彼女を守ると誓ったのにこうして一日で虚《むな》しく崩れ落ちてしまった。ルーシャスは服を着替えることすらできず、ボサボサの髪の毛のまま、悩みはじめた。

やがてヌリタスが帰ってきた。彼女の頬はいつもよりも真っ赤に上気し、細い銀髪は風に吹かれたようで絡まり合っていた。肩にかけたマントから香る風の匂いが、彼の方へと流れてくる。

「どこへ行っていたんだ?」

彼女が一人で出かけていたという事実に、尖《とが》った声が出た。

「よく眠っていらっしゃったので……。午前に散歩するのが、習慣なんです」

彼女を責めたいわけではない。

「あなたは、こうして時々俺の心をかき乱すんだ」

ルーシャスは、未熟な彼自身に腹を立てていた。

この感情をどう扱ったらいいか分からなかったのだ。

もしこれが戦術の一種であれば、虚実を暴き出し、どんな状況でも解決策を見つけ出せるのに。

彼は目の前のこの女性を全く攻略できる気がしなかった。

そんな彼へヌリタスは一歩近づき、マントのポケットから鳥の羽を取り出して渡した。

「雉《きじ》の羽……?」

長い羽を受け取ったルーシャスは、気づく事があり小さく声をあげた。

今ではほぼ消えてしまった習慣だが、ずっと昔、戦争や試合に向かう者たちの無事帰還を祈って、鳥の最も長い羽を贈っていたのだ。

羽を握ったルーシャスの指先が、小さく震えた。

突如胸が熱くなり、苦しくて、どうすることもできない。

こんな気持ちを何と呼んだらいいのかもわからない彼は、締め付けられる胸を押さえたまま目の前に立っているヌリタスを見つめた。

感謝を伝えるつもりだった。

「朝目が覚めた時にあなたがいなくて、どれほど心配したことか……!」

だが彼の口から出てきたのは、本心ではない言葉だった。

「申し訳ありません。ですが、周りに護衛兵がたくさんいたので、そんなに危険ではないと思ったのです」

「だからって!」

これではまるで拗《す》ねた子どもが親にわがままを言っているようだ。

ルーシャスは自分が情けなくなり、がくりと俯《うつむ》いた。

だが、ヌリタスはそんな公爵を見ながら、小さく微笑《ほほえ》んでいた。

「今……笑ったな」

「……え？」

公爵は思わずヌリタスに詰め寄った。

彼女は顔を赤くして目線を逸《そ》らしている。

「本当に一瞬だったが、あなたが笑うのを見た。……あなたが俺に微笑んでくれた」

思わず公爵は何度もその事実を噛《か》みしめながら、彼女に抱きついた。

ルーシャスは彼女の首元に頭を埋めたまま、幸せな気持ちに酔いしれていた。

とても些細《ささい》な出来事だったが、ヌリタスの微笑みを見ることができてこの上なく幸せだった。

「公爵様、苦しいです」

ルーシャスはその時、やっと自分が何をしているのか気がついた。彼が腕の力を緩めると二人の体が離れ、ヌリタスは咳《せき》払いをしながら息を吐いた。

二人は気まずい空気に包まれた。まるで石像にでもなったかのように、途方にくれていた。

まずルーシャスはドタバタとガウンを探し、上半身を隠すと、寝床に置いたままだった羽を手に取りそっとポケットにしまった。

羽を見た彼は、午後に行われる馬上試合のことを思い出した。やる事ができた彼は、目につくものを手当たり次第に抱えて、彼女にこう言った。

「体を動かしてこようと思う！　あなたはもう少し休んでいなさい！」

ルーシャスはそう言うと足早にテントから出て行った。

ヌリタスは慌てふためく公爵の姿が新鮮で、彼の後ろ姿をじっと見つめていた。

そして熱くなった頬を両手で包みながら、公爵が持っていったものについて考えてみた。

試合の準備に出かけたというのに、なぜコップや枕まで持っていったのだろうか。

「なんだか可愛《かわい》い……」

誰かに聞かれたら大変だと思いハッとして胸に手を当てたまま椅子にすとんと腰をおろした。

ヒースフィールドに来てまだ一日しか経っていなかったが、なんだかとても沢山のことが起きた気がした

＊＊＊

モルシアーニ公爵の試合は、正午をすぎた頃に行われる予定だった。彼の姿を一目見ようと、朝からたくさんの人が詰めかけていた。

「公爵様。鎧《よろい》をすべて纏《まと》われる前に、何か召し上がりますか?」

「いやいい。試合をすぐに終わらせてから食べればいい」

セザールは公爵に仕えて数年が経つが、こんな公爵の姿を見るのは初めてだった。

公爵にとって馬上試合など大したことはないとはいえ、寝間着姿のまま枕とコップを手に自身の前に現れた公爵の姿を思い出すと、気が気でなかった。

なぜそんなものを持っているのかと聞いたら、嵐のように小言ばかり言われたので、もう何も聞けなくなってしまっていた。

すべての準備が終わると、ソフィアがヌリタスを連れてやってきた。

ヌリタスは鎧を纏った公爵の姿をみると、想像の中で輝いていた騎士の姿に酔いしれる以上に、恐怖を感じた。

少しだけ見た馬上試合は、とても残忍だった。

もちろん、戦場を駆けまわっていた公爵の実力は十分わかっていたが、それでも心配する気持ちは止められなかった。

公爵を乗せた馬が彼をふり落としてしまったらどうしよう。他の騎士の槍が公爵にぶつかったりでもしたらどうしよう。

そんなありとあらゆる心配が、彼女の頭の中を支配していた。

ルーシャスは軽く手で合図し、テントの中のすべての人々を退散させた。

「試合に向かう夫の前でそんな悲しい顔をしないでくれ」

「申し訳ございません……心配になってしまって……」

「俺は必ず勝つ」

余裕な笑みを浮かべる公爵の瞳には、ヌリタスの顔だけが、映っていた。

「あなたがこれを挿《さ》してくれるだろうか」

ルーシャスは朝方にヌリタスが見つけた鳥の羽を取り出し、兜《かぶと》と共に差し出したヌリタスは少し震えながら彼に近づき、羽を受け取った。

そして兜のてっぺんにある小さな穴に、それを丁寧に飾り付けた。

「信じてくれるか？」

ヌリタスが羽を刺し終わると、ルーシャスが兜を横に置いて、響きのある声でそう言った。

何と言うべきなのだろうか。

とても短い質問ではあったが、彼女にとってはとても意味があった。

いつの頃からか、彼女は公爵を信頼していた。

雨にびっしょりと濡れて洞窟の中で震えていた彼女を探し出し、家族だと言ってくれた時から、彼は伯爵家の人間とは違うかもしれないと期待していたのだ。

働く子どもを助けようとためらわずに体を投げ出した彼の姿に、心が奪われた。

モルシアーニ公爵は決して身分が低いからといってその人を見下したりしなかった。そして罪を犯した人間には、それがたとえ貴族だろうと彼は罰を与えた。

彼の身分にかかわらず、この想《おも》いを、ヌリタスは止めることができないだろう。

（試合に出たら、きっと誰よりも輝きを放つ人……）

時に、どんな言葉よりも、真実が込められた瞳がすべてを伝えられることがある。

ヌリタスは片手を伸ばし、鎧を纏った彼の腕をそっとつかんだ。そして青い瞳で、公爵に静かにうなずいてみせた。

第58話　ヒースフィールドの道化達

テントの外から、時間が来たことを知らせるセザールの咳払いの音が聞こえた。

ルーシャスはヌリタスが掴《つか》んでいる腕をじっと見つめて、口を開いた。

「今日あなたに紹介したい人がいる」

ルートヴィヒの何を考えているのかわからない瞳を思い出すと憂鬱な気持ちになる。

（だが、約束は約束だ）

彼の身分を伝えればヌリタスが驚くのではないかと思い、身分が高い人物とだけ説明をして彼が王であると伝えるのはやめた。

（セザールとソフィアをしっかり側につけて、護衛も強化しよう）

彼の夫人は普通の男なんかよりも心が強いので、きっとうまく切り抜けてくれるだろうと信じていた。

それに、いくらルートヴィヒが普通ではないとはいえ、これだけの人々に注目されているこの場所で何か事件を起こすほど無茶苦茶な人物ではないと思った。

「では、すぐに会おう」

「はい。お気をつけて」

ルーシャスはヌリタスとの別れを惜しんだあと、馬と召使い達を連れて闘技場へと向かった。

馬上試合の観客達は、すでに興奮状態だった。午前に行われた最初の試合では、三年連続勝利をおさめたスリザリン伯爵が登場し、相手を一撃で落馬させた。

噂ばかりが一人歩きしていた戦争の英雄を直接見ることができるなど夢にも思っていなかった人々は、モルシアーニ公爵とスリザリン伯爵の試合を楽しみにしていた。

馬上試合に慣れているスリザリン伯爵が勝利するだろうと予想する者と、戦争で鍛え上げられた公爵が勝利すると信じる者が互いに意見を曲げずにいた。

このように賭けに熱をあげる人々が増えると、中間で手数料を受け取る業者達の顔ばかりが明るくなった。歴代のどの試合よりも賭けが白熱していた。

「奥様、行きましょう」

セザールに案内されて、ヌリタスは競技場の中へと入っていった。まだ試合が始まってもいないのに、大声をあげる人々に圧倒されて肩をすくめていた。

モルシアーニ家の指定席を過ぎ、赤いテントの前に到着すると、セザールが足を止めた。

その時になってようやく、ヌリタスは公爵が紹介したいと言っていた身分の高い知人とはどのような人物なのか気になり始めた。

「これから紹介される方はどのような方なのですか？」

その質問にセザールが困った顔をしながら答えようとした時、その豪華なテントの入り口の幕が上げられた。

そこには、とても長い椅子の上に斜めに寝そべる男と、大きな蓮《はす》の葉に似た扇子で彼を扇《あお》ぐ女中達が立っていた。

「あ……」

公爵の知人というその男は、彼女も会ったことがある人物だった。

「あなたは、あの時、野原で会った……」

ヌリタスが驚いた声でそう囁《ささや》くのを聞くと、ガウンだけを羽織って寝そべっている男は、起き上がろうともせずに、目だけで笑った。

「奥様、ザビエ陛下でございます」

自分がロマニョーロ家の私生児であるという事実を知った時以来のヌリタスの人生で最も驚いた瞬間だった。

王国のすべての人間が考えたことがあるはずだ。

自分が暮らすこの国を治める王とはどのような人なのかを、あれやこれやと想像する。

きっと手の届かない山の向こうの太陽や、頬に触れたら骨の髄まで冷えてしまう月のような存在なのだろうと思う者は多いだろう。

（この半裸の男が、国王陛下⁉）

彼女の幼い頃の想像とはかけ離れた王だったが、失礼な態度をとるわけにはいかない。彼女は慌てて姿勢を正し、挨拶をした。

「陛下、お会いできて光栄です。モルシアーニ家の……」

「いいよ、いいよ。私たちはすでに自己紹介もしたし、知っている仲ではないか。もうすぐルーシャスが出てくるから、こっちに来て座りたまえ」

王は挨拶をしようとするヌリタスに、面倒くさそうに手で払いのけるような動作をすると、彼の隣に座るように勧めた。

マホガニー製の椅子はとても長く、大人五人がゆったりと座れるほどだったが、王が寝そべっているせいで、彼女に与えられた面積はとても狭かった。

ヌリタスは王の命令なので、このまま立っているわけにもいかず、おどおどと歩いていってその狭い部分にそっと腰を掛けた。

緊張していたのは一瞬で、王の隣に座ると、モルシアーニ家の紋章が入った旗が競技場で翻ったので彼女の心はすぐにそちらに奪われた。

(いよいよ始まる)

彼女の両手は祈るように重ねられ、両目は馬に乗って競技場に現れた公爵へと固定された。

(誰も怪我《けが》をしませんように)

彼が入場するのを見ただけでも、ヌリタスは口の中が渇いていくのを感じた。

鎧をまとって現れた公爵の威風堂々とした姿を見た観客達は彼の名前を連呼した。

反対側から、無名の騎士が静かに現れた。

二人の騎士が兜を被り構えの姿勢をとると、観客席は一瞬にして静かになった。

黒い馬に乗ったルーシャスは、会場の歓声を耳障りに感じていた。だが、鎧の中に隠れた袖の部分に結びつけたハンカチのことを思い出しながら、乱れた心を整えた。

(ただ、あなたの名誉のために!)

ヌリタスの微《かす》かな微笑みを思い出すと、兜の中の彼の唇が少しだけ弧を描いた。

ちらっと相手を見ると、馬に乗ることすら不慣れの若者のようだった。最初の相手が自分になってしまったことを申し訳なく思ったが、仕方がない。

開幕の旗が振り上がった。

ルーシャスはまっすぐ槍を構えて、ゆっくりと馬を走らせはじめた。試合を長引かせるつもりは全くなかった。

お互い反対方向から馬を走らせ、中間で出くわした二人の槍が何度かぶつかり合う音がして、すぐに止まった。だが、馬が起こした砂埃のせいで、しばらく勝敗を確認することができなかった。

砂埃が落ち着くと、黒い馬に乗った男が微動だにせず正面を見据えていた。

そして反対側では、主人を失った馬がぐるぐると彷徨《さまよ》っていた。落馬した騎士は、兜が取れた姿で地面に倒れていた。

「モルシアーニ公爵、万歳！」

試合の結果を発表する声よりも先に、観客が公爵の名を叫び始めた。

何が起きたのか見えないほど素早く、慈悲深い攻撃だった。負けた騎士が召使い達に支えられて立ち上がるのを見ながら、観客達はさらに声を上げた。


ヒースフィールドが興奮に包まれている最中、唯一それに流されていない者がいた。ルートヴィヒ・ザビエは、今回のモルシアーニ公爵の馬上試合をとても楽しみにしていた人物のうちの一人だ。いや、むしろ彼の姿を見たいあまり自ら呼んだのである。

だが、試合が始まって結果が出た瞬間も、その深い紫色の瞳はある一人の女性に釘付《くぎづ》けだった。


一国の王であることを明かしても、昨日広場で出会った時と大して変わらない女の態度が、彼の好奇心を刺激した。

わざと別の椅子を用意せず、彼女の反応をうかがおうとしたのだが、試合が始まるなり、彼女はまるで王のことなど存在しない幽霊のように、目に入れなくなってしまったではないか。

今まで生きてきてこんな扱いを受けるのは初めてだった。

ルートヴィヒ・ザビエは、優れた容姿と高い身分で、人々から興味を抱かれるのが当たり前の人生を送ってきた。だが今この銀髪の女性は、彼の隣にいながらも競技場のルーシャスしか目に入っていない。

ルートヴィヒは唇をぎゅっと噛《か》み締《し》めながら、一度たりとも彼のほうを見ようとしない女の横顔をちらっと見た。

生まれた時からあらゆる美しい物に囲まれて生きてきた彼は、特に美貌の女性に惑わされることもなかった。合図一つで彼の言いなりになりになる人間が王国に溢《あふ》れていた。

そんな彼が初めて焦りを感じている。


とても短い試合だった。

ヌリタスは気をもむ必要もないほどすぐに試合が終わっ

たので、我慢していた息を大きく吐いた。望み通り公爵が勝利し、相手もそれほど怪我を負っていなかった。

　彼女は両手に汗をかいていることに気がつき、ハンカチを取り出して手を拭いた。すぐにでも彼に駆け寄って、勝利を祝ってあげたい。

　だが、彼女の心の声が聞こえたかのように、王がゆっくりと口を開いた。

「公爵はすぐにここに来るだろうから、いい子で待っているように」

「は、はい」

　立ち上がろうとしていたヌリタスは、今になってやっと、自分の隣にいるのが誰なのか実感が湧いてきた。

　この人は王だ。

　モルシアーニ家のためにも失礼があってはいけない。そう思い、おとなしく座り直した。

　ルートヴィヒは、疲れた顔で扇子を動かしている女中達に、退散するように命じた。

「ぶどうを食べるか？」

　ぶどうという果物はとても貴重で、貴族達もなかなか手に入れることができなかった。

　だからと言って、ヌリタスは今それほど食べたいと思わなかった。

　だが、公爵家のためを思って「ありがとうございます」と伝えた。

　すると、ぶどうを一粒もった手が、彼女に近づいてきた。ヌリタスは王が差し出すぶどうに戸惑った
「自分で取ります」

「王の手に恥をかかすつもりか？」

　そう言われてはこれ以上断るのも失礼になるので、ヌリタスは手を伸ばして彼の手にしたブドウを受け取り、ゆっくりと口に入れた。

　甘酸っぱい果汁が口の中に広がったが、ヌリタスは味どころではなかった。

　ヌリタスがもぐもぐと口を動かす様子を見て、ルートヴィヒは大きく笑いながら、ヌリタスの顔を見てこう言った。

「まるで昔飼っていたうさぎのようだ」

　ヌリタスは王の意味不明な言葉のせいで、ぶどうが喉に詰まりそうな気分だった。王の声はこの上なく優しくて柔

らかく、瞳は笑っていたが、口元は冷ややかだった。ヌリタスはこの王から恐ろしさを感じた。

「身体が冷えたのか？　なぜ震えている？」

彼を恐れているヌリタスとは反対に、ルートヴィヒは彼女のことをどんどん気に入っていた。

王の厚意を受けたならば、貴婦人なら今ごろとっくに服を脱いで誘惑を初めていたことだろう。貴族社会では、既婚女性の恋愛も珍しくなかった。そんな社会で未婚の王などとこの上ない相手だ。

一晩過ごしたあとに王の子どもでもできれば、その女性の家門の未来は明るく輝き、彼女自身も身分が高くなるチャンスを手にすることになる。

だがルートヴィヒは、そんなくだらない手口に一度だって惑わされたことはない。女に困ったこともなければ、どういうわけか人と肌を合わせることに気が進まなかった。

だが、この石像のように固まっている女の姿が、彼の欲望を刺激する。

この女の首筋に口づけをしたらどんな味がするのか。

ルートヴィヒは、強制的な結婚に対し、否定的な反応を見せなかったルーシャスの顔を思い返した。

ヌリタスは王の怪しい視線を感じたのか、微かに肩を震わせた。

ルートヴィヒは女の体を隅まで見渡すと、久しぶりに感じる淫欲に舌舐めずりをした。

第59話　掴んだ蝶《ちょう》は砕け散る

　王が醸し出す奇妙な空気でテントが包まれた時、何やら騒がしい声が聞こえてきた。止めようとする兵士たちと言い争うような男の激しい声とともに、まだ鎧をまとったままのモルシアーニ公爵が登場した。

　突然やってきた公爵を見て、ルートヴィヒは瞬《まばた》きすらせずに怪しく笑うと、まるで芝居のように大げさな身振りで言葉を並べ始めた。

「おお公爵じゃないか！　君がこんなにも忠誠心の強い臣下だとは思わなかったね。試合が終わるなり、私に挨拶をしにきたのかい？」

　ルーシャスは王の近くにヌリタスがいると思うと気が気ではなかったが、ヌリタスの穏やかな瞳を見て、やっと呼吸が楽になった。

　落ち着きを取り戻したルーシャスは、からかうような王の言葉に、恭しく答えた。

「すべて陛下のおかげです」

「ふん。風が吹くだけでも落馬しそうな相手に勝っただけで、王のおかげだと？」

　だがすでにルーシャスの心はヌリタスに向いており、王の言葉など耳に入ってこなかった。今ルーシャスは、誰もいない空間で、彼女と二人きりになりたい気持ちでいっぱいだったのだ。

「では、陛下がお休みになれるように、我々はこれで失礼いたします」

　とりつく島もない対応に、ルートヴィヒはがっかりしたように椅子にどさっと寄りかかると、ヌリタスを見ながら口を開けた。

「モルシアーニ夫人、今日はとっても楽しかったよ」

　ヌリタスは、ただ挨拶を交わしただけなのに何が楽しかったのか理解ができずに、おどおどと頭を下げた。

　その姿をじっと見ていたルートヴィヒは、まるで施しでも与えるように、公爵夫妻が立ち去ることを許可した。

　ヌリタスは王に礼儀正しく挨拶をすると、ルーシャスの手を握った。

　二人はゆっくりと王のテントを出ていった。

白昼夢のように彼女が消えていった後、ルートヴィヒが少しがっかりしたようにうつむくと、青緑の髪の毛が前へバサッと垂れた。

彼は謎の喪失感で、頭の中が混乱していた。

（なぜ私がこんな気持ちになるのだ？）

ルーシャスの手を握って軽い足取りで去っていく銀髪の女性の後ろ姿が今もまぶたの裏から消えず、王は手を伸ばし自分の髪の毛を鷲掴《わしづか》みにした。

頭皮が引っ張られて軽い痛みを感じたが、ルートヴィヒは手の力を抜かなかった。

彼は、空を飛ぶ蝶を捕まえる方法を知らなかった。

＊＊＊

ルーシャスは王のテントを出ると、ヌリタスの手を引いて自分たちのテントへと戻った。

テントに入ると、魔法が解けたように二人は繋《つな》いだ手を離し、お互い離れた場所に立った。その時ヌリタスは、試合を終えた公爵にまだきちんと労《ねぎら》いの言葉をかけていないことに気がついた。

「怪我はないですか？」

「勿論《もちろん》」

「落馬された方は、無事でしょうか」

ルーシャスは、予想もしていなかった彼女の質問に驚いた。家族や同僚を除いては、敗者の安否を気にする者など誰もいなかった。

そして、こんな心が清らかな女性が自分の妻だということを世界中に自慢したい気持ちになった。

「あなたを好きになったのは、私にとって本当に幸運なんだ」

またしてもいきなりの告白。

ヌリタスは、試合についての話をしようとしていたのにドギマギしながら顔を赤らめた。公爵に告白されるたびに、彼女は心臓が苦しくなった。

だがヌリタスは、今重要なのは自分の心臓ではないと思った。彼女は一歩前に進むと、ルーシャスの乱れた髪に震える手を伸ばした。

それに驚いたのは、むしろルーシャスだった。カタンと鎧の音を立てて、びくりと体を震わせた。

「本当に、お疲れ様でした」

ヌリタスは彼の前で爪先立ちをして、ルーシャスの額にかかる濡れた髪の毛を整えるように撫《な》でた。黙って彼女に頭を預けて立っている公爵の黒い瞳が、微かに震えているような気がした。

＊＊＊

「つきましたよ、アビオ様」

御者が扉を開けると、彼のひ弱な頬に強風が吹き付け、一瞬で魂が抜けそうになった。

荒地のような原野の先に、侯爵の城が立っていた。驚くほど古く、所々が崩れてしまっている上に、日が当たらないためとても怪しい雰囲気を醸し出していた。

服の前を押さえて一歩踏み出すと、急に悲しみがこみ上げてきた。その瞬間、母の泣き顔が頭に浮かんだ。別れるときに母に反抗したことが、少し気にかかっていた。

アビオは伯爵から侯爵の侍従になると通告された日から、毎晩母の隣で眠りながら涙を流していた。

気性の荒い男たちとの付き合い方なんて知らないアビオにとって、寒くて厳しい辺境での暮らしなど、想像すらできないことだった。

（母さん、僕、行きたくない。そんな所で僕が耐えられるとでも思っているの？）

母親のスカートの裾を掴んで泣きついた。いっそ自分もメイリーンと同じように、別の地に送ってくれと頼んだ。だが、今回ばかりは夫人も大切な息子を守りきれなかった。結局アビオは母に対して怒りをぶつけた。

母にとって自分はとても大切な存在であることはわかっていた。伯爵はいつだって彼のことを邪険にしたが母はいつだって後継者として扱ってくれていたというのに。

アビオはこんな荒れた地にやってくることになった自分の境遇が情けなくてたまらなかった。

彼が営んできた高貴な人生が粉々に砕け散るのではないかという恐怖感にすら襲われた。

伯爵は、遠く旅立つ息子に、女中ひとりすらつけてくれなかった。侯爵の侍従になる者にそれは相応しくないという理由からだった。

馬車の音が聞こえたのか、日焼けした顔の召使いが頭を下げながらやってきて、彼の荷物を持ち上げた。召使いと女中たちが皆で出迎えて、伯爵家の後継者を歓迎されるのを期待していたアビオは、もう一度目をこすった。

だが、カバンを持って彼の隣に立っているのは、召使い一人だけだった。

「こちらへどうぞ」

アビオはすべてを諦め、その召使いの後に続いた。

（三年だ、三年さえ耐えればいいんだ。その時は公爵家に相応しい男となり、母さんに謝ろう）

侯爵城の巨大な扉が、奇怪な音を出しながら開いた。

スピノーネ侯爵城は、壁中に亀裂が入っており、下の階には干し草が敷かれ、その上に草を食べるヤギや鶏などの家畜がたくさんいた。干し草と、動物たちの排泄物《はいせつぶつ》が腐った匂いが鼻を刺激する。

「うっ」

アビオは胃がとても弱いため、すぐにハンカチを取り出して鼻と口を覆った。そして失礼も顧みず、あたりをキョロキョロ見渡した。

ここが本当に侯爵家だと？

「こちらです」

彼の荷物を床に下ろすと、召使いが全く手入れされていない階段を先に上った。アビオは、白くてベタベタした物体が手につくのを恐れ、手袋をしたまま手すりにつかまり、恐る恐る上に上がった。

上から見下ろすと、下の階の状況はさらにひどかった。さっきは見えなかった隅の方で、人相の悪い男たちが酒の瓶を抱えて床に転がったまま眠っていた。

「あんな卑しい奴《やつ》らは、獣と同じだ」

彼の甲高い声で頭の上を飛んでいた鳩《はと》たちがバタバタと消えていった。アビオは侯爵家に獣や鳥たちが蔓延《はびこ》っているのを見て、気絶する寸前だった。

二階にある部屋にたどり着くと、召使いがここに侯爵がいると知らせ、扉も開けずに足を引きずりながら去っていった。

（不届きものが。今度会ったら残った足もめちゃくちゃにしてやる）

アビオは蒼白《そうはく》な顔に苛立ちを浮かべたまま、黒光りする扉を自分で開けた。

まだ日が暮れる前にも関わらず、侯爵の執務室の中はすでに夜のようだった。気の弱い彼は、そんな雰囲気の部屋になかなか入れずに、入り口でためらっていた。

あまりに暗くて、侯爵がどこにいるのかすらわからなかった。アビオは未知の不安感に、泣き出してしまいそうだった。

第60話　過去、現在そして未来

「ここにあの方がいらっしゃるのね？」

別の試合が盛り上がっているヒースフィールドで、一人の女が馬車から降りて唇を強く噛み締めたまま立っていた。みすぼらしいマントとドレスを着ていたが、光り輝くネックレスと珍しい宝石でできた腕輪を身につけ、アンバランスな格好だった。

風で頭を覆っていたマントが落ちると、女のたっぷりとした赤毛が揺れた。

「でも、こんな事が伯爵様に知られたら、大変なことになります……メイリーンお嬢様」

女に仕える女中が、冷や汗を垂らしながら頑固な主人に恐る恐る声をかける。

「そんなこと、どうでもいいわ」

伯爵家の皆は、すでに彼女が船に乗って他国へと旅立ったと思っている。

だがメイリーンは、それに背いてまでここまでやってきたのだ。

（モルシアーニ公爵様は、あの卑しい女に騙《だま》されたと知ったら、私に振り向いてくれるはず。というより、あんな私生児なんかと私は比べる対象にもならないわ）

「ほら、あなたは先に行って私の言う通りにしなさい！　早く！」

女中は再び茶色のマントをすっぽりとかぶり、うなずいた。メイリーンは公爵が一人になる時間を調べて、彼に会いにいく作戦を立てていた。

彼女は、欲しくてたまらなかった男を手に入れることができると確信していた。


召使いたちが、お湯を溜めた木の浴槽を侯爵のテントに運び込んだ。ルーシャスは侍従たちの助けを借りながら鎧をすべて脱ぐと、浴槽に体を沈めた。彼の広い肩の上に、真っ白な湯気が立ち込めた。

試合は苦ではなかった。仲間の死体を乗り越え、敵に剣を振りかざし、飛んでくる矢を避けて盾を突き立てて進んだあの戦場に比べたら。あまりにも単純だった。

すべてを早く終えて、ヌリタスとモルシアーニの領地へと戻り平和な時間を過ごしたかった。

自分のことを心配する青い瞳を思い出すと、ルーシャスの口元は自然と緩んだ。こんなにも家に帰りたいと思ったのは、本当に久しぶりだった。


そろそろ入浴を終えて、妻と共にお茶をしたり、散歩をしたいと思ったその時だった。テントの中で女性のドレスの裾が地面に擦れる音がした。

（まさか……）

無駄な期待だとわかってはいるものの、もしかして今近づいてくる女性がヌリタスだったらどうしようという気持ちで、彼の心臓が高鳴った。

（いや……彼女はこんなきつい香水は使わない）

ルーシャスは怪しい気配を感じ、本能的に後ろに手を伸ばし女の動きを阻止した。そして振り向くと、そこにはヌリタスではない、見知らぬ女性が立っていた。

赤毛の女性が誰なのか、名前を聞かなくても一目でわかった。

ルーシャスは一瞬にして不愉快な気分になった。

「まさかずっと見ていたわけではないだろうな？」

メイリーンは、勢いよく手を掴まれたことで呆然《ぼうぜん》としていたが、彼が裸であることに気がつき慌てて背を向けた。不穏な空気を感じた召使いは、そっとテントの外へ逃げていった。

ルーシャスは浴槽にかけてあったタオルで下半身を隠しながら、お湯から出た。

冷めた目つきのままゆっくりと椅子へと向かい、ガウンを羽織って暖炉の前に立ち、口を開いた。

「このような無礼を働くお前は、何者だ?」

メイリーンは侯爵の言葉など耳に入っていなかった。彼女はついに自分のいるべき場所へやってきたという達成感と、遠くから見つめていることしかできなかった公爵をそばで見ることができた喜びに浸っていた。

メイリーンはゆっくりと公爵の方へ体を向けると、肩にかけたマントの紐《ひも》を解いた。

みすぼらしいマントはハラリと床に落ち、豪奢なドレスの上で輝く宝石たちが姿を現した。

彼女は少し呼吸を整えると、優雅な物腰で格式張った挨拶をした。

「モルシアーニ公爵様。お会いできて嬉しいです。私こそが本物のメイリーン・ロマニョーロ。あなたの妻です」

メイリーンは自分の名前を明かした瞬間、解き放たれた気持ちになった。

この瞬間をどれほど待っていただろうか。

高貴な家に生まれ、失敗や試練など一度だって経験したことがなかった彼女だ。

王の突然の結婚命令から逃れようと、伯爵家の私生児が彼女の代役をすることになった。ここまでは良かったのだ。

メイリーンは悔しくてたまらなかった。

すべてはこの目の前にいる彫刻のような男にまつわる奇怪な噂のせいだ。なぜこんな洗練された人のことを、怪物だと思わされたのだろうか。何も身につけなくとも輝きを放つ人などそう多くないというのに。彼はまさにそういう存在だった。

メイリーンは、自分が自己紹介をしても公爵の硬い表情が全く変わらないことに気がつき、動揺した。

過ちを犯したのは、父とあの私生児だ。メイリーンは、ただ父の命令に逆らうことができなかっただけだ。

「突然の事で戸惑われるかもしれません。あなたの今隣にいるのは公爵家の私生児であり、メイリーン・ロマニョー口の真っ赤な偽物です。公爵様のような高貴なお方が、あのような卑しい私生児と結婚させられたなんて。これはすべて公爵家を陥れようとした、父の恐ろしい計画のせいなのです」

メイリーンはすすり泣きながら、父である伯爵を罰してほしいと訴えた。

「我が名において告発します。どうか、父を罰して下さい‼」

メイリーンはすすり泣きながら伯爵を罰してほしいと訴えた。そして自分に罪がないことを公爵に知ってほしいと願った。彼女はすべてがあるべき場所に戻ることだけを祈っていた。

ルーシャスは腹の底から湧き上がる怒りを堪えていた。

これ以上聞く価値もない。彼の心配といえば、この話をだれかに聞かれては困るということだけだった。

(愚かだ)

彼は、伯爵家の本物の令嬢が吐き出す馬鹿らしい言葉を聞き、鼻で笑った。

この女は、今の言葉で自分の家族が死に追いやられる可能性があると自覚をしているのだろうか。

メイリーンは依然として公爵が反応を見せないので、戸惑っていた。

彼女の予想では、すべての真実を明かしたメイリーンの勇気に感動した公爵が、父親を罰し、私生児を今すぐに追い出すはずだった。

そして本物のメイリーンである彼女が、公爵夫人になるべきなのだ。

彼女は焦る気持ちで、彼に触れようと一歩踏み出した。

「触るな」

ようやく公爵の口から出た言葉は、彼女を拒むものだった。ルーシャスは周りを見渡し、顔をしかめた。

「警備が甘いな。自称貴族の詐欺師が公爵のテントへ堂々と入ってくるとは」

メイリーンは公爵が自分を信じてくれないので、苛立って地団駄を踏んだ。

こんなはずではなかったのに。こんなことをするために苦労してここまできたわけではない。

「公爵様。本当に私がメイリーン・ロマニョーロなのです。おわかりでしょう?」

メイリーンは腕につけた宝石や指にはめた高価な指輪を見せつけて、必死で彼女の身分を証明しようとした。だが公爵の反応は、最初と全く変わらなかった。

「外にだれもいないのか?」

テントの外で長い槍を持った兵士たちの影が動くのをみたメイリーンは、怖気《おじけ》づいた。

メイリーンは足の力が抜け、倒れてしまいそうになった。公爵と顔を合わせさえすれば、すべてを取り戻せると思ったのに。

「どうして……。私の言葉を信じてくれないのですか、あんな汚い私生児などに騙されたままなのですか」

彼女は虚《うつ》ろな目でつぶやいた。

ルーシャスは冷たく言った。

「どこの貴族の淑女が、男が裸で入浴している最中に、子ネズミのように入り込んでくるというのだ。ありえないだろう」

メイリーンは、公爵の言葉があまりに真っ当なので、言い返すことすらできずに立ち尽くしてしまった。

本来の彼女ならば、こんなテントを訪ねることや、男が一人でいる場所に一人きりで乗り込むことなど、考えもしなかっただろう。

生まれた時から高貴な自分は私生児などとは風格が違うと自負していたのに、この醜態はなんだろう。

メイリーンは静かに悟ると、胃の中がかき乱されるような気分になり、口を押さえた。そんなメイリーンに向かって、ルーシャスは低い声で言った。

「今すぐ私の前から消えれば、一度は見逃してやる」

それはメイリーンに対する慈悲ではなかった。このままでは、ヌリタスに被害が及ぶのではないかと心配になったからだ。

ルーシャスが、ガウンの紐をきつく引っ張りながら、首を横に振った。王が滞在するここヒースフィールドに、二人のメイリーン・ロマニョーロが存在するなど、あってはいけないことだ。

「どうして……」

メイリーンは、頭に地面がつきそうなほど腰を屈《かが》めたまま、つぶやいた。どこから間違えたのだろう。

「早く行け」

メイリーンは、公爵に再び怒鳴られると、床に落ちたマントを拾い、追い出されるようにテントから出た。

「馬車を用意して……もうここにいる理由はなくなったわ」

　メイリーンは、すでに壊れはじめた彼女の人生をなんとか立て直すために、姿勢を正してマントで顔を隠した。

　明るい月が今の彼女の姿をあざ笑っているような気がして、羞恥につつまれた。

　馬車に乗り込む彼女の足取りはとても重かった。

　港へと向かう馬車の車輪が軋《きし》みながら動き出した。メイリーンは馬車の壁に憔悴《しょうすい》した顔でもたれかかった。体に力が入らなかった。

「そうよ。もう、全部終わったの」

　とても小さな囁きが、砂利道を走る馬車の車輪の音にかき消された。

第61話　野草はただ風に揺れて

「奥様、貴族の婦人たちが集まるテントがあるそうです。主催の方からも奥様も是非にとお声がかかったのですが」

　ソフィアが恐る恐るヌリタスに伝えた。試合は一日中行われるわけではないので、貴族の男たちは空き時間に集まって酒を飲みながらカードで遊んでいた。

　そして女性たちもまた、流行《はや》りのドレスやアクセサリー、巷《ちまた》の噂などについて意見を交わし合いながらお茶を飲んだりして楽しんでいた。

　社交界に出るのも公爵夫人の仕事だ。いつかは乗り越えなければならない試練ではあるが、今はまだ難しいと、首を横に振った。

「それよりもソフィア。二人で散歩に行きましょう」

　息がつまるのを感じた彼女は、ソフィアと護衛一人と共に、テントを出た。

テントの外は賑《にぎ》やかだ。連日行われる馬上試合で沢山の負傷者が出ている。中には大怪我《おおけが》を負い大がかりな治療を受けている騎士の姿も目についた。ヌリタスはそんな光景を見ると、まるで公爵が怪我を負ったかのように不安になった。

どうして、戦争でもないのに命をかけて戦うのか。

ヌリタスが到底理解が出来ないこの試合には、彼女の知らなかった事情も沢山あった。

たとえ、生まれが貴族であったとしても暮し向きがよくない騎士たちが、優勝賞金を稼ぐために参加している事もあるらしい。

（世界にはまだ知らないことがたくさんある）

たった半年の教育で、外の世界のことをすべて学ぶことなど無理だとは知っていたが、まだ無知だった頃の自分が憧れであった騎士であっても、生活のために命を賭けている者がいると知って、悲しい気持ちになった。

だが、このヒースフィールドに集まった者たちの大半はこの大会を楽しんでいる。彼らは他人の怪我や参加理由など考えた事もないだろう。

（自分たちの娯楽のため）

この大会を運営するに辺り、今日も多くの者たちが、水を運び、料理を作って貴族たちに仕えていた。彼女だってずっと貴族のために働いてきて、モルシアーニ家に嫁いだことだって仕事の延長のようなものだった。

それぞれの持ち場で最善を尽くして働いている彼らの苦悩を理解するだけでも、彼らにとって力になるのではないだろうか。いつからか、こうしたことが気になるようになってきたヌリタスは、力なくため息をついた。

考え事をしながら歩いていると、ソフィアが前からやってきた男と肩をぶつけてしまった。

「申し訳ございません！」

ソフィアは相手の高価そうな服をみるなり、地面にひれ伏して謝罪した。

前を見ていなかった相手も悪いのだが、身分を前にそんな事は言っていられない。ソフィアの対応は正しかったが、この巨体の金髪男は、謝罪を聞くそぶりも見せずに、大声を上げ始めた。

「貴族の尊い体にぶつかっておいて、生意気に言葉だけで謝罪だと？」

そしてすぐにその乱暴な手でソフィアの頬を叩《たた》いた。ソフィアはその衝撃で地面に倒れこんでしまった。

ヌリタスはすぐにソフィアに駆け寄ると、手を握って立ち上がるのを支えた。

「大丈夫？」

「奥様、私は大丈夫です」

ソフィアは腫れはじめた頬を片手で押さえて、なんとかそう答えると、無理に笑ってみせた。こんなことは身分の低いものにとって、日常茶飯事だった。

申し訳そうな顔を浮かべるソフィアを見て、むしろヌリタスのはらわたが煮えくりかえった。

（なぜこんなことが当たり前のように行われるの）

そしてソフィアの頬を叩いた男がその場を離れようとした時だった。彼女のドレスを掴む手に力が入った。一瞬のためらいのあと、ヌリタスは唇を開いた。

「お待ちください」

「婦人、私のことですか？」

ミカエルは怪訝《けげん》そうな目つきで振り返った。

「こんな小さな彼女に対して、あまりにも無体ではなくて？」

これは悔しい出来事だが、貴族たちにとっては大したことでないということは痛いほどわかっていた。

身分の低い者達は貴族たちの横暴にいつも跪《ひざまず》かなければならないのだ。それなのにヌリタスは軽率な行動に出てしまった。もし公爵家に傷でもつけてしまったらどうしようかと、今さらになって心配になった。

「これは……面白い事を言われますね」

しかし、どうしようもない。すでに溢れた水を再び掬《すく》い上《あ》げることはできないのだ。足が震えて心臓が高鳴ったが、このまま引き下がったりはしないと誓った。

（耐えてばかりでは何も変わらない）

前の自分と変わるために、彼女は本物の貴族にならなければいけなかった。ヌリタスは冷たい声で目をつりあげた。

「私はモルシアーニ公爵夫人です。私の話が面白いならそれは結構です」

彼女はもう、伯爵城で下働きをする女中ではなかった。今ヒースフィールドに立っている彼女は、モルシアーニ家の女主人であり、ルーシャスの隣を守る者だった。

公爵の温かい手を思い出し、彼女はもう一度力を込めて目の前の男を見つめた。

男はその家名を聞き驚いた顔をした後､頬を釣り上げた。

「私はスリザリン伯爵家のミカエルと申します。貴婦人の気を悪くさせてしまったこと、謹んで謝罪しましょう」

ミカエルはゆっくりと緑の目を伏せると、ヌリタスに少しだけ腰をかがめて挨拶をした。相手がとても簡単に謝罪をするので、ヌリタスは困惑した。

「ええ、私も、分かって頂けたなら結構です」

だが、大ごとにならなくてよかった。これで事件が一件落着したと思い、安心したその時だった。

「モルシアーニ夫人。もしよろしければ、明日私が出る試合に、招待したいのですが……」

ヌリタスは突然の伯爵の言葉に、聞こえないフリをして頭を下げたまま立ち去ろうとした。

「いえ、私は……」

ここに来て、変なかたちで王に出会ってしまったことだけでも十分気が滅入《めい》っているのに、これ以上厄介なことを増やしたくなかった。

するとスリザリン伯爵は、しつこく口を開く。

「私は謝罪の意味を込めて、提案しているのですよ。あなたを楽しませてみせます」

ヌリタスは、丁寧な態度の相手に対し冷たく接することができなかった。この人の試合を一度見ることくらい、難しいことではない。なによりもこれ以上ここで人と会話をしたくなかった。

「わかりました。では、これで失礼いたします」

こうしてスリザリン伯爵と別れたヌリタスは、ソフィアを連れてやっとテントへと戻った。

テントの中に入るなり、周りの視線から自由になったヌリタスは、大きく深呼吸をすると堂々と腰を屈めて腹部を抱えた。

「はあ……」

ヌリタスは短いため息をこぼした。何はともあれ、大事にはならなかったのだ。

「奥様、申し訳ございません。私のせいで……」

ソフィアは頬を腫らし、おどおどと謝罪した。

ヌリタスは、優しく微笑むとソフィアを椅子に座らせ、その手をぎゅっと握った。

「何を言っているの。ソフィアは私にとって妹のように大事な存在なのに」

ヌリタスは水で濡らした布でソフィアの頬を撫でた。痛くてもそれを顔にすら出さないソフィアが可哀想《かわいそう》で、強く手を握った。

「すぐに守ってあげられなくてごめんね」

「何をおっしゃっているのですか！　私は平気です。そんなことよりも、奥様が怪我をしたらどうしようと思って……私、本当に心配したのですよ……！」

泣きそうになりながらソフィアは言葉を紡いだ。

「私が奥様に仕えることができたのは、女神ディアーナの思し召《おぼしめ》しです」

ソフィアはヌリタスに感謝の気持ちを伝えた。

ヌリタスは、そんな彼女に対してありがたさと申し訳なさを感じ、その小さな手をずっと握っていた。

第62話　あなたの隣であなたを夢見る

ヒースフィールドに黄昏《たそがれ》がやってきた。

女中と召使いたちがすべていなくなった公爵のテントの中には、真っ赤な火の粉だけが燃えていた。ヌリタスは椅子に座って本を読んでいた。

ルーシャスはメイリーン・ロマニョーロが現れた事をヌリタスにばれていないか気が気ではなかった。

この国では私生児とはいえ平民が貴族を装う事は大罪だ。これが明るみに出れば公爵家の力を持ってしても彼女の命を守り抜くことが難しくなる。

部下に対し、メイリーンを尾行させ、彼女が港で船に乗るのをしっかりと見届けさせた。

確かにメイリーンと一人の女中がここを離れたと聞いたのだが、万が一の時に備え、港に見張りすらつけている状態だ。もう平気だとは思いたいが……。

さらに、もう一つ大きな懸念がある。

夫人が王と二人でいた時、よくない空気が流れていた。

長年知っているはずの陛下の表情が、いつもとは違った。

（まるで獲物を横取りでもされたかのような顔だったな）

告白をきっかけに、やっとこれからゆっくりとヌリタスとの距離を縮めていこうと思っていたのに。そびえ立つ障害物たちが、自分とヌリタスとの間を阻んでくるかのようだ。

（俺たちはこれからだというのに……）

ルーシャスはつい短いため息を吐いてしまった。

「公爵様、どうかしたのですか」

ヌリタスは本を開いていたが、こちらの様子に気がついたらしい。彼女はゆっくりと立ち上がり、公爵の方へと近づいた。

ルーシャスは彼女の濡れた瞳をみて、胸がいっぱいになった。

それは幼い頃、彼が転び、泣いている時に駆け寄ってくる家族たちの瞳に似ていた。彼女の心の底から自分を心配そうに見てくる瞳が、この上なく嬉しかった。

ルーシャスは、目を細め、今この瞬間がもう少し続けばいいのにと願った。

だから彼は、わざと頭を振って、さらに大きなため息を重ね、苦しそうなフリをしてみせた。

彼女の悲しみを受け止められる大きな存在になりたいとは思っているのだが、同時に彼女に心配され、甘やかされたいという欲も存在する。

まるで子どものようだと思いながらも、気を引きたくてたまらなかったのだ。

公爵が自分がした下手な演技に言い訳を重ね、葛藤している間に、いつの間にか目の前にやってきたヌリタスが、そっと手を伸ばし彼の額に触れた。

「熱でも出てしまったのでしょうか？」

ヌリタスの顔が公爵の胸元に近づき、背伸びをして、彼の額を確かめている。

彼女の息が彼の首元をくすぐる。好きな相手を前に健康な男の身体が僅かに熱を持ってしまう。

「こちらへいらしてください」

ヌリタスは彼の手を引いて、柔らかな毛皮の上に座らせた。そして彼女も彼の隣に座り、彼の手を彼女の膝へと引き寄せた。

「今日は試合で疲れたのでしょう。こうすれば、頭痛が少しよくなると聞きました」

ヌリタスは大きな公爵の手をぎゅっと揉《も》みはじめた。ぎこちない手つきだったが、その懸命な顔から、ルーシャスの痛みを少しでも楽にしてあげたいという気持ちが伝わってきた。

初めは、具合が悪くもないのに仮病を使った罪悪感があったが、今この瞬間、すべてを忘れてしまいそうになった。

「どうですか？　効果がなければ、やめましょうか？」

この瞬間が終わってしまうことを寂しく感じたルーシャスは、本当はすでに頭痛などなかったが、まだ体調の悪そうな表情をしてしまった。

（あなたのせいで胸が張り裂けそうなほど痛い……）

ルーシャスは、ここが寝室でないことを残念に思った。彼女に対するこの大切な感情が、彼女に伝わることを願った。

完全に暗くなると、テントの外で兵士たちが明かりを手に巡回する姿がぼんやりと見えはじめた。気まずそうに背中を向けあって横になるヌリタスは、無理して目を閉じようとしていた。

手を伸ばせば触れることができる距離にいる公爵の体温を感じた瞬間、強い寂しさを感じた。疲れた目をした彼の頬を撫で、その肩をぎゅっと抱きしめたくなる。

ただ流されるままに生きてきた自分がそんな大それた夢をみるようになっていた。暗闇の中で、向かい合っていなくても感じられる互いの心臓の音に耳を傾けながら、いつの間にかヌリタスは眠りについていた。

＊＊＊

ヒースフィールドは今日も活気に満ちていた。

退屈な貴族の人生において、このような馬上試合はまさに楽しみそのものであった。戦争中はこのように盛り上がることもできなかったため貴族たちは今こうして集まる機会を満喫していた。

モルシアーニ公爵の試合の前に彼らの興奮はさらに高まっていた。公爵に関する奇怪な噂の事などすっかりと忘れたのか、今は公爵を讃《たた》える事で大忙しだ。

「王国の真の騎士は、モルシアーニ公爵だけだ！」

「あんな素敵な人見たことないわ」

ヌリタスは、ソフィアを連れてミカエル・スリザリン伯爵を探すために競技場へと向かった。聞いたところによると、今日はスリザリン伯爵の試合が先で、その少し後に公爵が出場する予定だった。

昨日謝罪として招待をされたため、仕方なく来たが、今のヌリタスの気持ちは別のところにあった。


今朝、目がさめるとテントには彼女一人が残されていた。そしてなぜ前日の朝に公爵があんなに怒っていたのか、その気持ちが少しわかってしまった。

（一緒に眠っていたのに目が覚めて一人だと、こんなに寂しいんだ）

指先に残る愛《いと》しさのせいで、目が少し潤んだ。そしてその時、遠くの方にいる鎧を纏い兜をかぶった一人の騎士と目があったような気がした。

遠くにいても一目でその騎士が誰なのかわかった。ヌリタスはそっちのほうに手を振りたい気持ちを抑え、嬉しそうな瞳で見つめた。

あそこに、彼女の大切な人がいる。

彼のたくましい姿を見ると気分が満たされ、胸がいっぱいになった。

二人の間の距離は遠くとも、まるで一緒にいるような錯覚に陥り、しばらくの間公爵と目を合わせたままでいた。

（どうかご無事で）

伝えられない願いを、心の中で何度も唱える。ここで彼女が望むことは、ただそれ一つだった。


彼女と公爵が瞳を重ね合わせている間に、ミカエル・スリザリンの試合が開始するラッパの音がヒースフィールドに鳴り響いた。

スリザリン伯爵の一挙手一投足に集中する観客たちは、皆伯爵の勝利を信じて疑わなかった。彼らが期待するのはただ、伯爵がどのような劇的な方法で彼らを楽しませてくれるのかということだった。

古代神話にでも登場しそうな男神のような姿で登場したスリザリン伯爵は、最初から槍を高く掲げてみせた。相手と一瞬睨《にら》み合《あ》うと、ゆっくりと馬を走らせだした。


二人の試合は、長くなかった。

スリザリンは白馬の前足を持ち上げ、勝利を満喫するように手を振り上げた。観衆たちは地面に倒れている相手の騎士の兜の目の部分に、スリザリンの鋭い槍が刺さっていることを確認した。

その瞬間、皆歓呼することすらできないまま、地面に染みていく真っ赤な血を眺めていた。そして次の瞬間、一斉に激しい歓声が上がった。

ヒースフィールド中の人間がスリザリンの名前を叫んでいた。

競技場の中に白い担架を持ってきた兵士たちが、負傷した騎士を確認した。槍に刺されて兜を脱ぐことすらできないままの男の首がガクンと落ちると、白い旗が振られた。競技場での白い旗は、騎士の死亡を意味する。今年の馬上試合で初の死亡者が出たのだ。

観客たちは騎士の死を目の辺りにして、理性を失ったように興奮して立ち上がり手を叩きながら、競技場に花を投げ込んだ。

「スリザリン伯爵様の圧勝だ！」

まだ死んだ者の体温が冷めてしまう前の出来事だった。

ヌリタスは凄《すさ》まじい歓声と観客たちの激しい動きのせいで、競技場の内部で何が起こったのかよくわからなかった。人々の間から少しだけ見える光景は、残忍極まりなかった。担架に乗せられた騎士は、白い布で全身を覆われていた。

「まさか今……」

ヌリタスは隣にいたソフィアに聞いてみた。本当にあの人は死んだのか、と。だが、答える代わりに目を真っ赤に充血させているソフィアの顔から、ヌリタスは自分の予想が正しいのだと悟った。

「さすがはスリザリン伯爵様だ‼　最高だ‼」

死んだ騎士が運ばれていく瞬間も熱が冷めないままの観客の姿に、ヌリタスは吐き気がした。

試合で人を殺して意気揚々としている伯爵の姿もおぞましかったが、彼女と一緒に座っているすべての人間に対し恐怖を感じた。

死んでしまったあの若い騎士も、誰かの息子であり、兄弟だというのに。

一人の人間の人生が終わってしまったことに熱狂する観客たちの姿に、彼女は強い悪意を感じた。

そしてヌリタスは、今までの自分の考えが間違っていたことに気がついた。

世界のすべての悪は、ロマニョーロ家の人間からのみ生み出されるものだと思っていた。

だが、違うのだ、世界はこんなにも無数の悲しみと悪意と死に溢れている。

ヌリタスは震える足に力を入れ、なんとか立ち上がった。

ソフィアがそんな彼女の腕をしっかりとつかんだ。

向かい合った二人の目は、濡れていた。

第63話　涙が流れても空は青い

ヌリタスは口元を覆ったまま後退《あとずさ》った。観衆たちは何かに取り憑《つ》かれたかのようにずっと大声をあげていた。

この混乱の真ん中に立っていると、自分の身体があの地面に転がっているかのように苦しかった。

「ソフィア。もう行こう」

ヌリタスは耳を塞ぎたい気持ちを抑えながら、前だけを向いてその場を離れた。そのため、白馬の上で彼女の様子をうかがっていたミカエルの視線に気づけなかった。

次の試合の準備のために馬の背中を撫でていたルーシャスもヌリタスの姿を目で追っていた。

彼は観衆たちが熱狂する姿を冷たい目で見ながら兜を脱ぎ、虚しく一生を終えた若い騎士に頭を下げた。

ヌリタスは競技場を抜け出すと隅のほうで縮こまり、悪寒を抑えた。誰かの死に際を見るということは、いくら繰り返しても決して慣れることなど不可能だった。

ロマニョーロ伯爵家で殴られて倒れていった多くの召使

いや女中たちの顔が浮かんだ。

（命をこんなにも虚しく失うなんて……）

伯爵家をやっと抜け出したのに、こんなにも無数の悲しみと死が溢れていることがやるせなく憤《いきどお》ろしい。

（生まれた時から首に紐をかけられた犬は、死ぬまでそこが世界のすべてだと思って生きるしかない。私はまさにそれだったんだ）

ヌリタスはソフィアが持ってきてくれた水を飲み、なんとか立ち上がって空を見上げた。

一つの人生を奪った空は、まるで何事もなかったかのように綺麗《きれい》な青色をしていた。

（そう。空はいつだって同じだ）

彼女は虚ろな瞳で空を見上げた。

もう一度競技場に戻る気力はなく、ソフィアに支えられながらテントに戻って休むことにした。

そのとき、後ろから声がかかった。

「おや、こんな偶然があるとは！」

（うわ……）

聞きたくもなかった声のせいで、せっかく落ち着いたはずの寒気がまたぶり返してきた。

なんとか表情をつくろったヌリタスは、その声の主に向かって深く頭を下げた。

「陛下。ご機嫌麗しゅう」

「よそよそしい挨拶はよせ」

王は先日とはまた違う奇抜な、けれど不思議によく似合う格好で、不気味なくらい機嫌のよい顔で彼女に手を振りながら近づいてきた。

ヌリタスはその姿に驚いて二歩ほど後ずさりしながら、こっそりと逃げるきっかけをうかがっていた
（どう考えても、変な人なんだけど……）

彼女と王との関係などたいして深くもないではないか。

ヌリタスはそんな気持ちを悟られないようにベールを直し、顔を隠した。

「今の試合を見たか？　目を貫くなんて本当に美しい技術だと思わないかい？」

王は本気でスリザリン伯爵の試合が気に入ったようで、とても満足そうな表情を浮かべていた。

ヌリタスはどう答えていいのかもわからず、曖昧な態度をとった。

（人が死んだのに、美しいだって？）

王は初めから特に答えなど期待していなかったようで、すぐに次の話を始めた。

「なぜ公爵の試合を見ない？」

ヌリタスはなぜそれを王が気にするのか、そして王がなぜこの時間にここにいるのかが気になった。

今の心理状態で、誰かとこのように顔を合わせること自体が非常に嫌だった。

だが王はヌリタスに隙を与えることなく、一緒に歩くことを提案した。

「公爵の試合を見ないのなら、私と一緒にいなさい」

「……あ」

体調も悪い上に、彼と一緒にいたい気持ちなど全くなかったが、相手は王だ。

ヌリタスは返事をしないまま彼の後ろについて歩きながら、少し静かになった競技場の方を一度振り返って見た。

公爵はきっと、彼女が見ていなくても十分立派に試合を終えるだろう。名残惜しさを感じながら王の後について やって来た場所は、この前王と初めてあったあの野原だった。

そして、この前はなかった大きくて豪華なテントが立てられているのが見えた。

「？」

ヌリタスは何事かわからず不審に思っていると、王がにっこりと笑いながら手で合図した。

「お茶でもしようかと思って」

「……はい」

ここまで来てしまった以上断ることもできず、ヌリタスは震えるソフィアの手をしっかりと握ったままテントに入った。

まるで我が家に帰ってきたように自然な様子でルートヴィヒが椅子に横たわると、侍従たちが彼の上着を脱がすのを手伝った。

上着を脱ぐと、中から肌が透けて見えるほど真っ白なガウンのようなものが姿を表した。

（寒くないの？）

ヌリタスは、なぜこの男はこうして露《あら》わに肌を見せるのか、理解ができないまま、彼女に与えられた席に座って背筋を正した。

いくら考えても王が自分にこんなにも興味を抱いている理由が見つけられず、さらに緊張感が増した。

テーブルを挟んで向かい合って座ると、ルートヴィヒは露骨に彼女に興味を示し出した。彼は緑色の目を輝かせて彼女を舐め回すように見つめた。

（どこが特別なのだろう？）

昨晩この女について考えているうちに、いつの間にか朝になってしまった。一人で思い悩むより、実際に会ってその理由を見つけたほうがいいと思ったのだ。

視線を引くような肉感的な体を持っているわけでもなければ、男を誘うような揺れるまつげを持っているわけでもない。

むしろ切なげな瞳には憂鬱な陰が宿っていた。

明るい印象ではないが、何度も顔を見たくなるような何かがある。

「なぜだ？」

しばらくの間彼女の顔をじっと見つめていたルートヴィヒが吐いたその言葉に、ヌリタスは聞き覚えのある響きを感じた。

（ああ……）

それは、いつも彼女の周りを徘徊《はいかい》しながら変な目で彼女を見ていたアビオの言葉の雰囲気と酷似していた。その瞬間ヌリタスの背中にぞわっと鳥肌がたった。

王が最初から自分に過度な興味をみせた理由は、まさかそういった類のものだったのか？

ヌリタスはやっと抜け出した沼に再び落ちたような気分になり、気が遠くなった。

（どうしたらいいのだろうか）

相手が平凡な男であれば、今すぐに振り切って逃げ出せばいい。公爵夫人という地位を利用して、少しくらい怒ってもいいくらいだ。

（だが、この人は王だ）

彼女が公爵の隣にいることを夢見た瞬間から、いや、公爵城に到着した瞬間から、ヌリタスはモルシアーニ家のためにも余計な行動をしてはいけなかった。

彼女は襲ってくる不安を、なんとか落ち着かせた。怖がっていたって、解決できる問題など何もない。

鞭《むち》で打たれるか、その鞭を握って振り回すかは、彼女の選択にかかっていた。

（どうせ逃げ場もない）

そしてヌリタスはぐっと顎を引き、王の言葉は全く気にしていないという風な態度をとった。

だがヌリタスの選択は逆効果だった。

ルートヴィヒは答えのない試験問題を目の前にした者のように滅入っていたが、堂々とした彼女の姿を見て不意に気がついた。

彼は目の前の女性が気に入ったのだ。

(ロマニョーロ家にこんな令嬢がいると、もっと早く知っていたら……)

ルートヴィヒは今まで、後悔などという気持ちなど知らずに育った。だがこの女をモルシアーニ公爵に与えたのは自分だという事実を思い出した瞬間、口の中が苦くなるのを覚えた。

ルートヴィヒの緑色の瞳に暗い影が差した。

彼は艶のある唇で、まじないを唱えるように言った。

「私は公爵より裕福だ」

全身に力が入っていたヌリタスは、突然の突拍子もない王の財力自慢に首を傾《かし》げた。

「しかも、私のほうが公爵より美男子だ」

「……陛下、申し訳ありませんが、何をおっしゃっているのかわかりません」

ヌリタスはこの意味不明な王の話をこれ以上聞きたくなくて、丁寧に言葉を遮った。どうにかしてこの場を離れようという気持ちしかなかった。

このテントの中にはヌリタスと王以外の者もいるのに、なぜこんなにもねっとりした視線でわけのわからないことを言うのだろう。

その言葉に、王は赤い実を一つ唇の近くにぶら下げ、何やら考え込んだ後、姿勢を正した。

「やはり私は、あなたがとても気に入った」

「……?」

「だから、最近流行しているという恋愛を、私としてみないか?」

ルートヴィヒはにっこり微笑み、まるで善を施すかのように余裕な態度で提案した。

ヌリタスは眉をひそめた。

かろうじて王の前で礼儀を失しない程度に取り繕えていたが、気持ちは穏やかでなかった。

既婚の貴族たちが、お互いの配偶者にこだわらずに恋愛遊戯をすることは、ロマニョーロ伯爵を通してすでに知っている。彼らにとってそれは特別なことではなく、流行のようなもので、配偶者以外の恋人が一人もいない貴族のほうがむしろ珍しいという。

　ここ、ヒースフィールドでも、配偶者がいるにもかかわらず、多くの者たちが愛の囁きを交わしているのだろう。

（でも私は彼らのように貴族じゃない）

　この瞬間ほど、本物の貴族の令嬢ではないことを嬉しく思ったことはなかった。

（教養もなく、豚小屋の掃除をしていた私だけど、公爵を裏切ったりしない。そんなロマニョーロ伯爵家の者たちと同類になるような真似《まね》をするもんか）

「申し訳ございませんが、今のお言葉は、聞かなかったことにさせていただきます」

　彼女は静かに、けれどきっぱりと拒絶の言葉を発し、断罪を待つように、うつむいた。

　王に反抗したのだから、そのまま切り抜けることはできないだろうと思った。アビオのように彼女を殴ったり、もしくは厳しい罰を与えられるかもしれない。

　何度も殴られた腹部が痛みを思い出し、ヌリタスは思わず手でそこを押さえていた。

　アビオの生温かい息が彼女の首筋に触れた瞬間を思い出し、吐きそうになったが、もう母は安全な場所にいるということが、気持ちを強くさせた。

　母も自分の選択を知ったらわかってくれるだろう。

（伯爵が望んだ通り末娘になりきり、こんなふうに死ぬのも悪くない。滅びるならロマニョーロ家も道連れだ）

　王は何を考えているのかわからない顔で、じっと彼女を見ていた。

　わざとらしく笑みを浮かべたヌリタスは、ゆっくりと立ち上がった。次にとる行動に対する王の反応によって、彼女の運命が決定する。

「申し訳ございません。突如体調が悪化したため、お先に失礼いたします」

　隙のない丁寧な挨拶をすると、ヌリタスは王のテントから退出した。王も、その部下も誰もそれを止めなかった。

　口をポカンと開けたまま、しばらく彼女の後ろ姿を見つめていたソフィアが、慌てて追いかけてきてヌリタスの腕をつかんだ。

「奥様……」

　すべてを目撃したソフィアは、今息をしているのかどうかすらわからぬまま、ヌリタスの力になろうと必死だった。

「ソフィア……ありがとう」

ヌリタスも同様に、今起こった出来事にひどく動揺していたが、侍女の泣き出しそうな顔に、かえって落ち着くことができた。

わかっているのは、逃げ出すことができたということと、今すぐに公爵の優しい瞳で見つめられたいということだけだった。

＊＊＊

テーブルには豪華な菓子が並べられ、まだ冷めていない茶の湯気がカップから上がっていた。ルートヴィヒは何も言わずに、何もしないまま、指を鳴らした。

そんな王の姿を見守っていた侍従たちは尋常でない空気を感じ、互いに目配せをしていた。

「やはり面白い」

ルートヴィヒは、特に恋愛に興味などなかった。ただ、そう提案すれば、女はすぐに受け入れるだろうと思い、餌として利用しただけだ。

王との恋愛が何を意味するのか。

うまくやれば、公爵夫人どころか、さらに高い位置に上り詰めることができるチャンスだ。未婚の彼にはまだ跡継ぎもいないため、運よく妊娠すれば女としてこれ以上の栄光はないだろう。

（それでも私のことを拒絶するというのか？）

彼の提案をバッサリと断った女のことを思い出し、ルートヴィヒは突然大声で笑い出した。

彼は生まれて初めて感じる複雑で奇妙な感情に、体を動かすこともできないまましばらくの間興奮に浸っていた。

そして再び無表情になったルートヴィヒは、断られたことに腹が立つような気もしたし、むしろ新鮮な気持ちに浮き立っているような気もした。

「なぜこの王国のもとで、私のものにならないものがあるのだ？」

ルートヴィヒはそれが全く理解できないまま、銀髪の女が座っていた椅子をずっと見つめていた。

第64話　薔薇《ばら》は真っ赤で悲しくて

ロマニョーロの領地では、南部の暖かい陽を浴びた肥沃な土壌が自慢だった。

領地で最も良い場所に古い城が建っており、その城壁に沿って赤い薔薇の蔦《つた》がのびていた。

ロマニョーロ伯爵夫人は、特別可愛がっていた娘と息子を順番に送り出して以来、このように庭園を彷徨いながら馬車が消えていった日のことを思い出す日々を繰り返していた。

メイリーンは泣き腫らした血の気のない顔で母親を抱きしめ、馬車に乗り込んで行った。目の前の満開の薔薇の花が、まるでその時のメイリーンのように美しくて、涙がこみ上げてきた。

そして、薔薇のつるが棘《とげ》をむき出しにしてあちこちに絡まっているのをみると、胸が苦しくなった。

（アビオはどんな子だったかしら）

娘ばかり連続で産み、ついにできた息子だった。あんなにも望んでいた男の子だったにもかかわらず、伯爵は見向きもしなかった。

「私が……」

伯爵夫人は込み上げてくる気持ちを我慢できずに、ハンカチで口元を覆った。

アビオは馬車に乗る瞬間まで、母の顔を見なかった。馬車に乗り込み窓のカーテンを開けた瞬間に目があったとき、その瞳には恨みがこもっていた。

辺境に旅立つ息子を守ってやれなかった申し訳なさで、胸が潰れそうだった。

アビオだけは、あんなところに送りたくなかった。

（伯爵家の後継者になるために大きな志を抱き旅立つ息子に何を言うのだ！　あれにはロマニョーロの未来がかかっているのだぞ！）

彼女がアビオを送ってほしくないという話を持ち出すなり、伯爵は腹を立てて声をあげた。落ち込んでいる人間を責め立て、再び女を求めて外に出かけていくこの人間こそが、彼女の夫であり、主であった。

「奥様。今日はとっても薔薇が綺麗です」

隣で仕えていた女中が、最近憂鬱そうな夫人を元気付けようと話しかけた。だがその言葉は鋭い棘となり夫人の心を傷つけ、堪え難いほどの悲しみがこみ上げてきた。

「大変！　奥様が！」

突然力なく倒れ込んでしまった夫人のせいで驚いた女中が、慌てて助けを呼んだ。

庭園で倒れている伯爵夫人の耳にはまるでその女中の声が幼い頃のメイリーンとアビオの笑い声のように聞こえて、少しだけ幸せな気分になった。

＊＊＊

ミカエル・スリザリンは、試合を終えて激しい快感に浸っていた。

今日の彼の相手は惜しくも命を失ったようだ。ぐったりと倒れている騎士を見ながら、運がなかったな、と舌を鳴らした。観衆たちは、圧倒的な試合を見せてくれた彼に向かって歓声を送った。

ミカエルはその声が大きくなればなるほど、興奮するのを感じた。この競技場こそが、彼の存在価値を証明してくれる舞台だった。

花やリボンのようなものがどんどん投げ込まれ、まるで決勝戦かのように騒ぐ姿にとても満足した。

「ヒースフィールドで、俺は負けたりしない」

ミカエルは兜を外し、観客に向かって意気揚々と手を振って見せた。再び大きな歓声がヒースフィールドに響いた。

ミカエルは彼の活躍にうっとりしているはずの、銀色の髪で青い目の女を探した。

だが彼女の視線は彼に向けられていなかった。その上、すぐに立ち上がって慌てて席を離れていくではないか。

（どこへ行くんだ？）

立ち上がって熱狂する観衆たちの間に女の姿が消えていった。体の熱気が一瞬で冷めていった。そして次の試合の準備をする公爵の姿が目に入った。

（ついにあの傲慢な奴と戦う時が近づいてきた）

公爵が今年の馬上試合に出場するという噂を聞いた瞬間から、ミカエルは思っていた。他の騎士たちは皆、彼らの試合のための舞台背景になるだけだと……。

スリザリン家の名前を途切れることなく叫ぶ観衆を背にミカエルはゆっくりと馬を走らせた。

公爵の試合を見る理由など全くない。彼が勝てないはずがないのだから。

勝ち誇った顔をしている金髪の騎士が消えていく姿を見ながら、ルーシャスは顔をしかめた。

不慮の事故で命を落とすことは、試合中にはよくあることだが、相手の死を哀悼することすらしない騎士がいるとは。

ここにきて初めて聞くスリザリンという名前から、長い間剣の使い手として有名だった老将の姿を思い出した。あの素晴らしい騎士に、あんな息子がいたとは。

「だからこんな試合はうんざりなんだ」

黒い目で露骨に苛立ちを表しながら、さっき席を離れていった、ほっそりした自分の妻を想った。

（驚いただろうな）

小さな存在にも愛情を与える優しい彼女にとっては、堪えがたいほど残酷な場面だったはずだ。

すぐに彼女の元へ行き、慰めてやりたかった。

そして、野に咲く花のように可憐《かれん》で、力弱い彼女を、こんな多くの男たちの中に置いてきたことが、気になって仕方なかった。

「ああ……」

ルーシャスは、試合の直前にも関わらず彼女を独占したい欲に悩まされる自分に驚き、すぐに気持ちを切り替えた。

「ルーシャス・モルシアーニ。今はここに集中しよう」

脱いでいた兜をもう一度かぶり、おおよそ整備が整った競技場の方へゆっくり馬を走らせた。

命を終えた騎士の血がまだ消えていない競技場で槍を持って立っている彼の姿は、とても寂しそうだった。

観衆たちはさらに刺激的な試合を見ることができるかもしれないという期待でさらに声を上げ、ルーシャスの深い瞳は、さらに鋭くなった。

だが、いざ行われた試合は、観衆たちの期待に全くそぐわないものだった。

試合開始の合図がされるが早いか、モルシアーニ公爵は全力疾走すると、槍の先で相手をコツンと当てただけで落馬させ、勝利した。

それはもちろん、実力のある騎士だけが出来る神業ではあった。だが観衆たちは皆、物足りなさを感じた。

ルーシャスは冷めていく観客席など眼中にもない様子

で、王がいると思われる席の方へ挨拶すると、すぐにその場から去っていった。

落馬した騎士は怪我ひとつない体で、決まり悪そうに横たわったまま、公爵の立ち去る姿を目を細めて眺めていた。

ルーシャスは馬を召使いに預け、兜を投げ捨てた。そして早く鎧を脱がなければならないと伝えた。

さっき遠くに見えたヌリタスの姿が目に焼き付いて、不安でたまらなかった。

彼は鎧を脱ぎ終わると、汗で濡れた服を着替えることすらせず、すぐにヌリタスを探しにいった。


ヌリタスは、王から逃げ出して、急いでテントに戻る途中だった。テントの周りには人々がたくさんいたのだが、彼女は人気のない深い森に迷い込んだような気分だった。

（この道の先に、公爵がいれば……）

不安で息苦しい気持ちのまま急いで歩いていると、道の途中で会いたくてたまらなかった公爵と出くわした。

黒髪の男は、全身泥だらけで、髪の毛は兜で押されたせいかボサボサだった。誰が見ても、慌ててやってきたのだとわかる。

まるで数年ぶりに再会したかのように、二人の顔には切なさが漂っていた。

「公爵様」

「あなたか」

二人は同時に相手を呼んだ。

周りの景色や人物など忘れてしまっているかのように、二人はお互いだけを見つめた。

最初に目を逸らしたのは顔が赤くなってしまったヌリタスだった。ルーシャスはツカツカと歩いてヌリタスの手首をつかんだ。

そして二人は急いで移動した。

「誰も入ってくるな」

公爵は低い声でそう命じると、テントの中へと消えていった。

それを見ていたソフィアの顔が赤くなった。そして近くに立っていたセザールとこっそり目配せをした。先日の彼らの芝居の効果は確かにあったようだ。

テントに入ってしばらくの間、ルーシャスの心は暴走状態だった。

競技場にいた時から会いたくて会いたくてたまらなかった彼女が目の前にいるのに、彼の気持ちは全く落ちつかなかった。

（なぜこんなに見つめても、満たされないのだろう）

結婚した間柄とはいえ、彼の数度に及ぶ告白に、彼女が一度も返事をしていないということを思い出した。

「公爵様？」

ヌリタスは掴まれた手首が痛み出して、柔らかい口調で彼に呼びかけた。

（どうしたんだろう。公爵の黒い目がいつもとは違っていて……少し、悲しそう？）

公爵は掴んだ手を離してぽつりと言った。

「すまない。あなたを痛めつけてしまっていたのか」

「大丈夫です」

ヌリタスは彼の手の跡が赤く残った手首で、ベールをあげた。彼の顔をしっかり見たかった。

「怪我はないのですね？」

ルーシャスは、今日も心配そうに彼のあちこちを確認する彼女の姿に、安心感と無情さを同時に感じていた。

彼女は、両親と兄弟を失って十年以上たった彼に初めてできた家族だった。家門の名誉、そのためだけに今まで振り向かずに走ってきた。

ヌリタスの目に宿った光は、今では記憶も曖昧な母の瞳と、確かに似ていた。そして心配するときの声は、兄の声のように聞こえた。

公爵家に一人取り残された八歳の子どもが頭に浮かんだ。


モルシアーニ家に目をつけていた多くの者を差し置いて後見人となったアートルム侯爵は、父方の親戚であり、王国に隣接した場所にすむ未婚の男だった。

ルーシャスは、乳母に抱かれて母を亡くした悲しみに浸っている時に、彼と初めて出会った。

「公爵家の跡継ぎがこんな泣き虫とは。地の下で眠る者たちも、安らかに眠ることもできないな」

幼いルーシャスは侯爵の言葉の意味をすべては理解できなかったが、それが褒め言葉でないことはすぐにわかった。

後見人は、後継者が成人するまで保護者としての役割もすることになっている。そして幼い子どもが公爵としての役割を担うことができる時が来たら、一族から大きな報酬をもらい、帰るのだ。

もしも保護者の役割が、教育だけに限定されていたならば、アートルム侯爵に対して最高点の評価をつけていたかもしれない。

だが彼の厳しい教育方法は、愛情に欠けていた。

彼は公爵夫人の葬式が終わるなり、ルーシャスの乳母を追い出してしまった。

まだ誰かの腕に抱かれることが必要だった幼い子どもにとって、それは受け入れがたいことだった。

「私は私に任された仕事をまっとうする。しっかりと従うように」

侯爵はまだ本をまともに読めないルーシャスに体罰を与えた。亡くなった公爵も兄が失敗した時にはふくらはぎを叩いたりしたが、それとは比べものにもならなかった。

「もうここに幼い子どもなどいない。お前は公爵家の後継者だ。わかったな?」

本を読んでいる途中に居眠りをすれば冷たい水をかけられたり、皮でできた紐で叩かれたりもした。こんなひどい行為に召使いたちは抗議したが、すべて黙殺された。

「すべてはモルシアーニ家のためだ」

侯爵は剣術に長《た》けていた。これは、数々の不幸の中で唯一の幸運と言えようか。

彼に習った剣術は、多方面で優れた王子にも簡単に勝てるほど、圧倒的なものだった。

このようにしてルーシャスは毎日泣きながら眠りにつき、いつの瞬間からか感情を表に出すことが少なくなった。弱い姿を見せることは侯爵を刺激し、鞭で打たれる回数が増えるだけだということに気がついたのだ。

ルーシャスは早く大人になって、後見人が必要ないほど強くならなければならなかった。

そして数年後、母の前で愛嬌《あいきょう》を振りまいていた末息子は、血まみれの剣を持ち無表情で戦場を駆け抜けるようになった。

第65話　真実に向き合う勇気

馬上試合は最終章に向けて力強く進んでいた。

決勝戦に賭けられた金額は凄まじく、仲介業者たちは忙しそうだった。

ズッシリとした袋を抱えた男たちが、血走った目で競技場の周りをうろうろしながら対戦表の結果を確認する場面が何度も見られた。

勝ち負けをつけるのが難しくなると、時々酒を飲んで喧《けん》嘩《か》になることもあった。

「スリザリン様は三年連続で優勝している方なんだぞ！」

「だがモルシアーニ公爵を見ただろう？　ただ戦争で活躍しただけじゃないぞ。あの勇ましさ！」

酒を飲みながら、まるで公爵が男の家族にでもなったかのように褒《ほ》め称《たた》えた。するとまた別の意見を持った男がグラスを置いて睨《にら》みをきかせた。

「女のようにやりの先でちょんとつついただけで終わらせるなんて。我らがスリザリン様は、そんな中途半端なことはしないぞ」

ミカエルは彼のテントに座って、酒瓶を手に顔をしかめた。さっき外を歩いていた時に、そんな戯《ざ》れ言《ごと》を口にする者がいたことを思い出したからだ。

ヒースフィールドでは、どこに行っても皆モルシアーニ公爵と彼の試合の話題だった。

（ずっと奴の陰で生きてきたが）

酒瓶の中の液体が揺れる音を聞くと、彼は一人の女を思い出した。

ただ公爵を怒らせてやりたいという気持ちで、モルシアーニ公爵夫人を自分の試合に招待した。個人的に彼女に好感を抱いてはいたが、それは今、重要ではなかった。

彼の名誉がかかった重大な瞬間だった。

この試合を無事に終えれば、彼に群がる女性は一人や二人ではないだろう。

そして、こんな風に自分を悩ませる傲慢な公爵の姿を思い出し、歯を食いしばった。三年連続チャンピオンの自分と張り合うつもりか？

「くそっ！」

その声で、乾いた布で剣を磨いていた侍従は驚いて伯爵の機嫌をうかがい、彼の足をマッサージしていた女中の手がガタガタと震えた。

ミカエルは酒瓶を置いてすっと立ち上がった。

今回勝つためには、今までよりもさらに精巧な技を準備しなければならない。そしてその勝利が与える意味は、彼にとって決して軽いものではないだろう。

それを思うとパッと酔いが覚めるような気分だった。ミカエルは侍従に大声をあげ、剣を持ってくるように命じた。

テントの中で、まるで公爵がいるかのように剣を振り回すと、侍従と女中が隅で体を縮こめてガクガク震えていた。

「もっと強く！」

マッサージを続ける女中に命じながら、ミカエルは酒のせいでふらつく体をなんとか支え、冷たい剣を額に当ててみた。

その瞬間、彼の目にあの生意気な公爵の顔が見えたような気がした。

彼は握った剣を、試合で使う槍に見立てると、腕を伸ばしテントのある部分に向かって疾走した。

「ああ、ご主人様」

振り払われた女中が尻餅をつきながら目を丸くする。

ミカエルの突進で、外の風を遮るためのテントの一部分が鋭い刃先で切り裂かれ、彼は重心を崩して倒れた。

顔はテントの外に飛び出し、体がテントの中に残ったままのその姿は、この上なく滑稽だった。

驚いた侍従は、誰かにこの光景を見られるのではないかと怖くなり、すぐに彼の主人の体を中に引きずり込み必死で隠そうとした。

女中はテントにできた大きな傷をみて、対策を探すために外出の準備をした。

「皆、かかってこい！」

ミカエルは泥酔して呂律《ろれつ》もまわらないまま、地面に寝そべって宙に向かって低い声で叫ぶと、眠ってしまった。

＊＊＊

ロマニョーロ家の雰囲気は、とても暗かった。

伯爵夫人は息子と娘を同時に送り出した後、物を口にせずに倒れることが何度もあった。だが伯爵の頭痛を引き起こす原因は、彼の夫人ではなかった。

一人の女中が、蒸発するように彼の前から消えてしまったのだ。レオニーという名の女中は、あの私生児の母であり、今まで十数年間彼を楽しませた女だった。

あの痩せて小さな女が、自力で逃げ出すとは思えなかった。彼は椅子に座って、杖《つえ》で床を叩くという意味のない行動を繰り返していた。

「内部にも外部にも、あの女を助ける奴などいないはずなのに」

最近では健康状態がさらに悪化しているようだった。すぐに死んでもおかしくないはずだった女中が、彼の領域から抜け出したのに目撃者がいないのだ。

「空を飛ぶ能力でもあったのか？」

今ロマニョーロの領地の周辺に猟犬と人を使って調査をしている。きっとすぐに手がかりをつかめるだろう。

（犬の首輪を解いたからって、人間になれるわけでない）

ロマニョーロ伯爵は背もたれに深く体を預けると、満足そうな笑みを浮かべた。

そして窓の外の空をさっと見上げてみた。さっきまで明るかったのに、いつの間にこんなに曇ったのだろうか。空をみると考え事が多くなった。

彼の夫人は以前はとびきりの美人だった。

王国最高の美女を隣に置くことに満足した。

（まあ、今となっては思い出せないほど昔の話だが）

他人が簡単に産む息子を、娘を四人産んだあとにやっと授かった。

モルシアーニ伯爵は、その過程で尊いプライドを傷つけられた。

（なぜ私が？　何が足りなくて？）

そしてやっと生まれた息子は……。

「チッ」

アビオの赤くてぼんやりした顔が、まるでこの空のように彼を憂鬱にさせた。

「向こうでも馬鹿みたいに過ごしているのではないだろうな」

北風で息子が体を壊すのではないかということよりも、伯爵家の面子に傷が付くのではないかということが心配だった。モルシアーニ公爵の策略に引っかかったふりをしたが、彼にもきちんと考えがあった。

男とは、荒波に揉まれてこそ、成長するものではないか。

ロマニョーロの地にいては、伯爵夫人に甘やかされてばかりで、どんどん駄目な人間になっていく。

「出来損ないめ」

彼にとって息子とは、目の前にいようがいまいが、頭を悩ませる存在だった。こうして最後のチャンスを与えたのだから、どうか伯爵家の後継者として相応しい男になって帰ってこいと祈るばかりだった。

＊＊＊

少し過去を彷徨って正気に戻ったルーシャスは、ヌリタスが変わらずに自分を見つめていることに気がついた。彼は少し微笑むと、彼女の手を握って引き寄せた。

「俺は絶対に怪我などしない」

ルーシャスは、彼女をロマニョーロの老いぼれや世界のすべてから守ると誓ったのだ。

「信じております。公爵様」

ヌリタスにとって公爵とは、ただ強いだけの存在ではなかった。言葉では説明できない、絶対的な信頼と尊敬を、彼に対して抱いていた。

自分自身のことすら信じられない時に、このような感情を他人に抱くことになるとは。

だがルーシャスは、ヌリタスが今も自分のことを憧れの騎士を見つめるような瞳で見つめることに不満を感じた。

「今日聞きたいのは、そんなことじゃない」

熱っぽい黒い瞳が、彼女だけを見つめていた。

その瞬間、ヌリタスは突然テントの中の空気が変わるのを感じた。

まるで、少し前までの出来事が再び繰り返されるような気がして、この場を離れたくなった。

（……彼はこんな私を受け止めてくれる？）

だがそんな心とは裏腹に心はとても正直で、公爵の告白を頭の中で何度も繰り返し再生していた。

（どうしたらいいんだろう）

公爵に近付こうと決めたものの、そんなとんでもない告白にどう答えたらいいのかわからなかった。

ヌリタスは激しく混乱した。逃げるつもりはなかったが、少し呼吸を落ち着かせる時間が必要だった。

しきりに後ずさりしようとするヌリタスを見て、ルーシャスは彼女の手を引き片手で腰を抱き寄せた。

そして上着の袖を少しまくりあげ、手首に巻いたハンカチに口付けた。

ヌリタスはまるでその姿が、公爵の唇が彼女に触れたかのように感じ、全身が緊張に包まれた。

（あんなみっともないハンカチを、どうしてこんなに大切にしてくれるの……）

ヌリタスはルーシャスのせいで、呼吸が苦しくなった。どうかこの震えが彼にバレないようにと祈った。

ルーシャスは指先から伝わる彼女の高まる鼓動の音に拍子を合わせて、優しい瞳で彼女を見つめて求めた。


「告白の答えが聞きたい」


ヌリタスは彼の視線にこれ以上抵抗できなかった。

ゴクリと唾を飲み込んだあと、ヌリタスは深みのある瞳を上げて公爵をしっかりと見つめた。

彼の気持ちに答える前に、やらなければならないことがあった。だが自分の口で自分の惨めな姿を明かすのは、そう簡単なことではなかった。

「私は……」

ヌリタスはもう一度唾を呑み込んだ。

「私は公爵様に相応しい人間ではありません」

それは最初から明らかな事実だった。彼女はただの嘘《うそ》つきな私生児で、公爵は本物だった。彼に惹《ひ》かれる気持ちを認めてしまったら、彼女を包む闇が彼も飲み込んでしまうのではないかと思い、怖かった。

「いつか、私のせいで公爵様に災いが起こるかと思うと、怖いのです」

ロマニョーロ伯爵は、長い間、多くの人を蹂躙《じゅうりん》しながら全く悪びれていなかった。そして恐ろしいほど異常な思考を持っていた。私生児と本当の娘を入れ替えようなど考える者がいるだろうか。

ヌリタスはすべてを企てた伯爵が公爵にも危害を加えるのではないかと不安だった。

ヌリタスは彼女が抱いていたたくさんの想いを、ルーシャスに打ち明けた。

そして審判を待つ者のような気持ちで、ぎゅっと目を閉じた。公爵のもとへ行きたくても、それを妨害する足枷《あしかせ》の音がガチャンと耳元で響く。

（ロマニョーロ伯爵の哀れな私生児）

それは見えないようにヌリタスに刻まれた罪名だった。

やるせない気持ちになり、深くうつむいた。

何はともあれ、今向かい合う二人が、嘘だらけの夜から始まったことは否定できない事実だった。そして彼女だけが潔白だと主張するのも、違うと思った。

(真実という素顔よ。どうか時間を戻しておくれ)

どんな言葉で何重に包んでも覆いきれない。ヌリタスは時間を戻して公爵と出会う前に戻りたいと思った。

(そして、こんなつまらない私の中から、この人を消すことができたなら……)

それか、いっそのこと公爵が噂通りの残忍な悪魔であったなら。

想ってはいけない彼を、こんなに胸が痛くなるほど愛することなどなかっただろう。

(全部私の罪だ)

母の母から始まったこの言葉が、まるで呪文のように自然と浮かんできた。

ルーシャスは、告白をするヌリタスの顔が苦痛でゆがんでいくのを見ているのがとても辛かった。

彼女の長い告白の途中で割り込んで、それはあなたのせいではないと叫びたかった。

だが必死で言葉を紡ぐ彼女のために、どうしようもない感情の洪水の中でなんとか重心を保とうとした。

(あなたの悲しい瞳を、すべて喜びで埋め尽くすことができたら)

誰が身分を理由に彼女を自分から引き離すことができようか。彼女とともに進む道がいくら険しいからといって、それを避けることができようか。

華奢な肩が彼の目の前でガタガタと震えているのも見たくなかったし、泣きそうな声も聞きたくなかった。

彼女の過ぎてしまった過去は取り戻すことができないが、共に歩むこれからは、すべてが変わるだろう。

「なぜ俯くのです」

話し終わったヌリタスは、怒りがこもった公爵の声にビクッと驚き、ゆっくりと顔をあげた。

「あなたはモルシアーニ公爵夫人だ」

ルーシャスはハンカチが固く結ばれた腕を伸ばし、ヌリタスの頬に近づけた。そして見えない涙をそっと撫でながら、力強く告白した。

「あなたは俺の、唯一の女性だ」

ルーシャスの声が、さっきのヌリタスのように微かに震えていた。伝えても伝えても足りない気持ちを、伝え続けたかった。

公爵の震える手が頬に触れた時、ヌリタスは彼と目があった。彼の声は、まるで泣き出しそうな子どもの声のように聞こえた。

ヌリタスは、自分の唇が動いていることすら意識できないまま、彼の目に魅せられるように囁いた。

「愛しています」

ルーシャスは、まるで奇襲攻撃を受けたように、目を見張って、固まった。

第66話　愛し、そしてまた愛します

アビオはスピノーネ侯爵の領地へやってきた時に感じた不安が、この部屋に入ってさらに強くなるのを感じた。恐怖で足が震えたが、貴族の誇りを胸に、姿勢を正した。

(僕が怖がるなんて)

暗闇に慣れてきたのか、少しずつ周りの様子が見えてきた。窓に暗幕をかけて光が入らないようにしているようだ。

部屋は広かったが一階と同じように何の装飾もなかった。

(こんな真っ暗な部屋に閉じこもって何をしているんだ)

アビオは机と思われる角ばった家具のある方へ向かって、無理して作った太い声を出した。

「いらっしゃいますか?」

きっと、怯《おび》えていないように見えるはずだ。だが彼の問いに対し、何の返事もない。

アビオは軽く咳払いをしながら、歩いた。

すると、机の後ろの方でだれかの眼光が鋭く光っているのが見えた。

（あれがスピノーネ侯爵か）

光のない部屋の唯一の光に、彼の神経が集中した。もしかして相手が自分の声が聞こえなかったのかと思い、彼は大きな声を出した。

「スピノーネ侯爵様、ご挨拶させていただきます。私はロマニョーロ家から参りました、アビオと申します」

アビオの自己紹介が終わるなり、椅子を引く音が聞こえ、とてつもない重量感のある足音が響いた。そして机の後ろの大きな窓を覆うカーテンが一気に開けられた。

ぼんやりとした光の中で、何者かが彼に向かって口を開いた。

「男か？」

アビオは金属がどこかを引《ひ》っ掻《か》くような声の主を見ようと腕を下ろした。だが闇に慣れてしまった目は、そう簡単に相手を見ることを許さなかった。

（よくも僕に！）

彼は男にしては骨格も小さく、顔も真っ白で、幼い頃にはメイリーンの妹のようだと言われたりもした。

だが成長してからは、誰も伯爵家の後継者に対しそんな発言をしなかった。

屈辱的な気持ちになり耳が熱くなったが、彼を辺境へと送り出した伯爵の余裕に満ちた顔を思い出し、唾を呑《の》んだ。

「ご覧の通り、私は当然侯爵様と同じ、男です」

気は進まなかったが、格下とはいえ侯爵の前で横柄な態度を取るわけにもいかなかったので、無理やり答えた。

「ふーん。ここにきたことを歓迎しなければな」

アビオは訳の分からない言葉を口にする男をじっと見つめた。彼は背が恐ろしいほど高かった。アビオが隣に立ったら、彼の胸元にも満たないかもしれない。

その上、手が驚くほど大きかった。

モルシアーニ公爵が繊細でありながらもたくましくも見えるというならば、侯爵は野獣のような荒々しさを持っていた。

日に焼けた顔はアビオの真っ白な顔と対比されさらに黒くなり、髪の毛はグレーに輝いていた。

（狼……）

確かに、向かい合っているこの人は、人間だ。

だがその顔からは、どんな感情も熱気も読み取れない。

伯爵と森で捕まえた灰色の狼が人間に変身したらこのような姿になるのではないだろうか。

そして目……。

少し赤みを帯びた金色の目が、アビオに向かって不気味に発光していた。

馬車の中で考えていた計画が、すべて台無しになりそうだった。彼はロマニョーロ城にいた時と同じように、ここでも難なく暮らせるだろうと思っていたのだ。

侍従とはいえ、伯爵家の後継者に対し実際に何かを命令したりしないだろう。普通の貴族たちがその名前の後につける名誉ある肩書きのようなものがもう一つ追加される程度のことだと思っていた。

だが相手を前にすると、アビオは今後待ち構える日々が決して容易《たやす》くないことを予感した。こんな男に、勝てるはずがない。

そしてその悟りは、すぐに深い絶望に変わった。

その時、窓の隙間から入ってきた冷たい風がアビオの頬に触れ、咳をしてしまい慌てて口元を覆った。青白い顔が赤く染まるのをじっと見ていた侯爵が、病気の獣を見るように舌打ちをした。

「そんな様子では、一度の冬ですらまともに越えられないだろう」

スピノーネ侯爵はアビオの赤味《あかみ》がかった癖のある髪の毛と、埃が積もった靴の先をじろじろと見た。

彼の目は、まるでとても美味《おい》しい酒を発見したかのように欲望に満ちていた。そのねっとりした視線に、アビオは息がつまるのを感じた。

「公爵は面白いプレゼントを私にくれたな」

その低い声は、とても小さくて、すぐに部屋の小さな雑音の中に溶け込んでいった。

アビオは巨体の侯爵が独り言をいいながらニヤリと笑う姿に驚き、少しずつ後ずさりした。

（今部屋は十分明るいのに、なぜ暗い茂みの中に閉じ込められているような気分なんだ）

アビオは目をこすりながら、侯爵の部屋から感じられる奇怪な空気に体を震わせた。たった数時間で、彼は本当に遠くへやってきてしまったのだということを実感した。

＊＊＊

ルーシャスは今この瞬間が信じられずに、力が抜けていくのを感じた。瞬きをしたら消えてしまう幻だったらどうしようと思った。

全身に力を入れ、もう一度相手を確認した。

(間違いなく彼女だ)

ルーシャスのたった一つの心を奪った人が、こちらに近づいてきている。

いつだって恥ずかしそうに一歩後ろに下がり、いつだって彼に後ろ姿を見せて去っていく彼女だった。

だが、今彼女は俺へと向かってきている。

そう思うとルーシャスは、世界をすべて手にした者のように心が温かくなると同時に、そして歯がガタガタ震えるほどの緊張に襲われた。

だが、勇気を出して歩み寄ってくる彼女のために、肩をぐっと開いた。

「あなたは俺にはもったないほどの人だ」

ルーシャスは込み上げてくる感情に引きずり込まれないように息を整えながら、言葉を続けた。

「そこがどこだろうと、一緒にいたい」

ヌリタスは、今まで神は自分たちを見捨てたのだと信じてきた。そうでなければ、先代から母に至るまで、こんなにも辛い人生を歩んでいなかったはずだ。

だが、それは彼女の間違いだったのだろうか。

神はいつもそこで自分たちを見守っていたのだろうか。

空がいつも青かったのは、自分を嘲笑《あざわら》うためではなかったのだろうか。

ヌリタスはとても混乱した。公爵にふさわしい人になりたかった。そして少しでも彼に近づきたかった。彼女の胸の内を、すべて打ち明けた。

(でも、その次は?)

公爵とともに歩んでいきたいなどという欲張ったことを願ったことはなかった。

だが、彼は今、彼女と一緒にいたいという気持ちを全身で表現している。

固く閉じられた唇、黒曜石のように輝く瞳。

こんなこと、ありえるのだろうか。

そして突然ヌリタスは手で口を押さえた。もしかしてこれすらも伯爵が予想していた展開だったならば?

(あ……)

そしてこんなにも高貴な人が、自分のせいで血を流すことになったら?

彼女の挙動不審な態度に気がついたルーシャスが、ヌリタスの体を優しく抱きしめた。

「あなたは何も心配しなくていい」

(でも、もし……)

ヌリタスは何も言い出せずに侯爵の肩に顔を埋めて、張り裂けそうな胸に手を当てて不安を鎮めようとした。

望んでいた相手の胸に抱かれているのに、なぜこんなにも不安なのだろうか。

ルーシャスは、固く握られたヌリタスの手をそっと手で包み込むと、もう片方の手でヌリタスの顎のラインを滑らかな絵を描くように撫でた。

指先に伝わるヌリタスの肌の感触に、息が上がった。

「あなたにキスをしてもいいか?」

侯爵の低い声で発せられたその一言で、そこに漂っていた爽やかな風が、一瞬にして湿った大地に吹く熱風に変わった。

(いっそ、何度も愛してるって告白させるならまだしも、これは……)

これは彼女のキャパシティを完全にオーバーしていた。公爵の唇が自分に近づいてくると想像しただけでも、意識が遠のいた。

そして、絶対に思い出したくなかった、彼女の顔を唾液だらけにしたアビオの息遣いを思い出した。

(なぜこんな瞬間に、よりによってあんな奴のことを思い出すんだ)

ルーシャスは、腕に抱いたヌリタスの背中が震えて固くなっていくのを感じると、彼は顎から手を離し、そっと背中を撫でた。

いくら名声の高い修道士がやってきても、今の自分の自制力を抑えることができないかもしれないと思うと、冷や汗が流れた。

だが顔に出さないように優しくヌリタスを落ち着かせた。

今望むのは、口づけではなく、彼女の心だった。

「あなたは安全だ。誰もあなたに危害を加えることなどできない。わかったか?」

ヌリタスは公爵の服から伝わってくる力強い心臓の鼓動が、少しずつ遅くなっていくのを感じた。そして今耳元に聞こえる彼の言葉に、顔が赤くなった。

（まるで、本当の恋人みたい……）

ヌリタスは、次第に離れていく公爵の体温を離したくなくて、両手を伸ばし彼の首に抱きついた。

そして公爵は彼女に捕らわれた。

彼女の腕が彼の胸と肩を通り過ぎて首の後ろに巻きつけられると、ヌリタスのさらさらした銀髪が彼の首をくすぐった。

これ以上望むものなどないほど、完璧な瞬間だった。

「ああ、夫人。幸せだ……」

彼は二人の間に漂う緊張感を和らげるために、わざと軽い冗談のようにそう言った。ヌリタスは公爵の言葉に少し微笑み、やっと顔をあげた。

ルーシャスはそれに合わせて顔を下に向けると、二人の鼻がお互いの顔に触れた。

爽やかな吐息から感じられる切実な思いが、彼女の頬をくすぐった。

ヌリタスは先ほどの心配が杞憂《きゆう》だったと知った。公爵の肌と息遣いは、あいつとは全く違った。

視線や手つき一つ一つから、彼女を大切に思う気持ちを感じ取ることができた。

どちらが先だっただろうか。

お互い見つめ合いながら微笑んでいた二つの唇は、いつの間にか近付き、重なり合っていた。

（熱い……そしてドキドキする）

そのわずかな接触で、二人の胸の鼓動は、一つになったようにそろって高鳴った。

公爵の腕が、もう離さないとでも言うように、彼女を固く抱きしめ引き寄せる。

ヌリタスは、目を開けたらいいのか、閉じたらいいのかわからずに、まつげを震わせながらぎゅうっと公爵にしがみついていた。

（唇にこんなに、いろいろな感覚があるんだ……）

息が苦しかったが、今のこの瞬間から抜け出したくなかった。

「落ち着いて、息をするんだ」

ルーシャスが少し唇を離し、蒼白になった彼女にそう言った。ヌリタスは彼と離れると寂しさを感じ、急いで口を開けて息を吸い込んだ。

呼吸を整え、さっきと違いお互いの唾液で濡れた公爵の唇を見上げた。

「――！」

すると、まるで森に吹く風のような公爵の息が彼女の中へと入ってきた。

第67話　土埃《つちぼこり》の中で咲く

しばらくの間互いの吐息を分かち合うと、ヌリタスは公爵の胸に頭を埋め、息を吐き出した。

足に力が入らずにふらつく彼女の腰を公爵がぐっと押さえた。

（この手……）

前も見えない真っ暗な海を彷徨っていた古い小船。そんな船に乗っていた彼女を陸へと導く手。今その手がヌリタスをしっかりと支えている。

ヌリタスは愛する人との口づけがどれほど特別なことなのかを知った。広い世界に、ただ二人だけが存在しているような気分だった。

そしてまた、同じ記憶を分け合うことでもあった。

たとえ残酷な運命によって、彼のそばを離れることになっても、この記憶だけは誰も彼女から奪うことができないだろう。

母以外の誰かにこんな気持ちを抱くことになるなんて、

考えたこともなかった。とても大切で涙が出るほど、抜け出したくない時間だった。

二人は呼吸が楽になるまで、互いの腕の中にいた。


そして、問題はその後だった。

ヌリタスは興奮が落ち着くと、いつ彼の腕の中から頭を離すべきか悩み始めた。

(顔をすぐに見ることができるかな?)

女として生きるのも始めたばかりだ。誰かを好きになることにも慣れていない。

こんな優しいキスを交わした後どうすればいいのかなんて、わからない。

(こんなことになるとわかっていれば、ソフィアにでも聞いておいたのに)

そしてヌリタスは顔を彼の胸に埋めたまま、不自然な沈黙を守っていた。

ルーシャスは目を閉じてヌリタスの肩にそっと頭を乗せたまま、幸せそうに微笑んでいた。

自分の気持ちばかり先走っていた時は、常に不安がつきまとっていた。だが今は彼女と気持ちを通わせたので、どんな心配事もへっちゃらだった。

ルーシャスは、まだ彼女の体から離れたくなかった。

眠った後ではなく、こんな明るい昼間にヌリタスを抱きしめていられるなんて、夢よりもうっとりする現実ではないか。

長い間抱き合っていた二人の体には汗が浮かび始め、熱くなった体で咳払いをしながらルーシャスは顔をあげた。

(もう一度キスをしようと言ったら、嫌がるだろうか)

視線を下に動かし、しっとりと濡れたヌリタスの唇を何度も見た。

ルーシャスは彼女から嫌われたくないと同時に、新たに込み上げてくる欲望と葛藤していた。

その時ヌリタスが、そっと彼の胸を押したので、二人はついに体を離した。

ヌリタスは呼吸を整えたのに再び公爵の心臓が高鳴り始めたことに気づき、つい彼から離れたのだが、傷ついたような彼の目を見てしまい、少し後悔した。

「あ……。すごく暑くて」

ルーシャスは彼女の言葉に寂しさを感じて何か言おうとしたが、自分の額から顎にかけても大きな汗の粒がダラダラと溢れていることに気がついた。

これでは、彼女に言い返すこともできない。

ヌリタスはルーシャスの腕に結ばれたハンカチをほどき、彼の額をそっと拭いた。

ルーシャスは彼女の手が触れるのを感じながら、目を閉じた。

「あなたの言う通りだ。今日はとても暑い」

ルーシャスは欲望などなかったかのようににっこりと笑い、ヌリタスに優しい視線を送った。

これから一緒に歩む日々が、眩しかった。ルーシャスは早く家に帰り、誰も邪魔できない二人の空間で一緒に過ごすことを夢見た。

「早くモルシアーニの地へ帰りたいな」

ヌリタスは公爵が優しく目を細めて話す姿を見て、頬を赤らめた。

正直、彼女にとって彼と一緒にいられるならば場所など重要でなかった。

眠って目覚めたら、すべてが消えてしまうのではないかと怖くなる。豚小屋で男の服を着て汚物の山を掃除する仕事に戻れと言われても平気だが、目の前のこの人が泡のように消えてしまうのは、耐えられないだろう。

ルーシャスは不安な瞳をしたヌリタスを見つめ、両手で彼女の手をそっと包み込んだ。


「またその顔をする」


ルーシャスは雨が降り始める前の空のような彼女の青黒い瞳に、優しさを吹き込んでやりたかった。

「ボルゾイから今さっき伝言が来たのだが、あなたの母君が少しずつ食事をとれるようになったようだ。動けるくらいに回復したら、俺たちの領地にお連れすると伝えた」

ヌリタスは彼からの嬉しい知らせに胸がいっぱいになり、感謝の言葉すら伝えられなかった。

本当に気になっていたことだった。

テントの床で風の音を聞いているときも、広い空き地で道の果てを眺めているときも、いつだって母のことを想っていた。

（母さんが、良くなっているんだ……）

ヌリタスの頬を涙が伝った。

「この知らせを聞けば、あなたは俺に笑ってくれるかと期待したのだが」

ルーシャスはヌリタスの頭をそっと彼の方へ抱き寄せた。彼女は泣くのを我慢しようと体を震わせた。身に余る幸福感で、公爵の胸を濡らしてしまった。

（いつか恩返しできる日がくるだろうか）

そんな日が来たら、ヌリタスは絶対にためらわないと誓った。

それが彼女の全部を捨てることになったとしても。

＊＊＊

ヒースフィールドに集まったすべての者たちが待っていた試合が開かれる日がやってきた。すでに観客席は満員だったが、立ってでも見ようとする者たちでごった返していた。

ヌリタスは、セザールとソフィアを連れてモルシアーニ家の席で両手を揃《そろ》えて座っていた。

（たとえ負けたって、何が問題なんだ）

試合の結果よりも、この前、残忍な試合を見せたあの男と公爵が対戦することが不安だった。

（この試合が終わったら、母君に会いに行こう）

公爵は真剣な顔で、彼女を安心させようとした。ヌリタスはドレスの裾をぎゅっと掴み、公爵の無事を祈った。

観客たちは始まる前から大声をあげ、惜しみなく期待を露わにした。昼間から泥酔している男が、皆殺しにしてしまえと叫んでいた。

王国最高の騎士であるモルシアーニ公爵とスリザリン伯爵に、なんとかして、目に留まろうとする女たちもたくさんいた。

公爵の登場に気絶する中年女性まで現れ、会場は騒がしかった。

彼らは、騎士たちの名誉がかかった輝かしい競技を期待しているのではなく、血に染まる激しい勝負を望んでいた。露骨な願望で赤く染まった目が、競技場に現れた騎士たちに集中した。

白馬に乗ったミカエルは兜の隙間から観衆たちを眺めた。彼らの輝く視線で、体が熱くなるのを感じた。今日の自分の勝利が、長く語り継がれるだろうと予感した瞬間だった。

今日に限って、鎧も彼の体にピッタリと合い、光り輝いていた。鋭く尖った槍の先を空高く掲げると、観客たちの歓声が倍になった。勝利のための心臓の鼓動が最高潮に到達した。

（ついに奴の影から抜け出す時が来た）

公爵の四肢がバラバラになって地面に転がり、ヒースフィールドが一瞬にしてモルシアーニの血で染まる場面を想像しながら、ニヤリと残酷な笑みを浮かべた。

そうすれば、公爵家の未亡人も、寛大な自分が引き受け取ることになるのではないか。あの堂々とした女が、自分の体に敷かれて気の強そうな目を釣り上げるのも、なかなか悪くないと思った。

（今日が貴様の命日だ）

ミカエルは槍を持ち直すと、呼吸を整えて、試合の開始を知らせる旗を見つめた。

観衆たちの凄まじい熱気やミカエルの勝利に対する情熱とは対照的に、ルーシャスはとても落ち着いていた。

黒い馬に乗って兜で顔を隠したルーシャスの目は、ただヌリタスだけを見ていた。

（ただ、あなたの名誉のために）

いつものように、彼は落ち着いて競技場に吹く風を静かに感じていた。反対側で勝利を確信しているミカエルの姿を、じっと見つめる。彼の槍で命を失った若い騎士の寂しい死体を思い出した。

ルーシャスは槍を持った手に力を込めた。


そして、そんな騎士たちの姿を見守っていたルートヴィヒは、興味がなさそうに試合会場の別の場所を見ていた。

誰が勝とうがどうでもいい。

そうだろう。

あの生意気なミカエルが勝った方が有利だろうか。

だがルートヴィヒは、そんな事態は起こらないことを、この競技場でもっともよくわかっている者の一人だった。

生まれつきすべての才能に長けていた自分に唯一勝った人間が、あの黒い馬に乗っている。

「チッ。どうしたら私のものになるんだ」

国王は対象が省略された強い欲望のこもった言葉を呟《つぶや》いた。紫水晶のような光を放っていた彼の瞳が横に広がり、陰険な光を発した。

すべてを手にして生きてきたせいか、こんな気持ちは退屈な人生の活力になった。

まるで自分が生きているということを、感じさせてくれるようだ。

ルートヴィヒの視界の隅に映った気の強そうな女は、両手を重ねて祈るように下を向いている。

誰のための祈りだろうと、少なくとも自分に対するものでないことは確かだった。

彼は持っていた銀杯を投げつけた。

だが、こんな風に苛立ったところで何も変わらないことをよくわかっている。ルートヴィヒはすぐに近くにいた侍従にこっそりと命令した。

王国の主人である自分が、モルシアーニ公爵に劣るものなど、剣の実力以外になかった。

（私は天に選ばれし者として、この地に宿る命あるものを治める義務があるのだ）

相応しくない場所に転がり込んで咲いた芽は摘み取って、彼が望む場所へ新たに埋め直せばいい。

ルートヴィヒが自分の計画が気に入って美しい微笑みを浮かべた瞬間、試合を開始する旗がヒースフィールドで揺らめいた。


大騒ぎをしていた観衆たちは、旗が揚がったのを確認すると、息さえも漏らさずに王国最高の騎士たちの決勝戦に集中した。

すぐに二人の騎士が相手に向かって全力疾走した。

凄まじい速度で駆けていく馬たちが起こした砂埃で、一瞬何も見えなくなった。

鍛えられた鋼が打ち合う激しい音がして、視野が遮られ、静寂が流れた。

立ち込める砂埃が徐々におさまると、観衆たちは地面に這《は》っている一人の騎士を見つけ、勝者が誰なのか確認するために目を見開いた。

その場には……槍を手にしたモルシアーニ公爵が、黒い馬に乗って凛《りん》と立っていた。

公爵の技があまりにも速く、人々はミカエルがどのように倒されたのかすらまともに見ることができなかった。

「……」

しばらくの間静寂が流れた。

歓声を上げることすらできないほど、皆が公爵に見惚《みほ》れていた。

「モルシアーニ公爵が勝った」

ルーシャスは兜を外しもしないまま、少しだけその場にとどまった。

わかりきった勝負だった。

ミカエルは今回も彼の目を狙ってくるのがわかった。

どんな技を使ってくるのか事前にバレてしまうような相手に負けるはずがない。そんな未熟なものに、自分の命を差し出すわけにはいかなかった。


ミカエルは、彼が負けたということも、落馬をして泥だらけの地面に座っていることも、認めることができなかった。

彼の攻撃姿勢は完璧だったし、数分前まですべてが順調だった。

兜がどこかに飛んでしまったミカエルの頭には、小さな布の切れ端が滑稽に張り付いているだけだった。

腕に力が入らず、なんとかそれを剥《は》がそうとすると、彼のたっぷりとした金髪が競技場の地面に付いた。

これほど屈辱的なことがあろうか。

ミカエルは乾いた土を両手で握りしめたまま、顔を上げられずにいた。きっと皆が自分をあざ笑うのだろう。

そんなことが許せるものか。

彼は暗い狂気に染まった目で、消えていく公爵の後ろ姿を見ながらニヤッと笑った。

彼の耳には観衆たちがモルシアーニ公爵の名を呼ぶ声援は聞こえず、飛んでくる薔薇の花も見えなかった。

ただ、彼に恥をかかせたモルシアーニ公爵の醒めた黒い瞳だけが、目の前でちらついた。


「ヒースフィールドで、俺は負けない」

ミカエルはぼーっとした目で呪文を唱えるように囁きながら、砂埃に包まれていた。

第68話　黄金の羽で心臓を狙う

　モルシアーニ公爵はゆっくりと馬に乗って授賞式が行われる場所へと向かった。

　新しいチャンピオンの誕生を知らせる太鼓の音がヒースフィールドに鳴り響いた。

　彼は馬から軽々と降りると、兜を外した。

　汗に濡れた若い公爵の野生的な魅力に興奮する女たちの甲高い悲鳴と、そんな公爵に憧れる男たちの歓声が重なり合い、場内は割れそうだった。

　授賞式のためのレッドカーペットが乾いた土の上に敷かれ、体格のいい男たちが木でできた壇を運んできた。続いて、道化師たちが滑稽な姿で登場すると、観客たちは注目した。

　王の代理人が現れて小さな声で何かを言うと、隣にいた侍従が長々と宣言した。

「陛下の忠実な臣下、モルシアーニ公爵を、馬上試合のチャンピオンとする」

　これでモルシアーニ公爵は正式に優勝者となり、報酬として黄金で作られた羽と金貨がどっさりと入った箱をもらった。ルーシャスはとても丁寧な態度で羽の飾りを受け取ると、王がいる場所へ向かってもう一度頭を下げた。

　公爵の勝利を祝う花たちが途切れることなく競技場へ投げ込まれた。

　まるで雨のように花が舞い落ちて、黄土色だった土はいつの間にか色とりどりになった。

　ヌリタスは胸の興奮をなんとか抑え、花が舞い散る様子を眺めていた。

　一瞬、兜を脱いだ公爵の姿に、銀髪に青い瞳の少年の姿を重ねた。

　公爵の勝利で、幼い頃から抱いてきた彼女の願いが叶《かな》ったような気がした。ヌリタスの口元には、静かに笑みが浮かんだ。

「……！」

　一瞬、黄金の羽を手にした公爵と目が合った。他のどんな瞬間よりもたくさんの意味がこもった公爵の黒い瞳が輝いていた。

（あ……）

その瞬間、雷のような歓声も、二人の間で舞い散る花びらも、何も聞こえず、何も目に入らなかった。この広い競技場に二人だけが存在するように、二人は強く視線を交わし合った。

競技場は、また別の熱気で盛り上がっていた。

「女神ディアーナのキスを！」

「チャンピオンにキスを！」

馬上試合のチャンピオンは身分や婚姻に関わらず、望む相手からキスを受け取ることができる伝統があるため、皆誰が勝者から選ばれるのか興味津々だった。

急いで頬をつねって頬を赤く染めて明るく笑う女性、大胆に胸を露出させる女性、唇を強く噛み、真っ赤に染まった唇で公爵の気持ちを引こうとする女性。

だがルーシャスは、最初からたった一人の人を除いて、誰も目に入らなかった。

彼はゆっくりと壇上をすぎると、観客たちがいる場所の前までやってきて、優しい瞳で手を差し出した。

ヌリタスは彼が名前を呼ばなくても、自分に手を差し出しているのがわかった。

彼女は魅せられたようにドレスの裾を少し持ち上げ、立ち上がった。

彼へと向かう階段に足を踏み出すと、ヌリタスのベールが陽炎《かげろう》のように揺れた。

あと、三、四段。

ヌリタスは立ち止まると、彼女を待っている公爵がゆっくりと跪くのを見守った。

（こんなにも高貴な方が、私に）

彼はヌリタスも夢を見ていいのだということを、初めて教えてくれた人だ。

公爵の元へたどり着くと、彼の瞳が彼女を見上げた。その深い輝きは、いつかの夜のように真剣で、昨日の昼のように優しかった。

公爵が彼女の手をそっと引くと、手の甲に口付けた。

（あなたを愛しています）

彼の体温と視線、そして指先に伝わる想いが、競技場を包み込んだ。

胸が苦しくなり、ベールの下の彼女の青い瞳に涙が浮かんでいた。

（泣いちゃダメだ）

そう誓った瞬間、ヌリタスは公爵の袖の先からのぞくハンカチの端を見てしまい、結局一筋の涙を流してしまった。

そして公爵の兜には彼女が贈った羽が、花の雨に打たれながら揺れていた。

＊＊＊

公爵家のテントに戻ってきたルーシャスは、疲れ切っていた。

ここにきてたった数日だったが、なぜこんなにも気を遣うことが多いのか。鎧を脱いで軽い服に着替えると、やっと少しだけ気持ちが落ち着いた。

「あなたもなかなか楽しかっただろう」

王の前で道化のように槍を持って競技場に出るなど、もう二度とやりたくないが、妻のことを思い出すなり顔が妙に赤くなった。

彼女の本心を確かめることができたテントでの日々を、永遠に覚えておこう。

彼にとって、今それ以上に意味のあることなど存在しなかった。馬上試合の後宴会が開かれることを知っていたが、彼は絶対に参加しないつもりだった。

だから、セザールに試合の後すぐにモルシアーニの領地へ戻る準備をするように伝えておいたのだ。

「これ以上、操り人形遊びはごめんだ」

ガランとしたテントの中で、小さな声で王に対するそんな挨拶を呟いた時のことだった。

「公爵様、失礼いたします」

「何事だ」

王の侍従がテントの中へ入ってきて頭を下げているではないか。

その瞬間ルーシャスは、なんだかとても悪い予感がした。

「王からのお言葉をお伝えしに参りました。モルシアーニ公爵ご夫妻は、必ず宴会に出席するように。長く私を待たせるでない。以上でございます」

王の言葉を伝達するなり、侍従は公爵の怒りから避けるように慌ててテントから出ていった。

残されたルーシャスは、うんざりした顔で前髪をかきあげた。

（まるでルートヴィヒに心を見透かされたようだ）

幼い頃から聡明《そうめい》な王だったが、こんなことがあるたびに嫌いになった。

（もっと急いで帰るべきだったか）

ルーシャスは鎧をまとったまま馬車に乗って帰ってしまえばよかったと後悔した。

だが侍従の言葉を聞いてしまった以上、どうしようもない。

彼の形のいい額に、太い横線が刻まれた。

ルートヴィヒの瞳の中にヌリタスが映し出されるのが嫌だった。両手をぎゅっと握りしめ、どうすることもできない状況に腹を立てた。

「公爵様」

ヌリタスが胸の少し開いた、装飾のないアイボリーのドレスを着てテントに入ってきた。

ドレスの腰の部分とスカートには、公爵の上着と同じ青色のサテンが使われており、二人が並ぶととてもお似合いだった。

そして一つに結った髪の毛は、銀髪と一緒に細長い青い紐が編み込まれており、絶妙な雰囲気を醸し出していた。

特別なアクセサリーも宝石も身につけていなかったが、彼女は光り輝いていた。

以前の、固い素材のズボンを穿いた姿を見て、この貴婦人と同じ者だと見抜ける者はいないだろう。

何より変わったのは、彼女の顔に浮かび上がる様々な色の表情だった。

真っ白な顔をほのかに染めるその姿は、恋に落ちた女性そのものだった。

怒りに満ちていたルーシャスは、彼女がそばにやってきただけで幸せな気持ちになり、ガシッとヌリタスの手をつかんだ。

嫌な知らせを伝えなければならないのが、とても申し訳なかった。

「すぐに出発できそうもないのだが、大丈夫か？」

こんな場所から早く抜けだしたい、ヌリタスと母親を早く再会させてやりたかった。

そして彼女の顔に笑顔が咲くのを見ることができたら、どれだけ嬉しいだろうかと想像していたのだ。

ヌリタスも同じ気持ちだったが、何も言わずに微笑んだ。

「もちろんです。公爵様」

ルーシャスは片手を伸ばして、ヌリタスの額をそっと撫でた。

すぐに出発することができずに腹が立っていたが、彼女と一緒にいるとそんなことも忘れて自然と笑みがこぼれた。

「あなたに一つ頼みがあるのだが」

「おっしゃってくださいませ」

ヌリタスは彼の大きな手に頬を当てて、とても短い二人だけの時間を楽しんだ。

彼の温かい手は、彼女に冬がすぎたら春がくるということを教えてくれた。

「二人きりでいるときは、違う呼び方で呼んでくれないか？」

ヌリタスは公爵の言葉に驚き、彼の手から顔を離した。公爵様を公爵様と呼ぶなだなんて。

「はい？」

彼が何を考えているのか、何を望んでいるのか見当がつかず、ただ困惑した。

「名前で呼んでくれたら嬉しい」

彼から一歩離れた彼女を依然として優しい瞳で見つめるルーシャスの発言に驚きを隠せなかった。ヌリタスは首を横にふった。

一人心の中で何度も唱えた彼の名前であったが、公爵の前で呼ぶことなどとてもできない。

そんな彼女を見つめながら、ルーシャスは頭を揺らし潤んだ瞳でこういった。

「お願いだ…」

彼は黒い瞳を大きな犬のように潤ませて彼女をじっと見つめた。

ヌリタスは体つきと比べてあまりにも可愛い公爵の姿に、太刀打ちできなかった。

何度も口をもごもごさせて、彼の名前を呼んでみようと努力した。

だが空気が抜けた音以外には、何も出てこなかった。

ヌリタスはイライラして地団駄を踏みながら、もう一度声を整えた。

「ルー……」

「それもいいな」

まだ名前を呼べずに､やっと一文字目だけ口にしたのに、公爵の顔はみるみる明るくなった。

困惑したヌリタスが何も言えずに呆然と立っていると、

ルーシャスがにっこりと笑った。

「俺達の最初の出会いを思い出せて、嬉しい」

ヌリタスは、今とは少し違う姿でロマニョーロ家で彼と会った日のことを思い出した。

（確か、仕事を探しにきたと言っていたっけ……）

そしてルーという名前を名乗った男は、すぐにまた会おうという突飛な別れの挨拶を残して去っていった。

数ヶ月前の最初の出会いからヒースフィールドに至るまでの時間は、あっという間だった。

その上、その呼び名は、幼い頃に彼の両親が彼を呼ぶときに使っていたと言ってた気がする。

大切な意味が込められたその呼び方で彼女が呼んでくれたことに感激している公爵の姿は、ヌリタスを感動させた。

彼を笑わせることができるなら、こんなことといくらだってやってあげられる。

「陛下が宴会にちょっと顔を出すそうだ」

ヌリタスに近づいて手を握ったルーシャスが、とても残念そうな顔をした。

ヌリタスは会うたびに変なことばかり言う王を思い出し嫌な気分になったが、顔に出さないようにした。

「では行かなくてはなりませんね」

「あの…」

「え？」

「もう一度、呼んでもらえるか？」

ヌリタスは、今回は笑いを堪えきれずに、口元に明るい笑みを浮かべた。

「ルー。行きましょうか？」

呼んだ方も呼ばれた方も、二人とも耳を真っ赤に染めて、並んでテントから出た。

風が二人の顔を、気持ちよく冷ました。

モルシアーニ公爵夫妻の後ろに、ソフィアとセザール、そして召使いたちが連なって歩き始めた。

満足そうなソフィアの顔とは対照的に、セザールの顔は蒼白だった。

公爵の幸せな結婚を望んでいて、そのために芝居をすることすらためらわなかった彼だ。

だが、最近の公爵はとても変わってしまい、彼にとっては知らない人のようだった。

いつも理性的で堂々としていた戦場の大将の姿は消えてしまった。

今の公爵は、ヌリタスの姿を見ると、嬉しそうに尻尾を振る、モルシアーニ家のオニックスのようだ。

そんなふうに思った瞬間、手で口を押さえた。

(もしこんなことを考えているとバレたら大変だ)

以前、長い髪の毛で公爵に似た幼い少女を想像した時以来の、最も衝撃的な出来事だった。

第69話　耳元に響く悲しい旋律は

「先生、ありがとうございます」

「私は役目を果たしただけですよ。食事をしっかりとって、時々散歩をするのが回復への近道です」

ヌリタスの母親、レオニーは、ボルゾイから明日モルシアーニの地へ行こうと伝えられた。

その時からだろうか。

ずっと生気のなかった彼女の顔に、少しだけ血色が戻ってきたように見えた。

最初に吐血をして倒れたときは、子どもの顔を一度でも見ることができれば死んでもいいと思っていた。だが生きることに対する未練は、そう簡単には捨てられなかった。

彼女は医者が置いていった液体の薬が入ったコップを両手で持ち、ゆっくりと飲んだ。苦味が口の中に広がり、自然と顔をしかめてしまった。

いつ死んでもおかしくなかった。医者からも、状態が良くなっただけで、悪くなってしまったところを完治させるのは難しいので、常に用心するようにと強く言われた。

ベッドから起き上がろうとしたが、膝と足首の関節が痛むのを感じ、もう一度寄りかかった。

もう少しまともに歩けるうちに娘に会って、もっと元気な姿を見せてやりたかった。

日常に忙殺されて、並んで座っておしゃべりをしたことなど一度だってなかった。そうだ。会って、明るくて美しい顔を、もう一度見なくては。

娘の青い瞳を思い出すと、体の痛みなどすっかり忘れてしまった。

母親と違い、娘はとても高貴な雰囲気を漂わせていた。それはレオニーにとってとても誇らしく、そして同時に寂しさを呼び起こした。

気分を変えようと窓の外に目を向けると、真っ黒な雲が浮かんでいるのが見えた。

「雨が降るのかしら」

曇った空を見ると、自然に銀髪の男が頭に浮かび体がガタガタと震えた。彼女の人生を、すべて壊した男。

(きっとものすごく怒っているだろう)

そんな程度ではないかもしれない。

少し回復してからは、風で微かに窓が揺れるだけでも恐怖を感じた。伯爵が長い剣を持って追いかけてくるような気がしたのだ。ロープを手に持って現れ、彼女の首に巻きつけてズルズルと引きずって行くかもしれない。

この前、面倒を見てくれているボルゾイがもう大丈夫だと言ってはいたものの、レオニーの人生からは、そう簡単に伯爵の影は消えなかった。

(全部私の罪だ)

仕方がなかったとはいえ、伯爵の力に屈したのも、娘の命を助けるために危険な道を選んだのも、すべて自分だ。

母親である自分がもう少しだけでもマシな境遇だったなら…。

すべてが後悔として残り、レオニーを苦しめた。

子どもを思い出し、一度は明るくなった顔に、どんよりとした青黒い光が宿り始めた。レオニーは乾燥した指の関節を揉みながら、もう一度あの子に会うまではもう少し頑張ろうと誓った。

＊＊＊

「モルシアーニ公爵夫妻です」

会話に夢中だった貴族たちは、テントの入り口に現れた一組のカップルに集中した。

実際、大多数の貴族が、このような公式の場所でモルシアーニ公爵夫妻を見るのは初めてだった。好奇心に満ちた視線が彼らに注がれた。

今となっては誰も信じていないが、モルシアーニ公爵にまつわる噂は、普通ではなかった。

その彼がまさかこんなに美しく、立派な男だったことが、皆とても不思議だった。

そして、社交界に初めて登場した公爵夫人に対する皆の興味も凄まじかった。

細い銀髪、物静かな青い瞳、ほっそりした体にシックな服装の女性は、一見普通だった。

だが、多くの男たちが、ほかの似たような女性とは違う魅力を持ったヌリタスに関心を示しはじめると、数人の女たちは意地悪そうに目を光らせた。

このパーティーに来るために、女たちは化粧をして肌を白くし腰のくびれを作るために食事を抜いていた。髪の毛を巻くために明け方から熱した鉄を髪の毛につけ、髪の焦げる匂いにも耐えなければならなかった。

貧弱な胸を隠すために、上半身のすべての肉を寄せ集めて、無理して胸を作った。

そしてめまいで空が黄色く見えるほど、紐で腰をきつく締め付けた。

（あんな貧相な女の、何が特別なの？）

その年頃の活力どころか、とても落ち着いた顔はむしろくすんだ雰囲気を醸し出していた。

だが、彼女たちが手に入れることができなかったモルシアーニ公爵の腕をそっとつかんで立っている夫人の姿は、まるで一枚の芸術作品のようだった。

その姿が余計に気に入らなかった女たちは、公爵夫人のあら探しをしようと必死だった。

ゆっくりと宴会場へ入ってくる夫妻の耳に、軽快な声が聞こえてきた。

「おお、モルシアーニ公爵。勝利を祝うよ」

銀色のガウンに、黒い紗《しゃ》でできた短い上着を片方の肩にかけたルートヴィヒが笑いながらやってきた。

頭に飾りのついた小さな帽子がちょこんと乗っていた。

ヌリタスは少し滑稽な王の服装に笑いをこらえながら頭を下げた。いつみても明らかに変な人だった。

「公爵夫人は、今日もとても美しい」

王の声は大きくはなかったが、それでも確かに周りの人々に聞こえる大きさだった。

王が宴会で誰かを褒めることは珍しく、人々は驚いて唾を飲み込んだ。しかもその対象が異性であることは、本当に大変な出来事だった。

王があのような地味な女性を好むことを知らなかった結婚適齢期の女たちは、次の参考にするために、モルシアーニ公爵夫人を舐めるように観察した。

「ありがとうございます」

ヌリタスは会うたびに過度な好意を示してくる王に困惑していたが、そんなことは顔に出さずに挨拶をした。

「末永くこのヒースフィールドに、ディアーナの栄光がありますように」

ルートヴィヒが手に持ったグラスを高く掲げてそう言うと、皆一斉に同じ言葉を唱え、グラスの中の酒を飲み干した。

王の乾杯の音頭が終わると、宴会は元々の雰囲気を取り戻したようにみえた。

だがヌリタスは、ドレスの外に飛んでくる鋭い敵意を感じ取ることができた。

長い間感じてきた、よく知っている感覚。

気づかないふりをして顔を動かすと、彼女の目を避けて慌てて扇子をあおぐ者や、口を覆ってわざとらしく笑う女の姿がみえた。

彼女たちは、また別の伯爵夫人であり、ボバリュー夫人であり、メイリーンであり、アイオラだった。

こうした敵意は、彼女が貴族であろうがなかろうが、これからも続くのだろう。

貴族の身分で生きていくことは、無条件な幸せを意味するわけではない。この世界のどこに行っても、伯爵家で感じた悪意は存在するのだ。

（生きることは、誰にとってもつらいのかもしれない）

ルーシャスが、彼の腕に手をかけるヌリタスの手の甲を、軽く撫でた。

まるで彼女の気持ちをすべてわかっているかのように、悲しく寂しい時はいつも体温を分けてくれる。

ヌリタスが感謝の気持ちを込めて彼を見上げようと首を動かしたときのことだった。

王と公爵夫妻の背後で、乱れた髪のミカエル・スリザリンが、鎧を脱ぎ、きちんとした服に着替えもしないまま、ニヤニヤと立っているのが目に入った。

充血した目が誰かを狙っていた。そしてよろめく彼が手に握っていたのは、鋭く尖った金属の何かだった。

(――危ない!)

ヌリタスはルーシャスの腕を離し、無我夢中で彼の背中を守った。

何かが起きるかもしれないという不吉な予感に悩む時間すらなく、体が先に動いていた。

ついさっき誓ったことを、こんなにすぐに実践することができるなんて、思ってもいなかった。

(ああ、女神ディアーナ。心から感謝いたします)

その瞬間、真冬の倉庫に垂れ下がった氷柱《つらら》のような尖った何かが、彼女の背中に強く刺さった。


幸い、痛みを感じた瞬間はとても短かった。

目を閉じた瞬間、母の痩せた顔に浮かぶ微笑みが一瞬頭に浮かんだ。

そして彼の名前をもっと呼んであげられなかった悔しさが、ヌリタスが最後に感じた感情だった。

(ルー……)

時間が止まったようだった。

ルーシャスは、宴会場に集まった人々の悲鳴を聞きながら、倒れるヌリタスを急いで抱き止めた。

彼女のアイボリーのドレスが真っ赤に染まっていたが、彼は手を濡らす温かい血に触れても、現実を理解していなかった。

ルーシャスは必死にヌリタスを起こそうとしたが、彼女の息は少しずつ弱くなっていった。

＊＊＊

残酷な事件を起こしたミカエルは、彼が今どこで何をしているのか、自分でもわかっていなかった。

競技が終わるとテントに戻り、鎧を破り捨てるように脱ぎ、酒瓶を持ったのが最後の記憶だ。

「王を殺そうとしたものを捕まえろ！」

ルートヴィヒの怒りに満ちた声で、兵士たち四人が彼の周囲を包囲したが、ミカエルは何もわかっていない顔で、独り言を呟いていた。

「ヒースフィールドのチャンピオンは、この俺だ」

兵士たちが彼の体を縛り付ける瞬間も、ミカエルは狂気に満ちた目で遠くにいる公爵を睨みつけていた。

「しぶとい奴だな。まだ生きているとは！」

ミカエルは、彼の勝利を奪った公爵に対する恨みで思考が鈍り、今何が起きているのか理解していなかった。

彼が投げた短刀が、公爵でなくて銀髪の彼女の背中に刺さったことさえも。

ミカエルは引きずられながら奇声をあげていた。やがて静かになると、ルートヴィヒは気を引き締めようと持っていたグラスを置き、固くなった体で振り返った。

「どうか……どうか目を開けてくれ！」

天下の名将と言われるルーシャス・モルシアーニが、こんな声を出していることが信じられなかった。

なぜその気の強い女は、目を閉じているのだろうか。

ルートヴィヒの目が、ぐったりと倒れている小さな体に向けられた。

ドレスに滲《にじ》んだ血がまるで最初に出会った広場に咲く野の花のように、少しずつ広がっていった。

（なぜこんなことが可能なんだ）

誰かを守るために命を投げ出すことは、子どものころに読んだ童話の中にだけ存在するものだと思っていた。

男の隣でアクセサリーの役割をするに過ぎない女が、こんなことをしたということが、到底信じられなかった。

パーティーに公爵夫妻を呼んで、なんとかしてその青い瞳の女をモノにしようという計画を立てていた自分の姿を思い出し、ルートヴィヒは恥ずかしさを隠せなかった。

急いで医者のもとにいき、患者の状態を確認させたが、医者は何もできずにただ慌てていた。

「はあ」

ルートヴィヒは、彼が強く欲したが得ることができなかった唯一のものが、まさにこの女だと思った。

そしてめちゃくちゃな祈りを胸の中で唱えた。

（私のものにならなくてもいいから、どうか青い目を開けてくれ）

「どうか目を覚ましてくれ！」

泣きそうなルーシャスの声に、彼も胸が痛んだ。心からの叫びが与える強烈な感覚に、ルートヴィヒはしばらくの間何もできなかった。

ルーシャスは涙を流しながら、その細い体を抱きしめていた。その身体がみるみる内に熱を失っていく。

なぜ彼女の顔が、死ぬ前の母に似ているのかわからない。もう二度と家族を失いたくなかった。戦場で倒れた父、兄、そして母のことを順番に思い出した。

「ルーシャス・モルシアーニ。しっかりしろ！」

ルーシャスの小さくなった背中の後ろで、王の怒りに満ちた声が響いた。

ルーシャスの目の光が失《う》せて行くのをみると、ルートヴィヒはさらに大きな声で怒った。

だがルーシャスは彼女の冷たい体を抱いて、最後の道へ送り出すことしかできなかった。

第70話　私のために櫓《ろ》を漕《こ》いでおくれよ

ルーシャスの目の輝きが消えると、ルートヴィヒが大きな声で腹を立てた。

なぜこんなにも嫌な気持ちになるのかわからなかったが、このままこの女の最期を黙って見ているわけにはいかない。

「神官を呼べ」

王の言葉に、ざわついていた場内が一瞬静まり返った。

深刻な負傷や疾病にかかった場合、医術ではどうしようもない場合に、神聖力を使って命に力を吹き込むことができる。

だがそのレベルの神聖力を持つ者は、王国でもほんの僅かに過ぎず、その施しを受けられるのも王族だけだった。

これを試すこと自体が特別なことであり、冒険だった。

王家の血が流れていない者に、神聖力は効果がない可能性もある。

だが、もうすでにほとんど息をしていない彼女が、これ以上失うものもないではないか。ルートヴィヒは、愛するものを失った男に背を向けて歩き出した。

（あとは、彼女の生への執着にかかっている）

＊＊＊

人間にとって、生があれば必然的に死もあり、すべては女神ディアーナが管理しているという。

輝く銀色の忘却の川を越えると、それ以降人間が元々いた世界には戻れなくなるらしい。

（水の音？）

ヌリタスは湖のほとりに浮かんだ船に乗っていて、ゆっくりと空を見上げた。

世界はとても静かだった。

騒がしく鳴く動物も、悲鳴をあげる女たちも、欲望に満ちた男たちの視線も見当たらない。

（ここはどこだろう？）

あまりに平和なこの場所では、彼女が私生児に生まれたことなど何の問題もないように思えた。

初めて完璧な場所へとやってきた彼女は、少し不思議そうな目で、あちこちを見渡した。

その時、ヌリタスの手に何か柔らかいものが触れた。

隣をみると、銀髪の小さな子どもが彼女の手を触っている。

（誰？）

初めて見る子どもの登場に一瞬驚いたが、山葡萄のように真っ黒な瞳がなんだか懐かしく、ヌリタスは自然と子どもの手を優しく握った。

そしてその子どもと一緒にまるで白鳥の群れのように湖の水面を横切った。

すると次の瞬間、子どもとヌリタスは色とりどりの野の花が咲いた大地に座って風に吹かれていた。

子どもは聴き心地のよい歌を口ずさみ、ヌリタスは歌詞がわからなかったので、鼻歌で静かにその音律に合わせた。

すると子どもがそっとヌリタスの体に寄りかかってきた。

まだ幼いので眠くなってしまったようだ。

小さな体から感じる体温で、ヌリタスも少しだけ眠くなってきた。

一度風が吹くと、木々が色を変えた。

銀髪の子どもは急激に大きくなり、今のヌリタスと同じくらいに成長した。

その姿はまるで彼女を映している鏡のようで、不思議な感覚に陥った。

そして黒曜石のように真っ黒な瞳を見ると、静かだった彼女の心臓が、締め付けられるような痛みを感じた。

(悲しい)

そんな気持ちを感じると、ヌリタスは、隣に立っていた子どもが消えていき、湖の表面が徐々に真っ黒になっていることに気がついた。

(ああ、私は少しの間彼のことを忘れていたんだ。どうしてそんな…)

ヌリタスは両手で顔を覆い、体を屈めて涙をのんだ。

雲ひとつなかった空が暗くなり、すぐに強い風の音が聞こえ、雨が降り始めた。

＊＊＊

神官がヌリタスの治療をしている間、誰もそこに入ることができなかった。その前を、苛立った顔をした二人の男が、一瞬たりとも落ち着かずにうろうろしていた。

一緒にいるのにまるで相手のことが見えないかのように、二人は反対方向に歩いたり、再び振り向いたりを繰り返していた。

ルーシャスは、あのままヌリタスを失ってしまうところに与えられたこのチャンスに、すべてを賭けていた。

だが、口の中はすっかり渇いていた。

神聖力は、王家の一族だけに大きな効果を発揮するもので、一般人に使った前例がなかった。

そして、王に打ち明けることもできない。

彼女が伯爵家の真の令嬢ではないということを。

(絶対に大丈夫だ)

ルーシャスはヌリタスを強く信頼していた。彼女が見せる強さは、身分に関係なく輝いていた。

ヌリタスに出会う前は、自分が寂しかったことにすら気がついていなかった。

季節の変化や、女性の美しさにも興味がなかった。一人生き残ってしまったことに罪を感じ、両親と兄たちの代わりに生きていく人生だと思っていた。

そう思うと、簡単に笑ったり泣いたりすることができなかった。

彼女と手を繋ぎ、暖かい春を満喫したかった。息が白くなる冬に、互いの体温を分け合いながら、雪の降る湖を眺めるのもいい。

一緒に雨に打たれた思い出も、馬を走らせた時間も、薄れていくような気がして怖くなった。

まだ彼女と一緒にやりたいことが山のようにある。一人ではやりたくない。いや、一人ではできない。

彼女の消えゆく命に再び炎を灯《とも》せるのなら、このルーシャス・モルシアーニ、すべてを投げ出す準備ができている。

そう思うと、笑みがこぼれた。

（愚かな女性だ）

短剣が飛んでくるのがわかっていたならば、そう言うなり、その場で動かずにいるなりするべきだ。

なぜこんなにも弱い体で、自分をかばったりしたのだ。

あまりにも一瞬の出来事だった。

戦場で生きてきた彼にすら、ミカエルの狂気を感じ取ることができなかった。

そんな彼を救うために、彼女は命を投げ出したのだ。

（喜ぶべきなのか）

ルーシャスは笑顔でも泣き顔でもない曖昧な表情を浮かべると、唇をぎゅっと結んだ。

神官が、自分と彼女の今後を語ってくれるのを待つ時間は、本当に苦しかった。

一方で、同じ廊下をうろついているルートヴィヒの頭の中は、シンプルだった。

すべてが女神ディアーナの思し召しならば、王に出会ってこんなチャンスを得ることができたのも、すべて彼女の幸福だと思った。

別の男のために命を捨てた女性だ。一瞬ですべての興味を失ってもいい状況だった。

だが今、彼の中に彼女を手に入れたいと言う欲望以上の何かがあった。

彼女にもう少し近づきたかった。男としてでなくてもいいから。

（ならば、とりあえず目覚めさせないと）

ルートヴィヒの落ち着いた紫水晶のような瞳は、空に浮かぶ月をじっと見つめていた。

＊＊＊

（さっきまで雨に打たれながら湖のほとりにいたはずなのに）

だが今は、灯《あか》りの消えた部屋で一人で横になっているように、何も見えない。

（ああ、私、死んだんだ）

ルーシャスを飛んでくる短剣からかばうために彼の背中を抱きしめた。

だがどこまでが記憶でどこからが夢なのか、区別がつかなかった。

（公爵様が私を呼んでいる気がする）

だが、確かではなかった。小さな子どもに出会ったが、名前すら聞かなかったことに今更ながら気がついた。

（そして、ここはどこ？）

死んだ人間の世界については、大人からあれこれ聞いたことがあったが、こんな暗黒の世界だとは思わなかった。

動くことも、見ることも、聞くこともできない場所。

このまま一生ここで生きていくのか？

いや、死んだのだから時間の概念は意味がないはずだ。生きるという表現も、正しいのかわからない。

そんな馬鹿なことを考えていると、後ろからボバリュー夫人の鞭が飛んでくるような気がした。

（死んでも、説教するの？　鬼婆《おにばば》め）

だけど、偽物にしてはうまくやっているでしょう？　と言いたかった。

貴族の真似事を始めてから、いつも飢えに苦しみ、疲れていた彼女の人生は、様々な色を持つようになった。

上質な食事に、柔らかい衣服、そして、優しい人たち。

いつも彼女に誠心誠意尽くしてくれるソフィアの恥ずかしそうな笑顔が浮かんだ。

彼女のことをもっと大切にしてあげればよかった。

やつれた顔に荒れた唇をした母の姿を思い出すと、彼女の口元が揺れた。

いつも母が自分を残して旅立ってしまうのではないかと心配していたのに、まさか自分が先にここへ来てしまうとは。

一緒にいることはできなくなってしまったが、母には残された時間少しでも良い暮らしをして欲しいと思った。

きっとすぐにここで母に会えるだろう。

何も見えず、何も聞こえないが、愛しいと思う感情は残っていた。

（ルー……）

優しく自分を見つめる睫毛、微笑みが混ざった声。

すでに体が冷たくなっていたが、彼から初めて告白されたときの胸の高鳴りが全身に広がった。

死ぬときは忘却の川を渡るのだと聞いたような気がする。白髪交じりで腰の曲がった城で働く老婆が話してくれたことだ。

人が生まれてから特別な罪を犯すことなく死んだ場合、生前のつらかった出来事や、嫌な感情をすべて忘れる。そしてまた新たな平穏な人生が始まるのだと。

（それは嘘だったのか？　それとも……）

ヌリタスはまだ、胸の苦しさと目元が熱くなるのを感じることができた。

死んだものの、自分は罪が大きくて安らかな眠りにつくことができないのか？

彼を騙し、そして私生児のくせに貴族のふりをした。

だが、彼を想う気持ちは本物だった。

伝えきれなかった愛情は、これから重い荷物となるだろう。消せない記憶や感情を抱いたまま、真っ暗な場所で彷徨うのだ。

そんな絶望感に体を震わせていると、背中に激しい痛みを感じた。

（痛み？）

感情を感じるのはまだしも、死んだのに肉体に痛みを感じることがあるのだろうか。

死ぬのは初めてなので、何がどうなっているのかさっぱりわからない。見えるものもなければ、心も痛いのに、体まで痛いのか？

悲しかった。何のためにこんなにも泣いているのかわからないほど、心が苦しかった。生きていても死んでいても、つらいのは同じなのか。

「こんな涙」

生きても死んでもいないこんな人生に絶望を感じたその時、とても愛しい声が耳元に聞こえてきた。

彼の声だ。

温かい指がヌリタスの頬に触れて、涙を拭ってくれているようだった。

（死んだから、こんな夢を見ることができるのか）

ならば、この夢から永遠に醒《さ》めたくなかった。

（もう少し泣いたら、もう一度彼の低い声を聞くことができるかな）

そんなことを思っていたら再び公爵の声が聞こえてきたので、そっと耳をすませた。

「あなたが目を覚ましてくれたら、どれだけ幸せか」

すぐそばにいるかのように、公爵の深いため息を耳元に感じることができた。

「もしあなたが目覚めなかったら……」

その続きが声が小さくてよく聞こえなかった。

すると、悲しそうなルーシャスの後ろから、無愛想な声が聞こえてきた。

「具合が悪くて眠っている人間に対して脅迫か？　恥ずかしくないのか？」

確かに、知っている声だった。だがなぜ夢に王が登場するのだろうか。

ヌリタスは王に対していい記憶を持っていなかった。全身を集中させ、頭の中から王を消そうと努力した。

「妻と、静かな時間を過ごしたいのですが、陛下」

「ああ、私のおかげで神聖力を使えたものの、そうでなければ出血多量で死んでいたであろう妻か？」

ヌリタスは努力してみたものの、嫌味《いやみ》っぽい王の声を消すことができなかった。

「生きていようが死んでいようが、彼女は私の妻です」

「それを否定したことなどないが？」

ヌリタスは、なぜこんな会話がこんなにもはっきりと聞こえてくるのか不思議だった。

とりあえず暗闇から抜け出さなければならないと思い、必死で目を開けようとした。

もともと暗い場所なのか、目を閉じているから暗いのかもわからなかった。

ただ目を開けようと少し力を入れただけなのに、アビオに踏みつけられて地面を這いつくばっていた時よりも強い痛みが彼女を襲った。

「……？」

小さなうめき声が、確かに自分の口から発せられ、耳に入ってきた。わけがわからなかった。

（もしかして、死んだのではなく、生きているの？）

だが、スリザリンが投げた短剣に刺された瞬間をはっきりと覚えている。体から体温が消えていく瞬間に考えていたことも、こんなに鮮明なはずがない。

確かに公爵の腕に抱かれて、悔しさや、すっきりした気持ちを抱いたまま、目を閉じたのだ。

(そんなはずないのに)

その時、さっき王が口にした神聖力という言葉を思い出した。

聞いたこともない言葉だが、王の口調は何だか自慢げだった。

ヌリタスは両手を伸ばし、布団をぎゅっと握りしめて目を開けようと踏ん張った。激しい痛みが押し寄せてきたが、歯を食いしばった。

このまま漆黒の世界で眠っていたくない。体から冷や汗が流れるのを感じながら、やっとのことで目を開けると、真っ白な天井が見えた。

第71話　濡れた翼を広げて

雨も風も入ってこない安らかなさなぎから脱皮した蝶が、初めて手に入れた羽が冷たい風に吹かれた時、恐怖を感じるのだろうか。

それとも、青い空を飛び回る自分を夢みて、力を振り絞るのだろうか。

まだ濡れていて重いだけの羽を引きずり一歩踏み出してみたが、新しい人生の重みは並大抵ではなかった。

(あ……)

本能が囁いていた。このまま羽を広げなかったら、この命はここで終わりだと。

蝶は、死力を尽くして這うように一歩前へと踏み出す。太陽の光でその柔らかい羽は乾き、ゆっくりと広がる。そして風に揺れる葉のように軽やかに舞い上がり、やっと世界と向き合うのだ。

「……!」

ヌリタスは信じられずに、何度も瞬きをした。痛みが再び襲いかかってきたが、それ以上に、自分の意思で目を開けることができたことが衝撃的だった。

口を開いて、隣にいる誰かに、自分が目覚めたことを知らせたかったが、思うように声が出ず、うめき声が溢れるだけだった。


ヌリタスの隣で、ルーシャスは長い間見つけることができなかった神に対し、祈りを捧《ささ》げていた。

幼い頃に一人ぼっちになってからは、神を信じていなかった。

神が存在するならば、なぜこんな風に罪なき子どもが両親を失い、なぜこんなにも多くのものが戦争で血を流すことになるのかわからなかったからだ。

「ああ、女神ディアーナよ！」

ヌリタスの小さな呻《うめ》き声《ごえ》でルーシャスはハッと立ち上がると、神に感謝の気持ちを叫びながら急いでヌリタスの顔を覗《のぞ》き込《こ》んだ。

彼女が永遠に目覚めないのではないかという不安のあまり、倒れてからは手を握ることすらできなかった。

ヌリタスは愛しい声に耳を傾けながら、一生懸命彼の顔を見つめた。

視界がぼやけていたため、はっきりと見えるようになるまで少し時間がかかった。

公爵の顔はすっかりやつれていた。

髭もろくに剃《そ》られていない真っ黒に痩せこけた頬、苦痛が刻まれた瞳。

ヌリタスはすぐに手を伸ばして彼の顔を撫でてあげたかったが、体に全く力が入らず、もどかしさを感じた。

今できることは、彼を見つめることだけだった。

(でも、これで十分)

生きて再び会えたことに満足したヌリタスは、全身に広がる激しい痛みにさえ幸せを感じた。

ルーシャスは何か言いたそうな彼女に向けて、大丈夫だと目で合図した。

湖の水面のように滑らかなヌリタスの瞳の上に、彼の顔が揺らめいているのが見えた。

彼はヌリタスの手の甲をそっと撫でた。

「あなたは何も心配せずに、休んでいればいい」

ルーシャスはヌリタスを安心させると、ずっと我慢していたように長い息を吐いた。

失うとばかり思っていたので、大きな期待はしていなかった。望みのないものに期待をして傷ついた経験は、いまだに彼を苦しめていた。

死んだ両親も、生き返らなかった。一緒に野原を駆け回った兄たちや、彼に優しい手を差し伸べてくれた人たちすべてが彼の側から消えていった。

幼心に、一日経てば帰ってくるだろうと期待し、毎晩祈りを捧げた。

「……回復させることだけに集中すればいい。いいな？」

ルーシャスは気持ちを落ち着けると、もう一度ヌリタスの頬を優しく撫でた。

まだ血色が悪く蒼白な顔だったが、皮膚の下に微かに血が通っていることをしっかり感じ取ることができた。

その手つきはとても繊細で、見ている者たちの涙を誘った。

「こりゃ、お熱いね」

二人の切ない再会の場面を一瞬にしてぶち壊す声が聞こえてきた。ヌリタスはその人物の方へ顔を向けようとしたが、力が入らない。

ルートヴィヒは、神官がヌリタスを治療して、回復に向かっていたこの数日間、ルーシャスとともに彼女を見守っていた。

ルーシャスは気が進まなかったが、ここは彼の領域であり、彼の助けを借りるのが正しいとわかっていたため、いつものように強い態度を取ることができなかった。

（神聖力が効いたのか。よかった）

二人が目の前で繰り広げる、優しくて互いを求めあう姿が目障りで堪え難かったが、とにかくヌリタスが目を覚ましたことが嬉しかった。

ルートヴィヒは振り返ると、誰にも気づかれないように口元に笑みを浮かべながら部屋を出て行った。

＊＊＊

ヌリタスが再び深い眠りについて数日が経った。

今回目を覚ました時は、前回よりも痛みがかなり和らいでいることを感じた。

同じ天井を見つめて瞬きすると、すぐに優しい声が聞こえた。

「ここは、王宮だ」

ルーシャスは、ここがどこだか気になっているヌリタスに向かって、説明しながら静かに微笑んだ。

再び眠り込んだ彼女を待ち続けていたルーシャスにとって、すべての瞬間が大切だった。

起きている間中、ヌリタスの傍で、ずっと何かを話し続けていた。

幼い頃の話、戦場での出来事、オニックスとの思い出、そして自分がどれだけ彼女を待ち続けていたのかを。

自分のことをもっと知って欲しかったし、どれほど彼女を愛しているのか伝えたかった。

ヌリタスは手を伸ばして彼に触れようとしたが、思うように動くことができなかった。するとルーシャスが彼女の手に自分の手を重ね、目を閉じた。

(どこだろうと、こうして一緒にいられることは、どれだけ幸せなんだろう)

ルーシャスは彼女の指一本一本を撫でながら、再び彼女の手のひらにやつれた自分の顔を当てた。ヌリタスは彼のザラザラした髭《ひげ》の感覚に、手のひらをピクンとさせた。

(ずっと私を見守っていてくれていたんだ)

あちこちを彷徨っていた過去の記憶はどこかへ消え、こうして大切な人と一緒にいられることに鼻先が熱くなった。

「すぐにモルシアーニ城に戻ろう。あなたの母君もすでにいらっしゃっている」

そう言いながら、ルーシャスは再び眉間にしわを寄せた。

本当は、神聖力の治療の後すぐにでも領地に帰りたかったのだが、王のせいでそれができなかったのだ。

(あんなに血を流していた人間を、なんとか生かしてやったのに。回復してもいない状態の患者を馬車に乗せるつもりか?)

もちろん、ルートヴィヒの発言には一理あった。だが、王宮の近くにある彼の自宅にヌリタスを連れて行くことすら王は認めてくれなかった。

(せっかく注いだ神聖力を、再び取り返すぞ?)

ルートヴィヒのとんでもない脅迫に手も足も出なかった。

王に助けてもらったのは事実であり、ルーシャスは一生かけてこの恩を返そうと思っていた。だから、ここをすぐに離れたい欲望を、なんとか我慢したのだ。

まずはヌリタスの回復が第一であり、ルートヴィヒのために無駄に気力を消耗している場合ではない。

ルーシャスは、彼の手をぎゅっと握ったまま眠っている愛する女性の顔を優しく見つめた。少しずつ血色が戻り、この明るい顔に彼女に似た清らかな笑みが浮かんだら、どれだけ嬉しいだろう。

そんな願いを胸に抱いていた。

事故にあってから何日も経つと、ヌリタスは体の調子がよくなっていることを実感した。

（一体どれだけの時間が過ぎたんだろう）

ずっと横になっていたせいで時間の流れに鈍くなり、長い間使っていなかった筋肉は悲鳴をあげていた。

（こんなに長く横になっていたのは、生まれて初めてだ）

体が回復すると、部屋の中にいることが急に息苦しくなった。

目を開けて頭を動かすと、隣で彼女を見守ってくれていた人の顔が見当たらなかった。

「……？」

ヌリタスは、公爵の顔がとてもやつれていたことを思い出し、きっとどこかで休んでいるのだろうと思った。そして彼がいない今こそ、体を起こすチャンスだった。

最近体調が戻ってきたので体を起こそうとすると、その度に公爵に叱られ、おとなしく寝ていることしかできなかった。

再び目覚めたとき、公爵は少し変わっていた。

彼女を見つめる視線と手つきはさらに優しくなっていたが、少し変だった。

枕の上で寝返りを打つ時も手伝ってくれて、スープを飲ませてくれたりもした。

息をすることさえ代わりにやってくれそうな勢いだった。

（きっと心配しすぎてそうなってしまったんだろうけど）

子猫を世話する母親のような姿は、公爵には全く似合わない。

あんなに肩が広くて男前の公爵が…。

一人、彼の姿を思い出して頬を染め、キョロキョロと周りを見渡した。

ヌリタスは両手で布団を下げると、ゆっくり上半身を起こした。

背中の痛みはほぼ消えたが、使っていなかった筋肉が小さくうめき声をあげていた。

「くそっ」

本当に貴族になってしまったようだ。

ベッドから起き上がって座るだけでもこんなに苦労するとは。とても悔しくて涙が出そうだった。

「できる！　他の人は知らないけど、お前にはできる！」

ヌリタスは自分自身を励ましながら唇を噛み締め、両手でベッドに手をついて足を下に下ろすことに成功した。

その短い時間で汗が浮かび上がり、額を一度拭った。

「ゼペットさんに見られたら、鞭で叩かれるだろうな」

何もしていないのに息が上がり、彼女は舌打ちしながら足を床に投げ出した。

ベッドから手を離して体を起こすと、空がグラグラと回りはじめた。

窓辺まで歩くのが目標だったが、目の前が真っ暗になり、再び横になりたい気持ちに襲われた。

（このまま倒れて怪我でもしたら、公爵様は怒るだろうな）

ヌリタスは再び体調が悪くなることも心配だったが、それ以上に公爵にまた心配かけることが怖かった。

真っ白なシュミーズを身につけた彼女の体がふらついた時、だれかがさっとヌリタスの腕を掴んで身体を支えた。

（公爵様じゃない）

腕の中で感じた慣れないきつい香りに驚いて顔を確認すると、王がとても明るく微笑んでいた。

「我が妹は、とてもせっかちなんだな」

「……？」

妹という言葉に突然アビオを思い出し体が固まったが、ルートヴィヒは肩をすくめてみせた。

「こんなふうに怯えている表情を、独り占めするには勿体ないくらいだ」

ルートヴィヒは何がそんなに楽しいのか、彼女の体をひょいと持ち上げるとベッドに寝かせた。

「布団もかけないと。傷が治っただけだ。体力回復には時間がかかる」

誰かが見たら、ヌリタスが本当に王の妹だと思うのではないかというほど、彼は優しく布団をかけてくれた。

「ありがとうございます、陛下」

ヌリタスはいまだに王のことをよく知らなかったが、助けてくれた事に対する感謝は忘れなかった。

王は満足そうにうなずいた。

「三日ほど経てば動けるようになるだろう。この宮殿で最も美しい庭園に連れていってあげよう。そして、長い間熟成させたチーズとワインも楽しもう」

　ヌリタスはベッドに横になり、目と鼻だけ出した状態で彼の言葉を聞いていた。

　ルートヴィヒはしばらくの間一人で、彼女にしてやりたいことを語り続けた。

　だが、なぜ？

　ヌリタスはなぜこんなにも王が自分に対して好意を寄せるのか理解できず、モヤモヤした。

　そんな貴重な食べ物を、なぜ自分に食べさせようとするのか。一緒に楽しもうという彼の楽しそうな声が、少し怖かった。

（普通じゃない）

　誰かが聞いたら不届きものだと怒られそうだったが、彼女が実際に会った王は、とにかく変人だった。

　何も答えずに目を瞬かせるヌリタスをちらっと見た王が、もう一度明るく笑った。

「ああ、まだ警戒しているのか？　大丈夫だ。他の男を守るために命を投げ出す女性に手を出す趣味はない」

　言われてみれば、以前とは少し雰囲気が違う気もする。

　だが、やはり今でも王はどちらかといえば警戒しなければならない人だった。

　ヌリタスがまだ、疑わしそうな目で見てくるので、ルートヴィヒは笑うのをやめて真剣な顔をした。

「そんなに疑うなら、どこかで戦争でも起こして、勇敢な公爵をそこへ送ってしまおうか？」

　こんな恐ろしいことを平気な顔で言う王に、ヌリタスは驚き、鳥肌を立てた。

第72話　戦争は続く

（戦争を起こすだなんて）

ヌリタスはそんな王の言葉に失望し、うつむいた。

城の召使いとして働き、つまらない仕事ばかりして生きてきたが、戦場がどんな場所かくらいはわかっていた。

王国で戦争が起きた時、ロマニョーロ伯爵は疾病を理由に、王国の軍馬と兵士になる青年を送ることで義務をすませた。

年老いた女中の息子や二人の子どもを抱えた父親、そして名も知らぬ地の農夫たちが涙の惜別の後、戦場から二度と戻らなかった。

伯爵が平気な顔で女たちを抱いている間にも、身分の低いものの血が戦場に滲み川へと流れ込んでいたのだ。

王に恩を感じているのにこのようなことを言っていいのかわからずにためらったが、苦しんでいた彼らの顔を思い出し、ヌリタスははっきりとした眼差《まなざ》しで口を開いた。

「戦争は皆が不幸になる災難です。しかも、王である方が、そのようなことを気安く口にするのは間違っていると思います」

ルートヴィヒは、戦争自体を楽しむタイプではなかった。自分のことを疑いの目でみる彼女が憎らしくて、わざとそんな話題を出してみただけだったのだ。

今まで彼のそんな言葉に怒ったり反抗したりする者は、誰一人いなかった。

ルートヴィヒはベッドに横になったまま怒っているヌリタスを、不思議そうに見つめた。

「あなたは本当に、特別な人だ」

きっと王は自分の言葉に腹を立てると思ったのに、意外な答えが返ってきてヌリタスは驚いた。

さっと布団をずらして王の表情を確認すると、なぜか悲しそうな顔をしていた。

（王は王国の君主ではないのか？）

ヌリタスは心の中でそう思っていると、隣からブツブツつぶやく小さな声が聞こえた。

「誰が戦争が好きだと言った。ただ公爵の顔を見たくなかったから、消そうと思っただけだ」

青緑色の長い髪がしょんぼりと力を失ったように見え

た。ヌリタスは、王に会ってから初めて少しだけ彼に好感を持った。

（こんなこと言ったら生意気かもしれないけど。もしかしたら王様も私と同じように、知らないことがたくさんあるのかもしれない）

彼女は豚の世話ばかりしていたせいで世の中のことを学ぶ余裕はなかった。

王も高級なものに囲まれて暮らしてきたせいで、外のことをよく知らないのではないだろうか。

この風変わりな性格では、誰かと親しくもできなかったのかもしれない。

そう思うと、王の変な服装や意味不明の言葉も、そこまで気にならなくなった。

「とにかく陛下、そういう会話は不適切です」

「王には会話の代わりに、冷静な判断と指示だけが…」

ルートヴィヒは空色のガウンを整えながら大きな声を出してちらっとヌリタスの顔色をうかがった。

実はヌリタスの思ったとおり、彼は生まれてから今まで、会話らしい会話を誰かと交わす機会を持ったことがなかったのだ。

人との交流に興味がなく、それよりもたくさんのことを学び、身につけることに集中した。

そうしているうちにいつの間にか王座につき、それ以降さらに気軽に誰かと会話をすることが難しくなった。

「それならば、あなたが力になってくれるか？」

「え？」

「適切な会話をしなければならないのだろう？」

「ですが、なぜ私が？」

（ああ、全部取り消しだ。やっぱり王はこの世で一番の変人だ）

ヌリタスは意味不明な会話をしていたら、再び傷が痛む気がしてきて布団を目元まですっぽりかぶった。

眠ってしまい、聞いていないフリをするのが最善だろう。

ルートヴィヒはヌリタスが突然小さな手で布団を引っ張る姿を、満足そうに見つめながら部屋を見回した。

神官が治療を終えた後、こっそり耳打ちしてくれた話を思い出し、一人でニカッと笑った。

妹の回復に役立つならば、とても貴重なものでも惜しくなかった。

「ああ、病人の前で、長居してしまったね。休みたまえ」

ルートヴィヒがガウンを引きずって部屋から出ていくと、ヌリタスはすぐに布団を胸元までおろし、大きく息を吐きながら扉の方をみた。

（そういえば、きちんとお礼すらしていない）

何はともあれ、命の恩人ではないか。

ヌリタスはそう思って慌てたが、これもすべて王が変人だからだと言う結論を出し、もう一度枕に顔を埋めた。

＊＊＊

ヌリタスの体力は少しずつ回復していった。最初は立つことがやっとだったが、少し経つと部屋の中を歩くことができるようになった。

死にかけたうえに長い間眠っていたことが信じられないほど、すべてが順調だった。

すぐに馬車に乗れるくらいに回復するだろう。そうすればモルシアーニの領地で母と再会できると思うと、胸がいっぱいになった。

（でもなぜ…）

窓辺に立って王宮の美しく整えられた庭園を眺めていると、得体の知れない不安に襲われた。

まるで、彼女に与えられた一生分の運を使い果たしてしまったような気分になる。

思い返せば、卑しい仕事をしていた彼女が貴族になりきり公爵の隣にくることができたこと、すべてがヌリタスにとっては幸運だった。

その上今回は、生死に関わることだった。

王と知り合う前だったら、そして彼が彼女に好意を施さなかったら、こんなふうに再び青空を見ることすらできなかっただろう。

そのおかげで死なずに済んだが、そのせいで複雑な気持ちになった。

「はぁ……」

「奥様、お散歩がしたいのでしょう？　もう少ししたら外に出られるようになりますから、あと少しの辛抱ですよ」

ソフィアが後ろに座って、シーツを整えながら優しく声をかけてくれた。

ヌリタスがやめるように言っても、彼女は聞かなかった。

「ソフィア。自分の寝る場所くらい、自分で整えさせて」

「はい。ですが、まだ完全に回復されていないのだから、これくらいは私にやらせてください」

鼻歌を歌いながら枕を整えるソフィアは、止められないと思った。彼女が目覚めたとき、誰よりも喜んでいたのはソフィアだった。

見知らぬ地で互いに支え合ってきたからだろう。

ヌリタスもソフィアにもっと優しくする機会を得ることができて、嬉しく思った。こうして与えられた命はなんだか新しい人生の始まりのような気がして、胸が高鳴った。

窓を閉めて、久しぶりに鏡の方へと向かった。少しだけ緊張した。まともに身なりを整えることもできないまま、長い時間が過ぎていた。

大きく息を吸い、鏡に自分の姿を映してみた。

「はあ」

また昔の姿に戻ったようだった。

長い間病に伏せていたせいで肉が落ち、頬がげっそりと痩せこけて青い瞳が目立ち、顔もカサカサだった。

ヌリタスは手で頬を撫でた。

鏡の中には、憂鬱な顔をした髪の長い少年が、似合いもしないドレスを着ている姿が映し出されていた。

外見を気にしたことは一度もなかったが、なぜこんなにもショックなのだろうか。こんな見苦しい顔のまま、公爵に看病されていたと思うと、顔がカッと熱くなった。

手を伸ばして銀髪を撫でてみた。陽の光を浴びて輝く髪の毛はとても美しかった。

(これだけは綺麗なんだ。私には似合わないくらい)

本来の髪色は、今でも彼女にとっては不慣れで窮屈だった。

この派手な色は誰かを連想させ、その度にヌリタスは気分が悪くなった。

母を苦しませた人間の血が、この体にも流れている。

ヌリタスは腕を上げてじっと眺めていた。

(なんて滑稽なんだろう。憎い人間の血を体内に流して生きていかなければいけないなんて)

長い間立っていたせいか少しめまいがしたので、椅子に深く腰掛けた。ソフィアが急いで膝掛けを持ってくると、ヌリタスは目を閉じて背もたれに頭を預けた。

ロマニョーロ伯爵が少し前に訪ねてきたことを思い出した。どこで噂を聞いたのか、彼はまともな服も着ないまま王宮に現れた。

「なんてことだ、我が娘よ、大丈夫か？　父さんだ。ああ、なんてひどい」

ベッドで横になり薬を飲んでいたヌリタスは、大騒ぎをしながら登場した伯爵をみると顔をしかめた。

近くにやってきた伯爵からは、前日の晩に楽しんだと思われる酒の匂いがした。

（どの口が娘や父さんなんて言っているんだ）

母が乱れた服のまま死体のように倒れていた夜を思い出すと、布団の中の彼女の拳に力が入った。

奴の唇を殴って二度と彼女を呼べないようにしてやりたかった。

診察が終わり医者が部屋から出ていくと、そこにはソフィアとヌリタス、伯爵だけが残った。

すると突然優しい父の仮面をかぶった伯爵は消えた。

「余計なことをしてくれたな」

伯爵は苛立った様子でヌリタスに怒りを露わにした。

公爵が刺されるチャンスをなぜ台無しにしたのか、その場で憎き公爵が死んでいればどれほど嬉しかったかと、さも残念そうにそう言った。

（なぜ伯爵はこんなにも公爵様を憎んでいるのだろう）

ヌリタスは公爵の死について言及する伯爵を見ながら、疑問に思った。

性格も実力も、モルシアーニ公爵と伯爵とでは、比べる対象にもならない。

伯爵は、自分の家族すら大切にできずに外をふらついている醜い老いぼれの獣に過ぎなかった。

人の痛みや苦しみなどは全く理解できず、ただ自分の快楽だけを追い求める者。

ヌリタスの青い瞳が冷たく光り、口元には嘲笑が浮かんだ。

以前は伯爵に対してとても腹が立っていたが、今となってはあまりにくだらなくて、軽蔑を感じる程度だった。

こんな奴のために夏も冬も体を酷使して働いていたことを思い出すと、涙がこみ上げてきた。

（なぜあなたは私の父親なのですか）

いっそのこと、主人と召使いの関係がよかった。

ひたすら文句を言い続ける伯爵をみて、鼻で笑ってしまった。

それを見た伯爵は、またガミガミと声を荒げはじめた。

「背中を刺されて、頭がおかしくなったのか？」

そして突然、ヌリタスだけに聞こえるように声をひそめた。

「よく聞け。公爵の生死にかかわらず、早く子どもを産むんだ」

ヌリタスは突然の子どもを産めという公爵の言葉に驚いて、表情がこわばった。

彼女のその顔を見た伯爵は、嘆かわしいとばかりの表情を浮かべて言葉を続けた。

公爵が死んだ場合、腹の中の子どもは遺児となるため、モルシアーニの後継者にすればよく、公爵が生きていた場合も、あの由緒正しき家柄を私生児の血で染めることができるため、それほど素晴らしい復讐《ふくしゅう》はないのだと説明した。

(なぜそんなことを)

公爵の子どもだなんて。

この男は、子どもをまるで何かの武器のように考えているようだ。悪魔がこの世に存在するならば、きっとこんな顔をしているのだろう。

モルシアーニ家の没落を夢見るロマニョーロ伯爵の顔が喜びで染まっていくのを正面から見たヌリタスは、腕に鳥肌が立つのを感じた。

そして最後に言い聞かせるように、正体がバレそうになったら自ら命を絶つことをためらうなと伝えた。

伯爵はヌリタスの髪の毛が銀色になっているのを気にしていたが、死にかけて戻ったらこうなっていた。皆も納得していると偽りを述べるとほっとしたようだった。

『絶対に、気付かれるんじゃないぞ。お前の母親のためにもな』

この卑劣な男は、伯爵家にはもういない母を使って脅迫してきた。

当たり前のことだが、伯爵は最初から最後まで、ヌリタスの回復を願う言葉など、一言も言わなかった。

(願われたくもないけれど)

意気揚々とした伯爵が彼女の部屋を出ていくと、ヌリタスはベッドに体を沈めた。

飲んだばかりの薬が逆流しそうになり、ハンマーで叩かれたように頭が痛かった。

(誰か、どうかこんな私を……)

伯爵と居るのは、背中を刺された時よりもつらい時間だった。

彼女の半分を構成している男は、今もヌリタスのことを城で飼っている家畜以下だと思っている。いつでも捨てられ、いつでも取り出せる道具。

だが、伯爵の道具に過ぎなかったあの子どもは、もういないのだ。

その上､母も今となっては無事だ。ヌリタスはそれを知っている。

「あなたは、私の人生において、何でもない」

背筋を伸ばしたヌリタスは、彼が消えていった扉を睨みつけながら、独り言をつぶやいた。

第73話　優しさも病の如く

「また起きていたのか?」

モルシアーニの領地から連絡があり出かけていたルーシャスは、椅子に座っているヌリタスを発見するなり、驚いたように言う。

ヌリタスは慌てて立ち上がった。伯爵を思い出したことによる不快感など一瞬で消え去ってしまう。

「そんなに慌てて立ち上がったら、体に負担がかかる」

ルーシャスは、彼女の体をまるでガラス細工のようにそっと抱き上げた。

側で見守っていたソフィアの顔が赤くなるのを見て、ヌリタスは彼の胸をそっと押したが、彼は止まらない。

ルーシャスがヌリタスをベッドに寝かせる間に、ソフィアは静かに退室する。

「公爵様、私はもう治りました。ですから、どうか……」

本当に、もうほとんど回復している。

それにも関わらず、彼はとても過保護だった。風邪でもひいたりしないか、疲れてまた病気になってしまうのではないかと、心配してくれる。

それが嫌な訳ではない。

ただ、ずっとこのままでは申し訳なく、恥ずかしくもあった。

ただそれだけだったのだけど、ルーシャスにとっては我慢ならないことだったらしい。全身をわなわなと震わせ、短いうめき声をあげる。

「あなたは！」

赤く充血したルーシャスの目は熱く燃え上がるようだ。

「あなたは、本当に。前からずっと」

ルーシャスは初めて彼女のことを知って、一人で想いを寄せていた時から、ヌリタスの後ろ姿ばかりをみてきた。

いつの日か同じ気持ちになれたらと夢見てきた。

そして、やっと互いの気持ちを確認して明るい未来を思い描いていた矢先に、あんな事故にあってしまったのだ。

「あなたが俺を助けたせいで、もしも二度と目を覚まさなかったら」

残された俺はどうやって生きていけばいいのか？

そう言いたかったが、口にすることすらできなかった。


彼女を責めたい訳ではない。それでも、人生を彷徨いやっと見つけた女性を目の前で失う気分がわかるかと問いつめ、詰《なじ》りたい気持ちがないといえば嘘になる。

「俺は、あなたにお礼を言うつもりはない」

「公爵様」

「あなたは無情な人だ」

ヌリタスはベッドに腰掛け、事故の前に彼と交わした会話を思い出していた。

（あ……）

深い眠りについている間、彼が呼んでほしいと望んでいた名前を一度も呼んでいない。

「申し訳ありません。考えが足りませんでした。ルー」

ヌリタスは少しだけベッドから起き上がり、ルーシャスの震える拳をそっと握った。

ヌリタスは自分がこんなにも愛されているのだということを改めて感じた。

何も持たず、未熟な自分に、こんなにも愛情表現をしてくれる公爵に対し、どう応えたらいいのだろうか。

「ルー。あのとき私は、他の手段を思いつかなかったのです。ただ、あなたが怪我をするのが嫌で、それで……」

互いの目元は、いつの間にかしっとりと濡れていた。

ルーシャスは彼の胸に沁《し》みわたる彼女の小さな囁きを、どう受け取っていいかわからなかった。そんな気持ちでかばってくれたのか。愛しているから、命を投げ出したのか。

だが、そうであるなら。

「……愛してくれなくてもいい」

いっそ彼女が自分を憎んでくれた方がいいかもしれない。死ぬかと思った時、あなたと永遠に会えないのではないかと思った時、どれほど悲しかったことか。

「俺を一人にしないでくれ」

「あぁ」

ヌリタスは彼の低い声を聞くと、公爵の腰を抱きしめた。去っていく人間だけが怖いわけではないのか。

一人残されるのではないかと震えている小さな少年の影が、公爵に重なった。彼にそんな悲しみを抱かせているとは思わなかった。

「ごめんなさい。本当にごめんなさい」

ヌリタスは涙を流しながら、彼の胸に頬を擦り付けた。

ルーシャスは手を広げて、彼女の背中を優しくさする。

ヌリタスはいつか聞いた、八歳の時に一人ぼっちになったという公爵の話を思い返していた。その時から家族はいなかったという。

それはヌリタスにはない経験だ。

母と共に懸命に生きていたため、寂しさなんていう感情を抱く余裕もなかった。

「こんな未熟な私でよければ……私が家族になって差し上げます」

涙でぐちゃぐちゃになった顔をあげて、ヌリタスは公爵を見つめた。彼の優しい心、深みのある瞳、低い声、大きくて温かい手に惹かれたのだが、これはそれとはまた別の意味での約束だった。

何があっても、彼のそばで力になってあげよう。

ルーシャスは彼女の言葉を聞くと、硬かった表情を緩ませ、口元に笑みを浮かべた。

「すでに洞窟であなたを家族だと言ったのに」

指を伸ばしてヌリタスの頬の涙を拭った。

笑わせてあげたいのに、どうしていつも泣かせてしまうのだろうか。

だがなぜだろう。ルーシャスは笑みがこぼれてくるのを抑えられなかった。

＊＊＊

その日の夜、ルートヴィヒが正式にモルシアーニ公爵夫妻を夕食の晩餐《ばんさん》に招待した。

ヌリタスは、王が特別にプレゼントしてくれた紫のベルベットのドレスを着て、首には真っ白な宝石をつけた。

眩《まば》ゆい銀髪を結い上げて、真っ赤な宝石でできたピンで飾りつけると、病で蒼白だった顔に、神秘的な美しさが浮かびあがった。

「私の目は正しかったな」

ルートヴィヒは真ん中の席に座って指を組んだまま、ゆっくりと歩いてくるヌリタスを凝視していた。

隣でルーシャスが、真っ白なシャツに黒いズボン、暗い色の短いマントを軽く羽織って挨拶をしたが、見て見ぬフリをした。

「陛下、ご挨拶が遅れて申し訳ございません。お力を分けていただいたこと、感謝しております」

席に座ったヌリタスは、忘れずに王にお礼をした。神聖力が何なのかよくわかっていなかったが、そのおかげで死を逃れることができたのだ。

「妹のためなら」

「はい？」

礼儀に背くとわかっていながら、ついヌリタスは王の発言に言い返してしまった。

するとルートヴィヒは真っ赤なイチゴを口に運びながら、何ともない様子でウインクをした。

先日は聞き間違えたと思って、そのまま聞き流したのだ。

「普通平民たちは、こういう場合公爵のことを妹婿と呼ぶのかな？」

「とんでもないです、陛下」

ルーシャスはフォークを握って投げつけようとした後、王を睨みつけた。このズル賢い男のせいで、王宮にいる間ずっと落ち着かなかった。

「公爵がまだ説明していなかったようだな」

ルートヴィヒはルーシャスの視線を軽く受け流すと、ヌリタスに優しい声で話しかけた。

「あなたの体に吹き込んだ神聖力のことだけど。王族以外には使えないんだ。あなたの出血があまりにひどくて、医者も手の施しようがないように見えたから、私があなたにそれを許したのさ」

「ですが、なぜ可能だったのでしょうか」

困惑した目でヌリタスがルーシャスに聞いた。ルーシャスは困った顔をすると、小さな声で彼女に言った。

「陛下があなたを義理の妹にしたために、あなたがあの神聖な治療を受け、そのおかげで生きているのだ」

ヌリタスは驚きを隠すことができなかった。この露出狂が、私の兄弟とは……。

(だから妹、妹と言っていたのか)

驚いた目をしているヌリタスに向かって、ルートヴィヒがワイングラスを掲げた。

「私がミカエル・スリザリンを監禁していることは、話したっけ?」

ヌリタスはルートヴィヒの言葉で、金髪の男のことを思い出した。

そういえば事故の後一度も彼について考えたことがなかった。あんな事件を起こしたのだから、いくら貴族とはいえきっと処罰を逃れることはできないだろう。

「王のいる場所だった。王を殺害しようとしたのと同様だ。ならばそれに見合った罰を与えなければならない。だが、心配しなくていい」

ルートヴィヒがグラスに口付けて香り高い酒を味わいながら告げる。

話が終わると、ルーシャスと王との間で話題が王国内のことへと移っていった。

二人の間に流れる空気は平穏ではなかったものの、特別な対立にまでは至らない。

不穏だったのは、彼らが口にする王国の現状だ。

ヌリタスが眠っている間に、王国内に疫病が急速に広がり始めているのだという。

最初は少し重い風邪程度だと誰も重大視はしていなかったそうだ。だが病が広がるにつれて、実情が見えてくる。

一度発病すると、十人中二、三人が死んだ。高熱でうなされ、息を引き取った人の体を調べて見たら、薔薇の模様の発疹《ほっしん》が残っていたという。

このような症状は今まで見たことがない。

つまり新種の病だということだ。治療方法もなければ、そもそも貧しいものたちは病院での診察を受けることすら容易ではない。

原因は何かも不明だ。

汚染された飲み水のせいなのか、ネズミの大群のせいなのか。呪いではないかという噂も出回ったが、それも信憑性《しんぴょうせい》は薄かった。

平民たちの集団感染を防ぐために、王室では臨時救護所を数カ所に準備した。働くこともできずに食べ物も手に入れることのできない者たちが、患者を看病する気力もなく為す術《すべ》もないまま感染することを防ぐためだ。

(彼らが皆死んでしまったら、誰が働くのだ)

それが貴族会議で出た意見だった。人命を救うためというよりは、牛や馬のように働かせることができる者たちの損失を防ぐためだった。

臨時救護所では、貴族の男だけではなく、女たちも仕事を手伝うのだという。男たちは救護所の設置や運営を担当し、貴婦人はそこで働く医者たちを手伝ったり、患者やその家族のサポートをしているらしい。

二人の話に黙って耳を傾けるヌリタスは、ふと浮かんだ想像に胸を痛めた。

発疹だらけの顔の小さな子どもが死にゆく姿をただ見守るしかできない両親の曲がった背中。

もちろんこれはただの想像だ。

(私が彼らを助けることができたなら)

彼女の瞳が不穏に輝く様を、ルーシャスは不安そうに見つめながら王へと口を開いた。

「もちろん、モルシアーニ家からも、積極的に物資の支援をいたします」

大きな事故を経てやっと回復したヌリタスとともに、城に戻る。絶対に自分たちの帰宅を邪魔させないという強い意志で、顎をぐっと引いた。

そもそもヒースフィールドに来なければよかったのだ。ルーシャスはそう何度も後悔した。この先は彼女だけでも領地で休ませておくつもりだった。

「公爵様、私も他の貴婦人と一緒に行きたいです」

「何を言っているのだ。あなたは死にかけていたんだぞ!」

「ですが、もう大丈夫です。領地に帰ったら荷物をまとめて合流します」

絶対に屈しない断固とした語調でヌリタスを叱ったり、なだめたりするルーシャスとの会話を見守っていたルートヴィヒは唇を尖らせた。

神聖力の治療を受けているため、しばらくの間ヌリタスが病気にかかる心配はないだろう。だがなぜかそれを教えてやるのも癪《しゃく》に障る。

ルートヴィヒも、まだ青い目の下が落《お》ち窪《くぼ》んだままのヌリタスが苦労するのは嫌だった。

だが一方で、こんなふうに情熱的な彼女の姿に、とても感動した。

「モルシアーニ家と、病気の人々のために、どうかお許しください」

彼女のこの言葉に、食卓に座った二人の男は何も言えなかった。

ヌリタスだって、疫病にかかった者たちを相手にするのは怖い。貴族の女性たちに混ざって何かをするのも、彼女にとっては挑戦だった。

ロマニョーロ伯爵とは違う、本当の名誉を掴むために。

彼女はもう死を前にして震えたりせずに、前に進むのだと誓った。

第74話　家へと帰る道

王との食事の後、ルーシャスはヌリタスの決心を変えようと努力した。

彼だって、苦痛に喘《あえ》ぐ者たちの事情を聞いて、胸が痛くないはずがなかった。

今回ヒースフィールドで受け取った賞金すべてに加え、私費をモルシアーニ家の名前で患者と家族たちを助けるのに使う計画だった。

人を動かし、そのために金を使い、己ができる範囲で十全に手配を終えていた彼にとって、ヌリタスがしようとしていることは、そもそも理解ができなかった。

「あなたは治ったばかりなんだ」

ヌリタスは、彼の真剣な声を聞いても、申し訳なさそうな顔をするだけだ。

高貴な家柄の女性たちが自発的に奉仕活動をしているのならば、モルシアーニ家も加わらなければならない。

公爵夫人という立場で考えれば、そんな理屈が浮かぶ。

けれどルーシャスはそれで納得はしない気がして、口には出さなかった。

モルシアーニ家の名誉を保ち、その上、貧しくてろくに薬も手に入れることができない人達を助けることができる。

そう思えばヌリタスの気持ちは浮き足立った。

薬も買えず、鞭で打たれてボロボロになった傷口に野原で折った草を薬代わりに塗ることしかできない立場の人間がどう扱われるのか、ヌリタスはよく知っていた。

まして、発病したら十人に三人が死ぬ深刻な病だという。

高貴な家柄の女性たちがいくら集まったところで、彼らになにをしてくれると言うのだろう。

ただ空を見上げて祈ることしかできない彼らに、何を。

けれど自分なら、少なくとも倒れた彼らの汗を拭うことくらいはできる。

「あなたの母君のことを考えたのか？」

ルーシャスはヌリタスの気持ちを弱らせるために、彼らしくない方法も使った。母親を大切にするヌリタスのことだから、こう言えば自分の話に耳を傾けるだろうと思ったのだ。

「それは……」

母親を思い出すと、ヌリタスの瞳が潤んだ。

だが、高熱で生死を彷徨ったヌリタスを生かすために伯爵に助けを求めるしかなかったあの時の気持ちを、母も覚えているはずだ。

誰でもいいから助けて欲しい、そんな真摯な願いを抱えて空を仰ぐ人たちが、今のこの国には多くいる。

「すぐに戻りますから」

ヌリタスは、ルーシャスの気持ちをよくわかっていた。

彼女だって、本当は公爵とモルシアーニ城に戻って二人で馬に乗り楽しい時間を過ごしたかった。母親のことも、しっかりと抱きしめてあげたかった。

「私も、とても混乱しています」

ヌリタスは椅子に座っている公爵の後ろから、彼の肩の上にそっと両手を乗せた。そして少しだけ体を屈めると、彼の耳元でもう一度囁いた。

「絶対に、無事に帰ります」

ルーシャスは、どこかで聞いたような言葉を囁く彼女を憎むこともできず、その気持ちを無下にすることもできずに戸惑っていた。

やっと平和な時間が訪れたと思ったのに、なぜいつも自分たちの前には障害物が現れるのだろうか。

両手で顔を擦りため息をつくと、片手を伸ばして肩に置かれたヌリタスの手をぎゅっと握った。

「あなたを送り出すことができるだろうか」

手の甲を少しだけ撫でると、いいことを思いついたようにルーシャスが立ち上がり、ヌリタスに向かい合った。

「俺が女装をしてあなたの護衛になるのはどうだ?」

冗談にしてはあまりに公爵の目が真剣なので、ヌリタスは動揺した。

本気なのか。

だが女のドレスを着た公爵の姿を想像すると、つい笑ってしまった。

「まったく。冗談ではないのに」

ルーシャスは、彼女が本気にしてくれなくてがっかりしたが、貴重な笑顔を見ることができて幸せだった。

「あなたが笑ってくれると、嬉しいな」

ルーシャスは、彼女の気持ちを応援してあげることに決めた。

頭の中で彼女を警護する護衛の数を計算することで、ヌリタスに対する愛情を表現することにした。

＊＊＊

ついにモルシアーニの地へと帰る朝がやってきた。

ヌリタスは紺色のドレスを着て、真っ白なレースのついた赤いショールを羽織っていた。

王の侍従がやって来て、出発前に会いたいという王からの言葉を伝えた。

ルーシャスは帰宅の準備のためにしばし外出していたため、ヌリタスはソフィアを連れて一人で王の元へと急いだ。

「ようこそ、モルシアーニ公爵夫人。陛下がお待ちです」

侍従に案内された場所は、部屋というには少し変な雰囲気だった。

入った瞬間、ポカポカした空気が流れ、四方はガラスで作られており輝いていた。

「奥様、部屋の中に庭園があるんですね」

ヌリタスと同じように、ソフィアもこんな光景を見るのは初めてだったので、口をポカンと開けたままキョロキョロしていた。名前もわからない花たちが、季節を忘れたように美しく咲いている。

「珍しいか？」

囁くような声が遠くない場所から聞こえてきた。

ヌリタスは王がとても高い木の下に置かれた椅子に座って彼女のほうに手を振っているのを見つけた。

「ソフィア、ここで待っていて」

「ですが、奥様」

「大丈夫」

ヌリタスはゆっくりと歩き、椅子に座りながら挨拶をした。

だが王を見る代わりに、初めて見る不思議な木に視線を奪われた。

「これは寂しいな。私に対して木以下の扱いをするとは」

全く寂しそうではない楽しげな声が、ルートヴィヒの口から発せられた。

「ペルシア帝国から贈られた、アデイアという木だ」

王が指を鳴らすと、どこからか女中が二人現れてお茶の準備をしてくれた。

「飲みなさい。あの木の実を使って作った、貴重なお茶だ」

ヌリタスは少しだけためらったが、王が先に飲むのを見て、カップに口を付けた。

微かにミルクのような色をした、特別な香りもないぬるめのお茶だった。

ルートヴィヒはヌリタスがそのお茶を飲むのを満足そうに見つめていた。

兄弟なしで育ち、両親も亡くしていたため、血の繋がった者を見つけることが難しかったのだが、どういうわけか妹ができてしまった。

実はこれはとんでもないことだった。

王は彼女を治療した神官がこっそりと教えてくれた言葉を思い出す。

（モルシアーニ公爵夫人には、微かに王家の血が流れております）

だから神聖力の治療が効果を発揮したのだ。

もちろんこの事実を知るものは、神官と王の二人だけだ。

誰にも教えるつもりはない。

すでにヌリタスの出生については、すべての調査を終えていた。宴の夜に誰とも知らぬ高貴な男性に犯され、ヌリタスの母を身ごもったという祖母。その相手が王族だったのだろう。

ヌリタスに王家の血が流れていることを明かせば、誰か上の王族の罪を暴くことになる。

そうしたら最大の被害者は、今目の前にいる彼女になるはずだ。

（そんなことはできない）

だからだったのだろうか。初めて会ったときに目が離せなかったのは。

手に入れたいのではなく、一緒にいたいと思った。確かに、生きたまま丸ごと飲み込んでしまいたいような気持ちを感じたこともあったが、今ではゴクゴクとお茶を飲む姿が可愛いとも思える。

どこにも行かずこのまま一緒に過ごそうとわがままを言いたかったが、公爵も説得できない彼女の決心を自分が揺るがすことなど不可能だろう。

だから、自分にできることをしてやることにした。

アデイルの木に百年に一度なる実には、霊的な力があると伝えられている。

ヌリタスは飲み干したカップを置くと、王の口元が少しだけ上がるのをみて、ぞくっとした。

「領地へ行ってきなさい。そしてまた、ここへ来るんだ」

臨時救護所がある場所はこの王宮から遠かったが、モルシアーニの領地よりは近い。

「はい」

「いつでも、私の呼び出しに応じなさい」

「それは」

「私は会話というものをしようと努力しているのだ」

「はい」

ルートヴィヒは柔らかな髪の毛をなびかせて、新しいカップを持ち上げた。

時間がすべてを解決してくれるだろう。王国に差し込む暗い影も、きっと消えていくはずだ。

「ディアーナのご加護がありますように」

王国の暗い路地裏で全身に発疹が出た人々が高熱で倒れて神にすがっていた、そんなある日の出来事だった。

＊＊＊

ルートヴィヒは、王の義理の妹になったモルシアーニ公爵夫人を手ぶらで帰すわけにはいかないと、なかなか手に入らない衣服や宝石、名馬の類を準備してヌリタスに贈ろうとした。

だがそれらすべてよりももっと貴重な命をプレゼントしてもらったのだ。その恩は一生かけても返しきれないほどだとヌリタスが伝えると、王はやっと引き下がった。

（一生……か。うん）

王は彼女の言葉を若干別の意味で受け取ったようだが、それを訂正するほどの時間がなかった。

王を振り切ることに成功したヌリタスは、ルーシャスと共に急いで馬車へ乗り込んだ。

「ふー」

馬車の柔らかい背もたれに寄りかかったヌリタスとルーシャスの口から、同時にため息がこぼれた。車輪が回り出すと、すぐに細かい雨が窓を叩きはじめた。

（とても遠くへ旅したような気がする）

ヌリタスは馬車の窓から雨でぼやけた景色を眺め、一人静かに囁いた。

あまりにもたくさんの出来事がありすぎて、思い出すのも大変だった。

王と偶然出会った。私生児が公爵夫人になるのと同じくらい驚くべきことではないか。母に、王と兄妹になったと伝えても、信じてもらえないかもしれない。

そして、テントの中での時間……。

燃える薪の音、彼女の包み込む彼の広い腕の中の安心感、そして情熱的な二人の時間を思い出した。

窓の外を見るフリをしながら、パッと両手で頬を覆った。死の淵《ふち》から生還し、こうして公爵と共に家へ帰ることができる喜びで胸が苦しくなった。

「体は大丈夫か？」

馬車が揺れ出すと、ルーシャスが心配そうな目で彼女に話しかけてきた。

ヌリタスはもう具合の悪いところもなく、体力もほぼ回復していた。それなのに彼が相変わらず心配ばかりするので、つい笑ってしまった。

「本当に大丈夫です」

見つめているだけで幸せな彼女のことを再び送り出さなければならないことにルーシャスの気持ちは沈んでいった。

ヌリタスは彼の目の輝きが失われていくのを見て、慌てて話題を変えた。

「あのスリザリン伯爵はどうなったのですか？」

その瞬間、公爵の目に熱い炎が浮かび、荒々しい声を出した。

「奴は監獄にいる」

卑劣極まりない男だった。堂々と戦った試合での負けを認めず、宴の席で短剣を投げるとは。

その時のことを思い出すだけでも、体を流れる血がさっと冷えていくのを感じた。

できることなら、今すぐに自ら処罰を与えたかったが、貴族だという理由から、死刑にもできなかった。

今まで意見が合ったことのなかったルートヴィヒと、生まれて初めて意見が一致した。

(生きていながら生きている心地がしないような日々を与えてやろう)

ルートヴィヒがあのように言うのだから、きっとミカエルの処遇は決して良いものではないだろう。

ヌリタスは短剣を投げる前のミカエルの真っ赤な目を思い出した。

彼が投げた鋭い刃物で大きな傷を負い死にかけたが、ヌリタスは彼の気持ちが理解できなかった。

(なぜあんなに未熟な選択をしたのだろうか)

彼のように貴族の息子に生まれ、ありったけの富と名声を持ったものが、一瞬の過ちで羽を折ってしまうとは。


ヌリタスはドレスの裾を触りながら、こっそり公爵のほうを見た。

結婚のために、初めてここにやってきた日はどんな気持ちだっただろうか。

母を伯爵城に残してきて、全身に力が入った状態で気絶したように馬車へ乗り込んだ。アビオに蹴られた腹部の痛みをこらえながら、なんとか倒れないようにと必死だったっけ。

その瞬間、向かい合って座る公爵の姿が、新鮮に感じた。

彼は本当に存在する人なのだろうか。

もしも、すべてが自分の想像にすぎず、今が公爵と出会う前の状況だったなら……。

ヌリタスはそんなことを考えただけでも拳で胸を叩きたくなるほど苦しくなった。だが、もしかしたらその方が互いのためには良いのかもしれない。

抱いてはいけない気持ちを抱く前ならば、こんなにも苦しまずにすんだかもしれない。

ヌリタスが悲しみに浸っていると、公爵の低い声が聞こえ、彼女を悲しい存在から現実へと連れ出した。

「城が見えてきた」

ヌリタスは果てしなく広がる想像をやめて、目元に浮かんだ涙をさっと拭った。馬車は雨に濡れた地面の上を必死に走り、公爵城へとやってきた。

第75話　再会

モルシアーニの領地を濡らす小雨が降り続いた。

レオニーは暖炉の前に置かれたロッキングチェアに腰掛け、炎を眺めていた。

「嬉しいお客さんが来るかのしら」

雨粒が、彼女に挨拶でもするようにリズミカルに窓を叩いている。寒さを感じて両手を暖炉の方へと伸ばした。回復して公爵家へときてから数日が経つが、まだ娘から連絡はなかった。

そろそろ帰ってくる頃だと思ったが、あえてボルゾイや女中に何も尋ねなかった。知りたくないことを聞かされるのではないかという恐怖で、聞く勇気が出なかった。

「炎が真っ赤」

まだ誰にも言っていなかったが、いつの頃からか世界のすべてがぼんやりと見えるようになった。暖炉の熱気を感じることはできても、赤い色はうっすらと見えるだけだった。

少しでもこの目が見えるうちに、娘に会わなくてはいけないのに……。

「母さん」

レオニーは、ついに目だけでなく聴力もおかしくなったのだと思った。過酷な仕事と精神的な苦しみのせいで、彼女は満身創痍《まんしんそうい》だった。

だが、もしやと思い、声が聞こえる方へ顔を向けてみた。

ヌリタスの馬車は公爵城の前に到着するなり母のもとへ走った。スカートの裾が冷たい雨でぬれようとも、細かい雨が彼女の顔に降り注いでも気にならない。

女中が案内してくれた場所は、別棟の二階の南側の部屋だった。

ヌリタスがびしょ濡れの体で扉を開けると、暖炉の前で腰掛ける母の後ろ姿が見えた。

「母さん！」

だが母はこちらを向こうとしたが、再び暖炉の方へ視線を戻してしまった。なんとか回復したという母の顔には老いと疲れが刻み込まれ、前はなかった白髪も増えていた。

ヌリタスはマントを外して女中に渡すと、もう一歩近付いて母親を呼んだ。

痩せた顔が彼女の方を向くと、荒れた唇が開かれた。

「お前なの？」

ヌリタスは、立ち上がろうとして座り込んでしまった母のそばへ、慌てて駆け寄った。そして倒れこむように母親の膝に顔を埋めた。懐かしい匂いがヌリタスの胸を満たした。レオニーは震える手でゆっくりと娘の髪の毛を撫でた。

「また雨に濡れたの？　風邪を引いてしまう」

限りない愛情がこもった母の声に胸が苦しくなり、すでに濡れた顔にさらに別の雨が降り始めた。

こんな状態で、まだ自分のことを心配してくれるなんて。

「なぜまた泣くんだい？　ん？」

母の無愛想な声が、ヌリタスの涙を誘う。

涙でぐちゃぐちゃになった顔で母を見上げる。げっそりと痩せた頬と口元の皺《しわ》が、明るく微笑んでいた。

「母さん？」

（何かがおかしい）

ヌリタスはその瞬間不安を感じ、袖で涙を拭い再び母の目を見た。

もう一度目を合わせてみたが、母の視線が虚ろに見えた。

「母さん、目が……」

そして、ヌリタスの頬をたどたどしく探し出したレオニーの手が、彼女の涙を拭った。

「大丈夫だ。お前のことはよく見えるよ」

だが母の目は彼女を見ていなかった。

「畜生！　なんで目がこんなことに！」

　ヌリタスは彼女と視線を合わせることができない母の目を見て、泣きながら声をあげた。

「平気だよ。神は目を奪ったが、お前にもう一度会うことを許してくれたじゃないか」

　ヌリタスはやっとのことで命の危機を乗り越えた母が視力まで失ったことを知り、涙を抑えられなかった。だが今彼女が泣いたら母がもっと苦しむと思い、心の中で悲鳴をあげるしかなかった。

（神がいると信じた私が馬鹿だったのか）

　ヌリタスは俯いて、ぐちゃぐちゃになった顔を隠そうとした。

　レオニーはぎこちない手でヌリタスの髪を撫でながら、優しくこう言った。

「泣くんじゃない。母さんはこんなに幸せだったことは今までないよ」

　再会した母娘は、しばらくの間何も言わずにただ抱きしめあっていた。


　その日の夜、ヌリタスは母が夕食をとったことを確認し、やっと寝室に戻ることができた。

　ソフィアが温かいお湯を準備して、入浴を手伝ってくれた。すでにレオニーのことについて聞いていたソフィアは、何も聞かずにただ心の中で彼女を慰めた。

「ソフィア、疲れているだろうから、早く戻って休みなさい。あとは私がやるから」

「いいえ、奥様。これは私の仕事ですから」

「いいの。私が一人になりたいだけ」

「わかりました」

　入浴を終えたヌリタスは、一人で体の水気を拭った。

　様々なことを考えた夜だった。

　櫛《くし》で同じ部分ばかりを梳《と》かしていることにすら気がつかなかった。だれかの手が彼女から櫛を取り上げ、髪の毛をゆっくりと梳かし始めたが、それにすら気づかないほど魂が抜けてしまっていた。

「ああ、ソフィア。ありがとう」

ヌリタスは誰かが彼女の髪の毛を梳かしてくれていることにしばらくして気がつくと、お礼を告げた。

「ソフィアじゃなくて申し訳ないな」

太くて優しい声に驚き、ヌリタスはハッと椅子から立ち上がった。

櫛が床に転がる音が静かな夜の静寂を壊した。ヌリタスは鏡に映るルーシャスの顔を見て、動揺を隠しきれずにいた。

「そんな」

ルーシャスが椅子に掛かったガウンを手にすると、シュミーズ姿のヌリタスの肩にそっとかけてくれた。鏡を通して、二人の視線が絡まり合う。

ヌリタスと同じくらい、ルーシャスの表情も悲しそうだった。

彼はボルゾイから話を聞いてすでにレオニーの病状を知っていたのだが、彼女に知らせることができなかった。

椅子を挟んで、ルーシャスがそっと彼女の肩を抱いた。

彼女がどうかたくさん泣かないことを祈り、そして彼の慰めが少しでも彼女の気持ちを落ち着かせるよう願った。

「母君のことは、残念だ」

彼の優しい声を聞くと、何も感じることができないほど空っぽだったヌリタスの胸に、再び涙がこみ上げてきた。

もしも一人だったなら、今この瞬間もっと、何倍も絶望していたと思う。

雨が降るときは彼女の傘になってくれて、こんな風に胸が苦しい日にはそっと手を差し伸べてくれる彼の存在は、とても大きかった。

……ふと鏡をみると、前の開いたガウンの間から、素肌がほのかに透けているではないか。

（……）

こんな姿で彼の前に立っていたということが恥ずかしくなり、慌ててガウンの前を手でおさえた。

それにしても、なぜ公爵がここにいるのだろうか。

彼女は振り返って、恐る恐る口を開いた。

「ところで公爵様。何の用でしょうか？」

彼女の体調が悪いとき以外に、彼が寝室に訪ねてくることはなかった。

ルーシャスはしっとり濡れた銀髪に触れながら明け方の空気に似た青い瞳に疑問が浮かぶのを見ると、ゆっくりと背を向けた。

そして何も言わずにベッドへ向かうと、羽織っていたガウンを脱いだ。

（まさか……）

まだ体調が戻っていないと思い、看病しに来たのだろうか。

ヌリタスはルーシャスの行動をぼーっと見守った。だが彼女の予想とは異なり、彼はベッドの左側にドサッと音を立てて横になった。

（まさかこの部屋で眠るつもり？）

ヌリタスは馬上試合の時、彼の隣でろくに眠れなかったことを思い出し、俯いた。しかもここはテントと違って、完全なる密室だ。

なんだか親密な感じがして、冷えていた首筋が熱くなるのを感じた。誰にも見られていないとわかっていながらも辺りをキョロキョロ見回し、椅子に手を置いて唇を噛んだ。

ルーシャスはベッドに横になりながら、心の中で寂しさを感じた。

彼女がつれないのはわかっていたが、これはあまりにもひどいのではないか。なぜ、「何しに部屋にきたのか？」なんていう質問をすることができるのだろうか。少しでも離れていたら会いたいと思うのは自分だけなのか？

彼はこれ以上この広い公爵城で、彼女のいないがらんとした部屋で眠りたくなかった。

だが、今日はただ、そばで彼女を見守るためにやって来たのだ。

やっと遠くから家に帰って来たその日に、堪え難い出来事に直面した彼女を励ましてあげたかった。

だが、自分を過大評価しすぎたのだろうか。

彼の手に柔らかく巻きつく彼女の髪の毛に胸が高鳴り、彼女の澄んだ声にうっとりした。内側から、荒々しい欲望が沸き起こる。

今、誰にも邪魔されない完璧な二人だけの空間に一緒にいる。互いの気持ちはすでに確かめ合い、結婚式まで終えた夫婦なのだから、このような欲望は至極自然なことだとも思う。

ヌリタスの腰を手繰り寄せ、彼女を胸に抱いて両手で顔に触れ、互いを映すその瞳を覗き込みたい。触れ合った顔に彼女の吐息がかかるのを感じ、その熱を帯びた唇をもう一度味わいたい。

そして薄いシュミーズに透ける肩に口づけ、片方の手で彼女の柔らかい銀髪を掻《か》き分《わ》けるのだ。

そしてそのあとのことを想像しようとしたが、心臓がこれ以上耐えられそうもなく、咳払いをして終わらせた。

ルーシャスは、こんな想像をしただけで全身が熱くなり、彼女に見られない方へこっそりと体を向けた。

悲しみに浸っている彼女を前にこんな欲望を感じるなど、獣同然だ。

（このままだと今夜は大変なことになる）

ルーシャスはそれでもこの部屋から立ち去る気持ちはなかったため、そっと布団を被り、自分自身に催眠術をかけ始めた。

（この部屋には誰もいない。俺だけだ。誰もいない。眠くなる）

熱くなった体に布団までかけてしまったせいで息が苦しかったが、なんとか悲しい記憶を呼び起こし、下の方に集中した感覚を遮断しようと最善を尽くした。


「……？」

椅子に座ってじっと公爵を見つめていたヌリタスだが、公爵が眠ってしまったことに気がつく。

ゆっくりベッドへ向かい、そっと腰掛け、静けさを満喫した。

テントに比べたら二人の間の距離は広かったが、彼の息遣いがすぐ耳元で響いているような気がした。

大きな窓から差し込む月明かりが彼の顔を照らすのを、しばらくの間見守っていた。

いつみても、本当に美しい人だ。

男性にこんな表現を使うのは少し変かもしれないが、彼女のほうを向いて横になっている彼の顔は、言葉通り本当に美しかった。

黒い髪の毛が額へと流れていた。手を伸ばして目元を撫でてみたかった。

すっと通った鼻筋に沿って視線を動かすと、彼の唇に辿《たど》り着《つ》いた。

胸が高鳴ったままそっと彼女の場所へと入り、目を閉じた。

目を閉じると、彼の大きな手が両目を覆ってくれた湖での夜や、足を怪我して休んでいた時洞窟に現れた彼のたくましい肩が、星の光のように通り過ぎた。

そして彼女の息をすべて奪うようなキスが自然と思い出された。ヌリタスは指を伸ばして、自分の唇をなぞってみた。過去のかさぶたや角質は消えていたが、彼女は未だに熱い血が流れていた時のことを覚えている。

(だから私は、行くしかないの)

病に苦しむ名も知らぬものたちの苦痛を思うと、小さなため息がこぼれた。

小さく呼吸の音を立て、少しだけ震えている公爵の顔に手を伸ばそうとしたが、再び引っ込めた。

物想いの果てに、窓の外で明るく光る満月を見上げた。月があまりに綺麗な夜だった。

第76話　あなたという星。太陽。世界

風でテントが揺れる音も、炎が燃え盛る音もしない。完璧な静寂に包まれた寝室に陽の光が長く差し込み、朝の訪れを知らせてくれる。

「帰ってきたんだ」

昨晩泣きながらそのまま眠ってしまったようだ。

ヌリタスは体を少しずつ動かしながら目を開けた。

ここで過ごした時間はまだ短いが、とても懐かしい匂いがした。

「おはよう」

公爵が肘をついて横になったまま彼女を見つめながら、何ともいえない表情を浮かべていた。

「よくお眠りになりましたか?」

こんなふうに平凡な挨拶を交わすことが、なぜこんなにも幸せなのだろうか。

ヌリタスはルーシャスの目を直視できないまま、幸せを感じていた。

「背を向けるな」

いつの間にか彼女のすぐ隣へやってきて長い影を落とすルーシャスが、神妙な目つきをしていた。腕が触れそうなほど近づいていることに驚いたヌリタスが視線を彼と反対方向に固定した。

誰かが唾をゴクンと飲む音が聞こえた。

「まだ治りきっていないあなたに大変な思いをさせたりはしないから、俺の方をみなさい」

彼の言葉に、ヌリタスはゆっくりと顔を向け、二人の鼻が触れ合いそうになった。熱い吐息が互いの顔にかかり、夜の間中恋しかった顔を、じっくりと眺めた。

シュミーズの片方の肩紐《かたひも》がかすかに落ち、ヌリタスの真っ白な肩が朝の冷たい空気に震えていた。

頬は今までにないほど真っ赤に上気し、あちこちにカールした銀髪は、真っ白なシーツの上でまるで刺繍《ししゅう》のように広がっていた。

そして彼女の青い瞳を見たとき、ルーシャスは思わず感嘆した。

「あなたの目には朝でも星が浮かんでいるのか」

ルーシャスが深く息を吐きながら体を起こすと、ベッドのヘッドボードにもたれかかった。

ヌリタスは隣に置いておいたガウンを取り、急いで身なりを整えた。同じ部屋でこんなふうに朝を迎える気分は、特別だった。

「もう少ししたらベッドを替えないと」

「え？」

ルーシャスの独り言に対してヌリタスが不思議そうにしたが、彼は何も答えずににんまりと笑うだけだった。

＊＊＊

雨が止《や》んだ庭園は水気を帯びたまま青々しく輝いていた。

ヌリタスは母の腕をぎゅっと掴んで、ゆっくりとそこを歩いていた。

歩き方もどこかぎこちなかったが、互いに何も言わず、握った手の温度を感じていた。

レオニーは強く差し込む日差しが嬉しいようで、仕切りに手を伸ばしてそれをつかもうとした。

「こんな日に干した洗濯物からは、お日さまの匂いがするんだ」

こんなのんびりとした時間を楽しんだことなどなかったレオニーは、良い天気を洗濯物に例えた。ヌリタスはうなずきながら答えた。

「そうですね。こんな日には、干し草もよく乾くでしょうね」

二人が一緒に過ごした過去の時間すべてが悪夢だったわけではない。とても些細だけれども幸せな時間があった。

ヌリタスは口の中が苦くなるのを感じながら、母に彼女がこれからしなければならないことについて落ち着いて説明した。

「やっと帰ってきたのに。やっと会えたのに……」

レオニーは、自分に残された日々が長くはないであろうという不安を感じていたため、握った両手を離したくなかった。

その上、大病を患ったこともある娘が、恐ろしい病気に罹《かか》った者たちの手助けをしようとしていることも心配で仕方がなかった。

「本当に、行って欲しくないよ」

レオニーはほとんど見えない目でヌリタスを見つめながら、行かないでくれと手を握った。

ヌリタスもこのような母の姿を見て、公爵の願い通り物資だけ送ろうかという気持ちにもなった。

だがこんなふうに何度も与えられた新しい人生を、自分の幸せのためだけに使うことなどできない。

(これからは私が微力でも彼らの盾になってあげたい)

彼女や母親が誰かの力を必要としていた時、公爵が二人を救う綱を下ろしてくれたように。

「すぐに帰ってきます。私を守ってくれる人たちもいるし、絶対に危険なことはしませんから」

固く決心したものの、ヌリタスの心も穏やかではなく、握った手を見ながらこみ上げてくる気持ちをなんとか落ち着かせた。

「私が妻をしっかりと連れて行きます」

ヌリタスの母の前に公爵が現れて、礼儀正しく挨拶をした。

「挨拶が遅れました。きちんとおもてなしできていましたでしょうか」

公爵の登場にレオニーはヌリタスの手を離し、彼ににっこりと笑ってみせた。手をばたつかせながら公爵のほうへと近づき、深く頭を下げた。

「こんな取るに足らない体を生かしてくださった上に、手厚くもてなしていただき、ありがとうございます」

「当然のことです」

ルーシャスは何度も頭を下げるレオニーの両手を握り、体を起こさせた。

「もう家族なのですから、こんな挨拶は必要ありませんよ。ベイル夫人」

ルーシャスは書類上で、レオニーを独り身になった子爵夫人という遠い親戚に設定した。

今後はロマニョーロ伯爵が世界中を探しまわっても、彼女のことを見つけ出すことはできないだろう。

レオニーと公爵が一緒にいる姿を見たヌリタスは、庭園の真ん中で涙を流してしまいそうになった。

「あなたが帰ってくるまで母君のことは俺に任せなさい。どうか無事に帰ってくるように」

ルーシャスは今も彼女のことを送り出したくない気持ちでいっぱいだったが、なんとか微笑んでみせた。

(これが俺たちの運命ならば)

雨上がりの庭園には清涼感が漂い、愛おしそうに見つめあう若い男女の視線が、そこへ花を咲かせた。

青や赤の花たちが満開の庭園には、以前よりも濃厚な香りが漂っていた。

「公爵様、ありがとうございます」

ヌリタスは今の気持ちをどう表現したらいいのかわからずにもどかしさを感じていたが、その短いお礼を伝えることしかできなかった。

「家族の間では、そんなお礼など必要ないと言っただろう」

ヌリタスは、愛情のこもった瞳でそう告げる公爵に、そっと微笑んだ。

ルーシャスは彼女の顔に浮かぶ小さな微笑みの欠片《かけら》のせいで、再び胸が熱くなった。

「護衛に、数人の騎士とボルゾイをつける」

「ボルゾイ様を？」

母をロマニョーロ家から救い出し、治療を受けられるようにしてくれた人が、まさにボルゾイだった。彼は母が治療を受けている間もずっと見守り、ここへ連れてくる際にも力を貸してくれた。

ヌリタスは、余裕がなかったという理由で、そんな恩人に対しまだお礼すら言えていないことに気がついた。

「ボルゾイは多才だ。助けになるだろう」

ルーシャスは彼が最も大切にしている部下を護衛につけ

ることで、彼女を守る代わりとした。

「……」

うなずいたヌリタスが母の方へちらっと目を向けると、彼女は目を閉じたまま太陽を見上げていた。そしてゆっくりと満足そうな声を出した。

「目はよく見えないけれど、代わりに前は見えなかったものが、はっきりと見えるのです」

レオニーは目で確認することができなかったが、公爵と娘の仲がとても深まっていることを感じることができた。

大変な人生で苦しんできた娘が、こうして幸せに過ごしている姿を見せてくれたすべてのことに感謝した。

（そして、どうか彼らに輝かしい未来を授けてくださいませ）

レオニーは庭園に咲く花よりも美しい若い夫婦のために、目を閉じて強く願った。

＊＊＊

再会の時間はとても短かった。

ヌリタスは一人で医者に会い、母の詳しい病状を聞いた。

肺が悪くなっており健康な生活を送るのに支障が出ていること、そして両目の視力が急速に落ちているということ。

だがヌリタスは、母の余命がどれほど残されているのか、希望を捨てていなかった。

「ベイル夫人はあとどれくらい……」

自分の母親だと打ち明けることができないことが悲しかったが、その次の医者が発する言葉を聞くのが怖くて、手で胸元のレースをぎゅっと握りしめた。

医者は鷹揚《おうよう》に説明した。

「神の領域ですからはっきり申し上げることができませんが、十分な休息をとっていただき、私が処方した薬をきちんと飲んでいただければ、いい結果を期待してもいいでしょう」

その瞬間、ほっとして座り込んでしまいそうになったが、大喜びすることもできない立場だった。ヌリタスはうなずいて挨拶をすると、部屋を後にした。

もしも自分が不在の間に母がいなくなってしまったら、そんな重たい不安が一つ解消されて気持ちが楽になる。

指で目尻に溜まった涙をぬぐい、ゆっくりと前へ進んだ。

四頭の馬が運転する馬車と、彼女を護衛する騎士たちを乗せた馬、すべてが出発の準備を終えていた。

ヌリタスはソフィアが荷物を一つひとつ確認する姿を見ながら口を開いた。

「ソフィア、ボルゾイ様を見た？」

出発までにしっかり挨拶をしなければと思いあちこちを回って体の小さな男を探したのだが、彼はいなかった。

「奥様、その……」

ソフィアが最後の荷物を積み込むと、ヌリタスの隣に来てもじもじとどこかを指差した。

だがそこには騎士や召使いはおらず、女中が一人立っていた。

まさかと思い近づいてみると、体の小さな女中が、身なりを整えて俯いていた。

ヌリタスは彼女の前に立つと、女中がゆっくりと顔をあげた。その顔には見覚えがあった。

「……？」

「奥様、よろしくお願いいたします」

声までは偽造できなかったようで、低い声が聞こえてきた。そしてそっと唇に手をあてて、女装について知らないフリをするように合図した。

危険な場所へヌリタスを送り出さなければならないルーシャスが考えた方法だった。

彼が最も信頼しているボルゾイに女装をさせ、ヌリタスにピッタリと付き添わせ護衛させるのだ。

ヌリタスはなんとか驚きを隠しながら、とても小さな声で囁いた。

「心からお礼申し上げます」

そして、きっとまた改めてきちんとお礼を伝えられる機会があるだろうと思い、すぐに彼から離れ馬車の方へ向かった。

百万回頭を下げたって恩返しできないほどだった。

その上今回彼女を守るために、こんな大変なことまでしなければいけなくなってしまった彼に対し、申し訳なさとありがたさでいっぱいだった。

ソフィアが持ってきてくれた長くて分厚いマントを羽織ると、すべての準備が完了した。

彼女の前にそびえ立つ大きくて雄大なモルシアーニ城を見上げると、最初とは全く違う気持ちがこみ上げてきた。

あの時は、ここで死ぬのかもしれないと思っていた。

あの高い城壁の中に閉じ込められるのだろうと思い、すべてを諦めていた。

だが今ではこの歴史ある城に安心感を感じ、離れたくないと思った。

（すぐに帰ってくるのだから、そんな風に思ってはいけないのに）

軽く微笑むと、北のほうに広がる鬱蒼《うっそう》とした森に向かって馬を走らせた日のことを思い出した。こんなにもこの場所に様々な思い出が詰まっている。

「俺のことを考えているのか？」

一人でそっと微笑んでいたヌリタスが振り返ると、黒いズボンと空に似た色のシャツという普段着姿の公爵が現れた。

ルーシャスは、ヌリタスの微笑みを一度たりとも逃したくなかった。彼がいない場所で微笑む彼女をみると、こうして旅立っていく彼女に苛立ちさえ感じた。

なぜよりによって今、疫病が流行るのだ。

やっと見つけた幸せなのに。

きっと耐えられるだろうと思っていたものの、こうして馬車に乗って旅立っていくヌリタスの姿を見ると、再び涙がこみ上げそうになるのを感じた。

風が吹きドレスの裾がひらりと揺れると、彼女も飛ばされてしまうのではないかと心配になった。

（水辺に立つ子どもを見ているような気分だ）

あまりに危なっかしい大切な人を、彼の胸に抱いて傷つかないよう守ってやりたかった。

未練のこもった目で彼女を見つめる公爵と短い挨拶を交わした後、ヌリタスは馬車へ乗り込んだ。

（そんなふうにされたら、すごく会いたくなるでしょう）

最後の言葉は、馬車の音にかき消されて彼に伝えることができなかった。

第77話　灯りを持った小さな手

馬車に乗ると、ヌリタスはルーシャスがくれたネックレスのロケットが内側に揺れるのを感じて目を閉じた。

馬車に乗る前の最後の会話が、彼女の頭の中で思い出された。

「やはりあなたを送り出したくない」

「ですが、私だけ行かないわけにはいきません」

彼の顔は憂いに満ちていた。

「公爵様、無事に戻りますから、あまり心配なさらないでください。ね？」

「ルーと呼んでくれ」

公爵の名前を一度呼ぶことが、なぜこんなにも毎回新鮮で、胸を高鳴らせるのだろうか。

もともとこんな人ではなかっただろう公爵がこうして甘える姿は、ヌリタスを魅了した。

短い別れとはいえ寂しかったが、ヌリタスはなんとか明るい顔をして別れの挨拶を告げようとした。

だが、何かを口にしようとすると、まるで袋から小麦が溢《あふ》れ出すように、涙がこぼれてしまいそうだった。

「すぐに帰ります」

ヌリタスはさっと背を向けて、彼の前から立ち去ろうとした。

だが、それより一足先に、ルーシャスがヌリタスの腕を掴み、彼のそばへと引き寄せた。

「あなたを捕まえるのには、自信がある」

彼はからかっているのかそれとも本気なのかわからない輝きを帯びた黒い瞳でヌリタスを見つめ、銀髪を一束握った。そしてとてもゆっくりと、その髪にキスをした。

言葉など必要ないほど、彼の熱い気持ちを感じたヌリタスは、彼の姿を見守ることしかできなかった。

しばらくして顔を上げたルーシャスが、胸元から大切そうに何かを取り出した。

「……？」

ルーシャスはゆっくりとそれを包んでいた布を開くと、ヌリタスに見せた。

それは長い金の鎖のついたネックレスで、中央には肖像画を入れることができる小さなロケットがついていた。

「なくなった母が俺に残してくれたものだ」

ルーシャスがとても精巧に作られたロケットの中央のボタンを押すとそれが開き、片方には黒い髪をした子どもの肖像画が、そしてもう片方には黒い髪の毛が一房入っていた。

「これをあなたが持っていてくれたら嬉しい」

ヌリタスは雷にでも打たれたように驚いた顔で、ネックレスと公爵を交互に見つめた。

「こんな貴重な物を」

先代の公爵夫人が病気で亡くなるときに、一人残すことになった息子に授けた大切な物だ。そんなものを、この首にかけるなどできない。

「俺にとってあなた以上に大切なものなどない」

ルーシャスはそう言って、彼女の後ろへ回りそっとネックレスをつけた。

「これをつけていれば、俺のことを思い出してくれるだろう」

ルーシャスの願いが、ヌリタスの耳をくすぐった。

「俺をあまり長い間、一人にしないでくれ」

ヌリタスはドレスの上にかけられた重みのあるロケットを見つめ、無数の想いを感じていた。

人の愛情とは、こんなにも重みがあるのか。

ネックレスのひんやりとした感触を手に感じながら、公爵の方へ体を向けた。そして彼の黒い瞳を見上げながら口を開いた。

「約束します」

もっと気の利いた表現があるはずなのに、なぜこんなにも照れくさいのだろう。ヌリタスは絶対にあなたを忘れることなどできないと、別れる前からすでにあなたが恋しいという意味を、その言葉に込めてみた。

向かい合った公爵は、その後数分にわたり、彼女に対して禁止事項を並べた。

絶対に危険なことはしないこと。

怪我をしないこと。

自分以外の他の男に目を向けてはいけないこと。

「ボルゾイといつも行動を共にするように」

「はい」

そんなことはないだろうが、前回の事件と同じような事態が起こることも、念頭に置かなくてはならない。

「それから、しっかり食事をとること」

ヌリタスは、まるでひよこの世話をする母鶏のような公爵の姿に、このまま今日は出発できないのではないかと心配になった。

「もう行かなくてはなりません」

彼が今彼女に伝えた言葉たちは、実はヌリタスが彼に伝えたい言葉でもあった。彼女がいない間、母親と公爵がどうか無事であるようにずっと祈り続けた。

＊＊＊

（会いたくなると思うと、伝えればよかった……）

残してきた人々に対する深い愛情を目にたっぷり浮かべたヌリタスを乗せた馬車は、ゆっくりと目的地に近づいていた。

少しの間眠っていたヌリタスが、窓を覆うカーテンをそっと開けて、外の様子をうかがった。

一見、この上なく平穏だった。人の気配のない道には、ガリガリに痩せた犬が数匹歩いていた。

馬車は、商店が並んだ道を抜けると、白い外壁の衛生局へ入った。建物のてっぺんでは、女神ディアーナを象徴する純白の旗が揺れていた。

（再び与えられた命を、もっと価値のあるものにしたい）

公爵と出会って知った大切な感情たち、彼からもらった分不相応の愛情を、彼女が独り占めするのは、あまりにも自分勝手だ。

だが、見知らぬ貴族たちの中に一人で向かうことを思うと、足が細かく震えはじめた。

覚悟はしていたものの、自分にできる事があるのかすらわからない。

「さあ！そろそろ行きましょうか？」

ヌリタスはまるで自分を励ますかのように、ソフィアに声をかけた。

ソフィアと女中に扮《ふん》したボルゾイを連れて馬車から降りると、女中がやってきて彼女を案内してくれた。共に意見を交わし力を合わせる貴婦人たちが集まる場所へと向かう途中だった。

両手に汗がにじみ、口の中が渇いていくのを感じたが、その瞬間も背筋を伸ばすことを忘れなかった。

「モルシアーニ公爵夫人でございます」

ヌリタスの前で何の変哲もない木の扉が開くと、別の世

界が広がった。

緊張していたことがバカらしくなるほど、気が抜けるのを感じた。多くの貴族たちが病気で苦しむ者たちを救うために集まったと聞いていたのに、ここには華麗に着飾った女性しかいなかった。

（ここは宴が開かれている舞踏会の会場？）

この部屋の中で動くことすら難しそうなほど大きく広がったドレスを着た女性たちは、頭から首、腕、指の先までじゃらじゃらと宝石で飾り、財力を見せつけていた。

一方で、今貴婦人たちの前に立っているヌリタスの服装は、修道士に劣らないほど地味だった。

灰色のシンプルなドレスには、レースもひだもない。首にはかすかにネックレスの鎖が見え、腰の部分に軽やかな素材のリボンが一つついているだけだった。

あちこちから漂う香水の強い匂いで吐きそうになっていた時、全く会いたくなかった人物が現れた。

「あら娘よ、いらっしゃい」

たっぷりとした赤毛のロマニョーロ伯爵夫人は、他の女たちの目を気にしながら、ぎこちない挨拶をした。声は明るかったが、ヌリタスの服装や顔を見つめる目元はとても鋭かった。

「お母様」

ヌリタスは抑揚のない声で伯爵夫人のことを呼び、丁寧に頭を下げた。こんなふうに顔を合わせること自体、互いにとって望ましくなかった。

ロマニョーロ伯爵夫人は最後に会った時より十歳以上、老け込んで見え、その顔を厚い化粧で巧妙に隠していた。

疫病で貧しい者たちが死んでいようが、こんな場所に来たい気持ちは彼女には全くなかった。

だが、貴族の体裁は、時に何よりも優先される。

しかたなくやって来たこの場所で、大切な実の娘を苦労の道へと追いやった卑しい女が、彼女のことを母親と呼んでいる。

「メイリーン、顔がとても痩せたのね」

そしてヌリタスと伯爵夫人は、気まずそうにその場に立っていた。伯爵夫人の小さくて艶《あで》やかな手が、強い香水の匂いを漂わせながら、さっと扇子を振った。

（母さんの明るい世界を奪った手）

ヌリタスは、自分自身が病に苦しむ人々を助けにここに来たことをしっかり自覚していないと、ついそんな感情を表に出してしまいそうになった。

モルシアーニ公爵夫人の登場以降、しばらく中断していたおしゃべりが再開されたが、不思議なことに誰一人ヌリタスに近づいてくるものはいなかった。

（その方がありがたいけど）

隣に立つ伯爵夫人の憎しみを全身に感じ、さらに周囲から謎の敵対心を感じた。

慣れている感覚ではあるものの、理由がわからずに周囲を見回してみると、明らかに彼女の噂話《うわさばなし》をしている視線を感じた。

（……どうして？）

そしてヌリタスはすぐにその理由がわかった。貴婦人たちの群の真ん中に、とても見慣れた顔の女が立っていて、ヌリタスのほうを睨みつけていた。

（アイオラ・カリックス）

公爵のことを男色だと伝えて消えていった金髪の美しいアイオラが、ヌリタスをまるで汚いものでもみるような目で見つめた。

（呆れる）

ヌリタスは、礼儀知らずの貴族のお嬢様の意地悪にうんざりした。前回だって、あの意地悪の数々をすべて見逃してやったというのに。

（今回はどんな作り話で人々を惑わせるのだろう）

眩しい金髪でミルク色の肌をしたアイオラは、彼女を知らない人にはきっと純粋そうな美女に見えるだろう。話し方もとてもそれらしいので、皆信じてしまうかもしれない。

（前の私みたいに）

気づかないふりをして目を伏せ、椅子に腰掛けると、徐々に噂話がヌリタスの耳に聞こえてきた。

「なんてこと。いくらなんでも、いやらしいわ」

「でも、あんな地味な方に、皆誘惑されたっていうの？」

「公爵様がいながら、陛下やミカエル様まで欺いたのですわ」

「ある意味、本当にすごいわね」

誰の話なのか対象を明らかにしていない内緒話だったが、ヌリタスはすぐに自分のことだと分かり、嘲笑を浮かべた。

（ああ、今回は公爵様ではなく、私を娼婦《しょうふ》にしたのか）

アイオラの唇を通して伝えられる言葉たちのせいで、全く知らない人たちが皆で彼女を蔑んでいた。

その冷ややかな視線のせいで、ヌリタスは背筋がゾクッとするのを感じた。

　身分が低い時も、公爵夫人になった今も、自分は彼らから同じような扱いを受ける存在でしかないのか。

（みんなから認めてもらおうなんて、思ったこともないけれど）

　世間知らずのアイオラが何を言おうと、放っておこう。どうせ、止めることなどできない。

　今はヌリタスが、母親と公爵を残してここに来なければならなかった理由に専念する時だ。

　それよりも、ここには、落とした扇子すら自分で拾うこともできないような女性たちがたくさんいるようだが、一体どのようにして奉仕活動をするつもりなのだろうか。

（ここに集まった理由は何だと思っているんだ？）

　真っ赤に塗られた唇たちが、不満を口にし始めた。

　本来ならば、誰かの舞踏会が開かれる時期であったのに、それがなくなってしまって残念だと言い合っていた。そして誰かが、病気の広がるのが速く、たくさんの人が亡くなったという話をすると、舌打ちが聞こえた。

「皆死んでしまったら、私たちの馬車は誰が動かすの？」

「お城の掃除は誰が？」

「私の美しい庭園は、誰が管理するのよ？」

　ヌリタスはこんなことを平然と話す彼女たちを、冷めた目で見つめた。

　彼女たちにとって、死んでいくものなど、人間ではないようだった。

（ああ。ここはまた別の地獄だ）

第78話　真珠の首飾りの貴婦人

　ヒラヒラした飾りのついた服を着た女中が入ってきて、大きな声で叫んだ。

「絵師がお見えです」

　おしゃべりに興じていた女たちが慌てて女中を呼び寄せた。それぞれの女中たちが手鏡を持って、彼女たちの主人の髪の毛を整えたり、化粧直しをしたりした。

　ヌリタスは何が起きているのかわからず、ただためらうしかなかった。

　その時、隣で棘のある声が聞こえてきた。

「あんたなんかが、メイリーンの名前を」

　赤い髪の毛を真珠で飾ったロマニョーロ伯爵夫人は、寒いところで苦労しているアビオの顔と他国で涙を流しているだろうメイリーンを思い出し、歯を食いしばった。

「世界が滅びたって許さない」

　疫病が流行っていることも、私生児が貴族に扮していることも、すべてが気に入らなかった。強い鎮痛剤で押さえていた神経痛が再発しそうで、顔をしかめた。

　誰にも聞こえないよう小さな声で吐き捨てるようにそう言うと、伯爵夫人は扇子を扇ぎながら他の貴族たちの群へと消えていった。

　ヌリタスは伯爵夫人の言葉に、全く傷つかなかった。それよりも、顔を粉で塗りたくった彼女たちが今日、絵を描くために集まったということが気に障った。

（絵を描いた後に、何かをするのかな？）

　ヌリタスは、一人で立っていた貴婦人にゆっくりと近づき、話しかけてみた。気になって、誰かに聞かずにはいられなかったのだ。

「すみませんが、私は今日やってきたばかりで……絵を描いたあとの予定は、どうなっているのでしょうか？」

　すると茶色の髪の毛にたっぷりした緑色のドレスを着た令嬢が、周囲をすっと見渡したあと、困った顔をした。

　モルシアーニ公爵夫人は、結婚前に社交界に姿を見せることもなかったため、本当にわからないのかもしれないと思ったが、さっき聞いた噂のせいで、下手に口をきいたら他の人からひどい扱いを受けるのではないかと心配になった。

その令嬢は、とても小さな声で囁いた。

「絵を描いたあとは皆、伝染病が流行っていない遠い田舎へ行くのです。そのつもりでいらっしゃったのではないのですか？」

「……」

ヌリタスはその時、自分がどれほど純粋だったのか気がついた。

公爵が、行ったところで助けることはできないだろうと言っていたが、その時はそれがどういう意味なのかよくわかっていなかった。

彼女たちは、奉仕活動をするために集まったのではなかった。

ただ、この悲劇的な時代に、貧しい者たちを助けるふりをしたかっただけなのだ。

長い年月が経った後、ここに集まった者たちが描かれた素敵な団体肖像画の前で、人々は貴族の崇高な精神について語り合うのだろうか。

（高貴な人たちのやることって……）

そして、赤い帽子をかぶった絵師が登場し、貴婦人たちは各々目立つ位置を確保するためにバタバタと動いた。

一歩ひいてその姿を見守っていると、色とりどりのドレスの裾がまるで化け物のように感じた。

（これ以上ここにいる必要はない）

ヌリタスはどういう気持ちでここに来たか再び思い出し、ゆっくりと彼女たちの群れに背を向けた。

絵など描くために、体の悪い母親を置いてまでモルシアーニ家を離れたわけではないのだ。

「モルシアーニ公爵夫人、こちらにお立ちください」

召使いが、真ん中に場所を準備して、ヌリタスを呼んだ。

その声で、自分の身なりばかり気にしていた女たちが、皆一斉にヌリタスに視線を集中させた。

自分のことしか考えられない彼女たちに何か言ってやりたい気持ちだったが、軽く挨拶だけして扉の方へ向かった。

（偽物はこれで退場いたします）

品のある人間には決してできない仕事ならば、それは彼女の使命になるだろう。決心に満ちた重い足取りが奏でる音が、女たちの沈黙の中で大きく響いた。

そしてその姿に最も驚いたのは、ロマニョーロ伯爵夫人だった。

（私生児のくせに）

ヌリタスは何も言わずに消えていったが、確かに目は嘲笑っていた。

(私生児の分際で、あんな態度を!)

その上、あの女は全盛期の伯爵に似た威厳まで帯びていた気がした。

彼女が産んだ子ども達からは決して感じられない伯爵の影を、私生児から感じるとは。

気が滅入った。その体に流れている血の半分が誰のものか思い出すと怒りで指がわなわなと震えだした。

そしてもう一人の別の目が、ヌリタスの後ろ姿を睨みつけていた。

成熟した美しさを醸し出すアイオラは、まだモルシアーニ公爵に対する未練を捨てきれていなかった。

最初は、公爵にフラれて城から去った時に、母の胸で気がすむまで泣いたことで彼を忘れることができると思っていた。

だが、新しく紹介された様々な貴族の男たちは皆公爵の足元にも及ばず、結局アイオラは自分をこのような目に合わせたヌリタスを恨みはじめた。

「ただじゃおかない」

彼女のものになるはずだった立場を奪った銀髪の女が許せなかった。だから、噂話が大好きな女性たちとつるんで、モルシアーニ公爵夫人に対する噂を流した。

モルシアーニ家にしばらく滞在しているときに、公爵夫人があらゆる男たちに色目を使い、家門の名誉に傷をつけるようなことをしていたのを見たという話から、目に色気が漂っているという、デタラメな話をどんどん作った。

タイミングよく馬上試合で起こった事故と、国王の態度が相まって、それらの嘘の噂たちはまるで事実のように広まりだした。

ヌリタスと会ったこともない人たちが、彼女を稀代《きたい》の妖女と言い、アイオラはそんな醜聞が広がっていくことを喜んだ。

あの生意気な態度で出ていった銀髪の女を、引きずり下ろしてやろうと思った。

＊＊＊

チャールズ・ペリンは、衛生局に勤務する下っ端役人だ。彼は男爵家の三番目の息子に生まれ、今年で二十三歳になった。

幼い頃から本を読むことが好きで、異性には特に興味がなかったため、結婚は半ば諦めていた。

疫病が広まるのがあまりに速く、患者が溢れかえっていた。

原因を調べるといって出かけていった者たちが何も言わずに田舎へ行ってしまったため、状況は停滞した。

「大変だ」

書類の山に顔を埋めて、深いため息をついた。王国の役人たちは皆逃げてしまい、空席が目立った。

人間の命は一つであるため、彼らの気持ちも理解できた。だが、この問題には王国の存廃がかかっている。

（この地に生きるすべての命が消えてしまったら）

民のいない場所に王国は存在できるだろうか。

チャールズは早く原因を探しだし、問題の解決に向けて積極的に取り組まなければならないと信じていた。王家からは、必要なものがあれば何でも書類を送れというだけで、貴族たちも同じように物資を支援するだけだった。

「誰かの手が必要なんだ」

手伝ってくれる人を強く必要としながら、最後に報告を受けた地域の患者の数と、今の状況を考慮しながら、何が必要なのか考えていた。

こんなふうにチャールズが頭を悩ませていると、誰かが扉を叩いた。訪問客の姿を確認した瞬間、彼は静かに机の上で手を揃えた。

「失礼いたします。他の部屋には誰もいなくて。助けていただけますか？」

衛生局の中で貴婦人に会うことなど、ほとんどない。チャールズは椅子から立って、部屋に入ってくる女性をぼんやりと見つめた。

体は小さく、地味な服装であるが、雰囲気は只者《ただもの》ではなかった。

「モルシアーニ公爵の妻でございます」

女性の言葉を聞いて、やはり自分の判断は正しかったと思いながら、机の前に出て頭を下げた。

「衛生局のチャールズ・ペリンと申します」

公爵夫人が衛生局の下っ端役人を尋ねてくる確率など、雷に打たれて死ぬくらい珍しいことだ。彼はその瞬間、何か大きなミスを犯して問題でも起こったのではないかと思った。

「ところで、なぜここにいらっしゃったのか、うかがってもよろしいでしょうか？」

「疫病で苦しんでいる人々を、直接助けたいのです」

「はい？」

チャールズは、夫人の言葉を目の前で実際に聞いているにも関わらず、大きな声で聞き返した。

彼も衛生局で働いているものの、実際患者に接するのは、平民出身の調査官や医者だけだった。

チャールズは過酷な業務に疲れて聞き間違えたのではないかと思い、目を大きく開けた。

「お手伝いできますか？　こんなこと、よくわからなくて」

目の前の銀髪の貴婦人の目は、この上なく真剣だった。

こんな目を見るのは、いつぶりだろうか。

チャールズは、一瞬頭がクラクラするような錯覚を感じた。彼女に対して強くうなずくという無礼な態度を取っていることすら、自覚していなかった。

突然の彼女の登場で、衛生局に初めてきたときに抱いていた、すべての人類を救いたいという大きな夢が再び燃え上がってきた。こんなふうに机で不満ばかり並べている場合ではないのだ。

「少し待っていていただけますか？」

チャールズは慌てて書類をあさり、最近発病した患者がいると報告された家の住所をメモした。そして、清潔な布と熱を下げるための薬品を準備してきた。

そして、じっと見ている貴婦人に、もう一度意思を確認した。

「本当に大丈夫ですか？」

ヌリタスは偶然出会った衛生局の役人が、とても誠実そうに見えたので、信頼に満ちた瞳でうなずき、意思を伝えた。

そして赤い模様の入った衛生局の馬車にチャールズ・ペリンと女装をしたボルゾイ、ヌリタス、そしてソフィアが乗り込んだ。

そのうしろを公爵家からやってきた騎士たちが護衛した。

＊＊＊

衛生局の馬車は、彼女が今までに乗っていたものよりもガタガタと揺れた。ヌリタスは頭上にある革製の持ち手につかまり、必死で体の揺れを抑えようとした。

よく整備された地域を抜けると、家がぎっしりと並んだエリアに突入した。古びた建物たちは、まるで空き家のように荒涼とした空気を醸し出していた。

「あ」

自分が以前住んでいた場所よりも、さらに劣悪な環境で暮らしている人がいるなど、考えたこともなかった。

自分たちの境遇は、伯爵家の貴族たちとは比べものにもならなかったが、この今にも倒れそうな家よりは、まともな環境だったと思う。

馬車はそこを通り過ぎると、街の広場らしき広い場所を通っていた。水が流れていない噴水のそばで、人が塔のように積み重ねられていた。

「死んだ人たちです」

窓の外の風景をじっと見つめているヌリタスに、チャールズがさっと説明した。

「なぜこんな」

ヌリタスは積まれた死体を見て、驚愕《きょうがく》した。

「最初は埋めていたのですが、死ぬ人が多すぎて、対応できなくなったのです。彼らの世話をしてくれる家族も残っていないですし、生き残った人々はここを離れ始めているので」

ここにはもう、死んだ者を想って泣いてくれる人などいない。なぜなら誰もが死の脅威から逃げ出すことができず、生きることに対する意志を捨ててしまったからだ。

ヌリタスはチャールズの説明を聞きながら言葉を失った。彼女が思っていた以上に状況は深刻だった。

今この瞬間も、華麗なドレスを着て画家の前でわざとらしく微笑む女性たちの姿が、あの噴水に重なった。

ヌリタスは、胃がムカムカするのを感じて、手でさっと口元を覆った。

(世界はどれだけ苦痛に溢れているのだろう)

彼女の全身からは緊張と悲しみが溢れ出し、隣に座っているソフィアは目もしっかり開けられないまますすり泣いていた。

馬車が目的地に到着すると、彼らは皆何も言わずに悲愴《ひそう》な顔つきで馬車から降りた。

第79話　燦爛《さんらん》たる昼夜

アビオ・ロマニョーロは、ベッドで身を縮めながら細い指で真っ赤な髪の毛を何度も指に巻きつけていた。

「はあ……」

北方にやってきてから、ほとんど眠れずにいた。

ここは、陽が昇っても暗いせいで、昼と夜の境目が曖昧だった。寒い日が続いたが、地理に疎いアビオはどこかに行くこともできなかった。

スピノーネ侯爵は、第一印象通りの、とても奇妙な人物だった。一日中彼の姿を見ることは難しく、時に夜になると姿を現した。

侯爵は誰かを侍従につけることもなく、いつもはっきりしない表情を浮かべていた。侯爵に会わない日は、アビオは一日中口を開くことすらなかった。ここでは侯爵以外の他の貴族に会うこともなく、アビオは生まれて初めて寂しいという感情を覚えた。

「まだいたのか」

その日、スピノーネ侯爵が食事の席に現れてふと言った言葉は、これだった。アビオはプライドが傷ついたことを隠しながら、侯爵のおかげで元気に過ごしておりますという、心にもない返事をした。

（一体なんであんな物を食べるんだろう）

ここの肉はとても固く、生臭かった。胃の弱いアビオは、一週間以上肉の皿には手をつけず、硬いパンと具のわからない粥《かゆ》で腹を満たした。

だが、ここの寒さはどんどん強くなり、アビオは結局今日の食事で出された脂っぽい塊を手に取った。

「豚の脂身を熟成させたんだ。風味がいい」

アビオは侯爵の説明を聞くと、再びフォークを下ろさずにはいられなかった。

脂だらけの塊を熟成させたという話を聞いただけで、胃がムカムカした。伯爵家の夕食で出された様々な料理と比べたら、ここの食事はゴミ同然だった。

侯爵はアビオに見せつけるように、その脂の塊を素手で口に運び、口のまわりを脂で輝かせた。

ひとりでにため息が出る日々だった。

（こんなふうに僕の大切な時間が腐っていくのか）

侯爵の城は、名ばかりの城で、実際はただの石の山に過ぎなかった。下の階の広い床には、いつもヤギと犬、豚たちがわらの上でぐうたらと過ごし、そのせいで城の中は常に言葉では言い表せないほどの悪臭が漂っていた。

辺境の城へ来てもう半月が経った。この寂れた場所にもある程度適応したのか、ある日の晩、アビオは部屋を出た。ここは夜の訪れがとても早く、眠りの浅い彼にできることは限られていた。

（女中でもいたら、部屋に連れ込もう）

彼が伯爵家でいつもやっていたように、この長い夜を楽しめるだろうと思ったのだ。それで、普段は出歩かない時間に城をうろついていた。ここはどういうわけか男ばかりで、女中の数はびっくりするほど少なかった。

「一体どこへ行けばいいんだ？」

階段を下りると、侯爵の兵士と思われる者たちが、充血した目で酒を手にしたまま、アビオの方をちらっと見た。

（生意気な奴らめ）

伯爵家の後継者がいたら、すぐに地面に額が触れるほど深く頭を下げるべきだというのに。

だがアビオは、武器も持っておらず、一人だった。守ってくれる召使いや両親も、ここにはいない。

彼は騎士たちの視線に気づかないふりをして顔をあげると、もう一度階段の手すりを掴んだ。

何かベタベタしたものが手にくっつき不快感を覚えたが、そのまま上がった。

このまま部屋に戻って眠ろうかと思った時、二階の一番奥の侯爵の部屋から赤い光が漏れているのが見えた。

もしかして、侯爵が女でも隠しているのではないかと思い、その光の方へと近づいてみた。

侯爵の部屋の前にたどり着こうとした時、廊下の窓を通して光が差し込み、アビオの赤毛がさらにパッと明るくなった。

「よそう」

好奇心を抱くには、相手が手強《てごわ》かった。侯爵の金切り声や、彼を見透かすように凝視する金の瞳を思い出すと、嫌な気分になった。

自分の部屋に戻り、ベッドに体を投げた。本当に寒いところだった。暖炉の火を強めても、唇が青くなってしまうほどアビオは震えていた。

「うぅ、本当に獣にはぴったりの場所だ」

ガウンも脱がずに布団を首までかぶった。白い吐息が消えていく様子は、まるで彼女の流していた涙のようだった。

彼女の白い首筋に流れていた汗を思い出した。

こんなことになるとわかっていたならば。早く自分の気持ちに気づいていたならば。女を誰にも渡さずにすんだかもしれないと思うと、悔しくて我慢できなかった。

だが、父の厳格な表情が白い息に混ざって浮かび上がる。

「父さん。僕を送り出して、満足ですか？」

伯爵が自分を辺境に放り出したことについて、全く心配などしていないだろうことはよくわかっていた。三年耐えたら、父も少しは自分のことを認めてくれるはずだ。

「どうせ爵位は僕のものだ」

娘ばかりの家門で、唯一の息子はアビオだった。

激しい風が壊れた窓に吹き付けるガタガタという音が、怪しい雰囲気を作り出す。壁についたカビがまるで花柄のように点々と広がっているのが目についた。

古くて湿気《しけ》た匂いが、アビオの繊細な感覚を刺激した。

伯爵家の使用人ですら使わないようなゴワゴワした布団に、背中が痛くなるほど硬いベッド。

気にいる物など何一つなかった。

「野蛮だ。野蛮」

辺境地域に広まる醜い噂の数々が、まんざら嘘ではないと思った。

アビオは寒さに震えながら、いつの間にか眠りについた。

夢の中では、短い髪の毛で痩せた少年が荷車を引いており、彼は馬に乗ってその卑しい存在を満足そうに見つめていた。

細い指で額に浮かぶ汗を拭くと、彼は馬から下りてその少年の腹を乱暴に蹴った。

少年は地面を這いまわった。涙も呻き声も出さないその子どもの下で血が広がっていく。

そんな甘い夢に浸っている時、誰かがアビオの横へやってきた。

「寒いのか」

大きな体の男がさっとベッドに入ってくると、背中を丸めて寝ているアビオの後ろで横になった。充血した金の瞳が月の光を浴びて、透き通ったアビオの首筋をなぞりはじめた。そして男の喉から荒い吐息が漏れた。

真の辺境の夜が始まろうとしていた。

＊＊＊

衛生局の役人であるチャールズが何度扉を叩いても、中からは返事がなかった。そしてもう一度ノックしながら、少しだけ大きな声を出した。

「いらっしゃいますか？」

扉が開き、疲れきった顔の女性がエプロンをしたまま登場した。家を捨てて逃げ出す者たちばかりのこの街に、こんなふうに立派な馬車に乗ってやってきた男を訝《いぶか》しそうに眺めた。

それに気がついたチャールズは、すぐに帽子を脱いで口を開いた。

「私は衛生局からやってまいりました、チャールズ・ペリンです。奥様の御宅《おたく》のお手伝いをさせていただくために、やってきました」

チャールズの言葉を聞いた女性の目に、うっすらと涙が浮かんだ。両手で額に手を当てても、込み上げてくる感激を押さえられずにいた。

「なんてこと。ありがとうございます。病で子どもの父親が死に、息子も病気になりました。ここが私たちの墓場になるのだろうと思っていたのです」

夫人がそっと扉を開けて、チャールズを家の中に招いたので、その後ろに続いてヌリタスとソフィア、ボルゾイが口を覆ったまま中に入った。廊下は、大人が通ると肩が触れてしまうほど、狭くて暗かった。

女性が入った部屋には、五、六歳くらいの兄妹が、一つのベッドで並んで眠っていた。だが、その呼吸の荒さから、ただスヤスヤと眠っているのではないことを察することができた。

チャールズは、子ども達の状態が初期症状と一致すると思った。

「奥様、子ども達の症状は、まだ重篤ではないと思われます。持ってきた綺麗な水と薬を差し上げますから、回復を祈りましょう」

子どもの母親は、エプロンの裾をぎゅっとつかみ、ガクガク震えながら涙を流し始めた。彼女は夫を突然亡くした上に子ども達まで病気になり、人生の希望をすべて失った状態だった。

その姿をみたヌリタスは、ソフィアが止める間もないほど素早く夫人のそばにいき、肩をぽんぽんと叩いた。

「ありがとうございます。皆さんは、天が贈ってくださった、大切な方達です」

それ以上何も言えないまま、女性は泣き続けた。ヌリタスは子ども達のベッドの近くへいき、しゃがみこんだ。熱で火照った頬と、真っ赤な唇を苦しそうに動かす様子は、とても辛そうだった。

「勝たなくちゃね」

ヌリタスは子どもたちにそう囁きながら、熱い額を撫でた。小さな子どもは、いつかの彼女のように生死を彷徨っていた。

「頑張って。これからたくさんの素晴らしいことがあなたを待っているのよ」

ヌリタスは胸が熱くなるのを感じた。

今も昔も、こうしてたくさんの人々が、薬も飲めずに世界から忘れ去られていたのだろう。

彼女のわずかな力では、世界を変えることはできないだろう、だがそのうちの一つでも、彼女の手で救うことができたなら。

それは、きっと意味があるはずだ。


（女神ディアーナが、もう一度私を生かしてくれた理由）

ヌリタスが病気の子どもを見ながら決心している間、それを見ていた一同は、彼女の背中から形容できないほどの光を感じていた。

ヌリタスは立ち上がり、やっと泣《な》き止《や》んだ夫人の手を握ってこう言った。

「持ってきた食べ物を召し上がってください。子ども達が目覚めた時、お母さんが病気になってしまったら大変でしょう？」

うなずく夫人に、子どもたちはきっとよくなるという言葉も付け加えた。

今、この人たちに必要なのは、希望という小さな光だ。

ヌリタスは微力でも、彼らのために消えない灯火《ともしび》になってあげようと決心した。

「ありがとうございます。ありがとうございます」

顔色の悪い夫人が膝をついて、ヌリタスのドレスの裾にくちづけた。

「高貴なお方に、女神ディアーナの祝福を」

ヌリタスは腰をかがめて女性の両手を握り、立ち上がらせた。豚小屋を掃除していた私生児に、高貴なお方だなんて。誰かに褒めてもらいたくて始めた仕事ではないが、とても嬉しい気持ちになった。

「皆で頑張りましょう」

由緒正しき家門の貴婦人が助けてくれると言ったときは、半信半疑だった。チャールズ・ペリンは、モルシアーニ公爵夫人の誠実な瞳と優しい手から、目を離すことができなかった。

持ってきた食べ物と薬を女性に渡して、その家を出た。死の影が漂う場所から抜け出すと、外の空気はとても澄んでいた。

ヌリタスはマスクを外し、深呼吸しながら尋ねた。

「このような家は、どれくらいあるのですか？」

「実は、しっかり把握できていないのです」

チャールズは、その調査をする予定だった者たちがすべて逃げ出してしまったという話を、恥ずかしくて出来なかった。

「死んだ方たちを、そのまま置いておくのはいけないと思います。彼らの魂のためにも、生きるものの健康のためにも」

ヌリタスがさっき噴水のそばに積まれた死体を思い出しながらそう言うと、チャールズは感嘆した。実は、病気の原因の把握や患者の数ばかりに集中するあまり、死んだ者にまで気を回すことができなかったのだ。

彼が知っている女性たちのほとんどは、着飾ることや甘いお菓子にしか興味がなかった。

「素晴らしいご意見です。公爵夫人」

「とんでもないです。可能ならば、他の家にも行ってみたいのですが」

人生に温《ぬく》もりを得ることができた今こそが、他の人々の手を握ってあげる時だとヌリタスは思った。

（今も、病で命を失っていく人の泣き声が聞こえるような気がする）

ヌリタスが力強い足取りで馬車へ乗り込むと、その姿を崇拝するように見つめていたチャールズも、そのあとに続いた。

第80話　Luce in altis（高いところで輝け）

チャールズ・ペリンと膝を突き合わせたヌリタスは、本格的に患者を救うために動き出そうとしていた。

まずは、伝染病がこれ以上広がることを防ぐことを優先しなければならない。そして一日も早く病気の原因を見つけ出すのだ。だが、そんな欲望ばかりが先走り、何から始めたらいいのかわからなかった。そんな時、貴人が彼女の前に現れた。

「初めまして。パステル・カーバーと申します」

彼は衛生局の役人であるチャールズの知人だった。

彼は、病院で、病に苦しむ人を助けたいという使命感を持って医療に従事する数少ない人物のうちの一人だった。

彼はたった一人で、疫病に苦しむ人々を助けようとしていたが、チャールズからの伝言を聞き、衛生局に合流することになった。

ヌリタスは気になっていたことを彼に尋ねながら、この病気に関する知識を集めた。

「簡単に予防する方法はあるのですか？」

「手を綺麗に洗うことも、予防と伝染の防止に役立ちます」

その言葉で、ヌリタスは死体が積まれた噴水を思い出した。汚染されていない水が出る噴水や井戸が必要だ。衛生局が処理する問題ではないような気がして、どこに尋ねればいいのか一人悩んでいた。

「患者と接触したら、必ず感染するのでしょうか？」

「研究の結果、様々な要因が合わさった場合のみ、伝染するようです」

「そうですか」

ヌリタスがモルシアーニの地を離れ衛生局にやってきて一週間が経つ。衛生局の建物は、ヌリタスが最初に訪れた時よりもさらに閑散としていた。建物の倉庫には様々な場所から送られてきた物資が山のように積まれていたが、それらすべてを配給する人材が足りていなかった。

「私たちだけで何ができるのだろう」

必要な飲料水と解熱や鎮痛作用のある薬の数を計算していたチャールズが、ため息と共に本音をこぼした。多くの役人たちがこの問題に背を向け、貴族たちはいつものように自分たちの命を守るのに必死だ。

「だからといって私たちまで諦めてしまったら、彼らには誰もいません」

暖炉のそばに静かに腰掛けていたヌリタスが、口を開いた。

「皆を助けることはできないかもしれません。ですが、私たちが救える命がたった一つでもあるならば、それは非常に価値のあることなのです」

「ああ……」

チャールズとパステルは同時に公爵夫人の言葉に感動した。貴族の頂点である公爵家の貴婦人の口からこのような言葉が出てくるとは。

チャールズは、つい弱気になってしまっていた自分自身が恥ずかしくなった。

ヌリタスは彼らと別れた後、衛生局の二階にある、みすぼらしい客室に入った。彼女は明日陽が昇ったら会うことになる人々のために、祈りを捧げていた。

最初は漠然としていたものたちが、次第に形を持ち始めた。世界はとても広く、自分だけが不幸だと思っていた過去が恥ずかしくなるほど、助けを必要としている人で溢れていた。


ヌリタスが椅子から立ち上がると、ソフィアがすぐに肩にショールをかけてくれた。目で感謝の気持ちを伝えると、彼女は窓辺に立って空を見上げた。真っ暗な空には、まるで雪のように星たちが輝いていた。

（苦しみが溢れる世界だから、空の星がこんなにも眩しいのかな）

ヌリタスが今こんなにも頑張ることができるのは、傷だらけだった彼女を優しく包み込んでくれた公爵のおかげかもしれない。

彼と出会う前の彼女にとっては、人生など茨《いばら》の道や燃え盛る炎のようなものであり、どこもかしこも同じだった。

（公爵様に出会ったことは、卑しかった私の人生でたった一つの祝福）

結婚してから、こんな風に離れ離れになるのは初めてだった。嘘から始まった二人だったが、今はこんなにも彼が恋しい。

真っ暗な空を見上げると、彼の優しい瞳を思い出し、低い声が胸で鳴り響くような気がした。

その瞬間ヌリタスは心臓に重りがついたように下へ下へ

と沈んでいくような気分を感じた。

沈んでいく気持ちを挽回《ばんかい》しようと、彼がくれたネックレスを手にとってそっと触れてみた。

彼女の体温で温かくなったロケットのズッシリとした感覚は、まるで慰めてくれているかのようだった。

だがそれによってさらに公爵を恋しく思う気持ちが深まり、ヌリタスの胸は張り裂けてしまいそうだった。

（ルーシャス様）

彼の名をもう一度呼んでみる。

そして、彼がいる方向を優しい視線で見つめた。

浮き草のように彷徨っていた過去とは違い、今の彼女には帰る場所があった。そこには、彼女を待つ公爵がいる。

それは、この見知らぬ場所で頑張らなければならないヌリタスの力になってくれた。

彼らが昼夜を問わず患者たちを助け始めて八日が経った頃には、衛生局の馬車が伝染病が流行っている街の路地に現れると、人々があちこちから出てきて歓迎してくれるようになった。

広がって行く病気に対して解決策を持たない彼らは、最初の頃は自分たちは世界から見捨てられたと思っていた。

彼らは誰にも助けを求めることができず、愛するものが死んでいくのをただ見ていることしかできなかった。

だがいつの頃からか、衛生局の馬車が彼らの元にやって来るようになると、希望を抱くようになった。

薬と食糧の支援のおかげで、初期段階の患者の完治率が高くなった。

誰にも見つけてもらえなかった死の街に、救いの手を差し伸べてくれた。

銀髪の聖女が神のご加護を受けて祝福してくださるのだと言う者もいた。

「奥様、ありがとうございます」

午前からあちこちの家を回り、疲れていたヌリタスが馬車から降りると、一人の女性がやってきた。

小さな子どもを抱き、もう一人の子どもの手をしっかりと握った見覚えのある顔には、涙が浮かんでいた。

「子どもがついに目を覚ましました。発疹も少しずつ消えています。こんな夢みたいなことがあるのでしょうか」

兄妹の母親が泣きながらお礼をすると、周りで見ていた者たちも目頭を押さえた。

消すことのできなかった真っ暗な不幸の影に、一筋の光が射《さ》し、少しずつ大きくなっていた。

「ああ、本当によかったです。本当に」

ヌリタスはまるで自分のことのように喜んだ。最初に訪問した家でみた、病で苦しんでいた子ども達が、これから新しい人生を夢見ることができるのだ。

それが薬のおかげなのか、それとも他の何かのおかげなのか追求することに意味はない。

たとえ残りの人生が立派なものではなくても、生き残ることが何より重要なのだ。

(子ども達には、無限の可能性がある)

世界は、目には見えなくても少しずつ変わっている。彼らが成長する頃には、今よりももっと暮らしやすい場所になっているかもしれないと期待してみた。

子どもの顔はまだ少し蒼白だったが、ほのかに赤みがさしている姿はとても可愛かった。手を伸ばして小さな手を撫でるヌリタスの目には、じんわりと涙が浮かんだ。

「元気に大きくなってね」

だが、家長を失ったこの家は、これからどうやって生きていくのか心配になった。

この問題は、帰ってから相談してみなければならない。


子ども達を家に残して働くのは、大変だろう。

ヌリタスが女性を励まし、別れの挨拶を交わしていると、誰かが道端のデイジーの花を彼女の足元に投げた。また別の誰かは一握りのクローバーを抜いて、投げた。

ヌリタスは、自分だけでやった仕事でもないのにこんなふうに賞賛されることが申し訳なくて、頭を下げた。

自分はこんな風なもてなしを受けるべきではない。だが、彼らにはそうではなかった。

公爵夫人は皆が目を背けた街へやってきてその高貴な手で病に伏せる者たちの痛みに触れ、一緒に苦しんでくれた。

彼らは彼女のおかげで温もりを感じることができた。

(これが奇跡でなければ、なんなのか)

「公爵夫人に、女神ディアーナの祝福を」

「ありがとうございます」

ヌリタスは胸が張り裂けそうだったが、彼らの言葉に微笑みを返して前に進んだ。あまり浮かれてはいけないと思い、気を引き締めた。

古い扉は軋んで、扉としての役割を果たさずに激しく揺れていた。医者のパステルが先に来て、患者の診察をしていた。

「どうですか?」

「とても幼いので、大変かもしれません」

この小さくて古い家では、まだ生まれてから100日ほどの赤ん坊が疫病にかかっていた。

ヌリタスはパステルからその赤ん坊を受け取り、そっと抱いた。

とても軽くて、重みを感じることができなかった。

真っ白な顔は、薔薇の模様の発疹で埋め尽くされ、全身が燃えるように熱かった。子どもから柔らかな天花粉の匂いがした。

ヌリタスはこの子を絶対に救いたいと強く思った。

「もし、その神の涙というものがあれば、子どもは治るのですか?」

「その可能性はあります」

パステルは眼鏡を指で持ち上げながらヌリタスを見つめた。

彼はチャールズの紹介で公爵夫人に出会った時のことを思い出した。

最初は、世間知らずの貴婦人のお遊びに付き合わされるのではないかと思い、気が進まなかった。

だが、短い間ではあるが、彼が見た公爵夫人の姿は、他の貴族とは違っていた。

パステル・カーバーは由緒ある伯爵家の私生児として生まれた。

家門では夫人が息子を生むことができなかったので、運良く彼は伯爵の息子として認められた。

だから、他の私生児とは違い、ゴミ扱いされることはなかった。

だがそれはどこまでも彼の家門の中に限った問題だった。

貴族社会は彼を貴族として認めなかった。伯爵について行った社交界で、人々が自分の噂話をコソコソと話していることに気が付いたのは、十四歳くらいのことだった。

それ以降、彼は貴族たちが楽しむようなことはせず、医学の方へと目を向けた。

(貴族なんかくそくらえだ)

普通、貴族が医者になることは珍しかった。医者の仕事は高尚だと思われていなかったからだ。

貴族でありながらも彼らに属さないパステルは、疎外された人々に医療奉仕をしながら生きていた。そして今回酷《ひど》い疫病が流行し、ここで力を貸すことになったのだ。

（神の涙だなんて、やはり貴族たちの発想は）

パステルは一度鼻で笑ったが、公爵夫人の真剣な瞳を見て、ゆっくりと説明した。

「公爵夫人のお気持ちはわかりますが、その、神の涙が牛一頭の値段と同じだとご存知ですか？この疫病にかかった人たちすべてを救うには、王国内のすべての高価なものを売っても足りません」

彼は言葉を切り、聞き分けのない子どもに言い聞かせるように言った。

「そしてこの子どもにだけそれを使うのは、公平ではありません。すべての命は、同じように大切なものですから」

ヌリタスは込み上げてくる涙をこらえて、彼の言葉に耳を傾けた。自分の考えが足りなかったと思った。そんなに貴重なものを皆に配ることなどできない。

彼女はその子どもをもう一度抱きしめると、そっとベッドに寝かせた。

「絶対に治るよう、女神ディアーナにお祈りいたします」

今ヌリタスにできることは、それしかなかった。

そしてパステルがうなずいてチャールズに解熱剤や必要なものを両親に渡すよう伝えた。

ヌリタスはその日最後のスケジュールであるこの家から、なかなか離れられずにいた。助けると言ったものの、はたして彼女が彼らに何をしてあげられるのだろうか。

彼女は激しい自責の念にかられて、肩をすくめた。

これらすべてがこの子どもの運命だとしたら、どれだけ過酷なのだろう。子どもの匂いが再びヌリタスの胸に広がった。

こうしてその日の仕事を終わらせると、二台の馬車に順番に乗り込んだ。昼に皆の顔に咲いていた笑顔は、消えてしまっていた。

衛生局に戻る馬車に乗ったヌリタスは、無数の悩みに浸っていた。

彼女の力でできる部分、そしてやりたいこと。

彼女を待っている人々の顔が、順番に頭の中に浮かんでは消えた。

第81話　風の前の灯火（1）

野火のように広がった疫病は、幸いにもその速度を緩めていた。

揺れる馬車の中で背筋を伸ばしたヌリタスは、拡大を抑えこむ素因がなんであれ、よかったと思った。

僅かだが、力になれたような気がして胸がいっぱいになった。役立たずの私生児が、誰かに希望を与えることができたのだ。

そっと手を開くと、さっき赤ん坊を抱いた感覚がまだ残っていた。

（本当に小さかった）

赤ん坊を抱くのは、初めてだった。

下手したら壊れてしまうのではないかと心配になる程、脆《もろ》かった。

そしてこの前夢に出てきた銀髪に黒い瞳の少年を思い出した。彼女が持っているロケットペンダントの中にいる人と似た幼い少年がいたら……どうだろうか。

果てしなく青く広がる野原を駆け回る少年の笑い声が、馬車の中でも聞こえるような気がした。

そして同時に、誰かが鼻で笑う声が、彼女の耳元を叩いた。

（ついにあの生意気な公爵の家門に、汚い私生児の血が混ざったのか。私生児のくせによくやった）

憎きロマニョーロ伯爵の声。

ヌリタスは顔をしかめて、片手を額に当てた。それを見たソフィアが、心配そうにそっと話しかけた。

「奥様、最近とても無理をされているようですが、一度領地に戻られてはどうですか？」

ソフィアは、ヌリタスが自分の体も顧みずに病人たちの世話をしていることが心配だった。その上、疫病が自分たちに移らないとも限らない。

誰かの些細な関心が、切羽詰まった者たちにとってどれほど力になるかもよくわかっていたし、今まで一度だってできなかった善行にやりがいも感じていた。

（ですが奥様、私は生きたいのです。そして、まだ伯爵家で待っている家族たちと、笑って再会したいのです）

ソフィアはエプロンを握り、本当に言いたかった言葉を飲み込んだ。公爵夫人だって同じように公爵や病気の母親を置いてここへ来ているのだ。

ヌリタスは簡単に答えを出せないまま深い考えに浸っていると、馬車の窓から真っ黒な小さな鳥が一羽姿を現した。

「なぜ鳥が?」

鳥はすぐにボルゾイの手におとなしく止まった。

その光景がとても不思議で、ヌリタスはじっと見ていた。そういえば、まだボルゾイについて知っていることがほとんどなかった。

彼はいつも気配がなく、寡黙な影のような存在だった。

「ボルゾイの鳥なのですか?」

ボルゾイはうなずきながら、鳥の足に結ばれた薄い紙をとって確認すると、再び鳥を空へはなった。

窓の外で自由に飛んでいく鳥を見つめていると、ソフィアが周囲を確認しながら訝しげな声を出した。

「どうしてここで馬車が止まるのでしょう?」

衛生局に行く道でもなく、周囲に建物がほとんどない、荒涼とした場所だった。ソフィアが震える瞳でヌリタスのスカートを握りしめ、怖がっていた。

そしてその後、馬車の御者の断末魔の叫びが聞こえた。

ボルゾイがボンネットをほどき、スカートの裾をはいで、隠していたナイフを取り出した。

「ナイフ……」

ソフィアは鋭いナイフが鞘《さや》から出されると叫び声をあげようとしたが、ヌリタスがさっと彼女の口を塞いだ。

何かよくないことが起きているようだ。

ボルゾイは馬車にたった一つしかない扉に背中をつけて、すべての感覚を集中させていた。ヌリタスは彼の緊迫した姿を見ながら、必死で心臓の高鳴りを抑えようとした。

人生とは何度も何度も山を越えるのと似ているという話をふと思い出した。

やっと会えたと喜んでくれた母の手の感触、そして見えなくなった母の目を思い出し、ヌリタスの胸ははちきれそうだった。

女装をしようとしていた公爵の声も、はっきりと蘇《よみがえ》る。

(その通りにすればよかったかな。一度くらい、わがままを言えばよかったかな)

ヌリタスは今彼女が置かれている状況の空気の流れがとても鈍いことを感じた。これはアビオに蹴られたときや、ミカエルの短刀に刺された時と似た流れだった。

(今回も切り抜けられる運が残っているのかな)

皮膚をえぐるような鋭い感覚が静かに漂い始めると、ヌリタスは目を閉じてしまった。

「馬車から降りないでください」

ボルゾイが静かにそう言い残すと、馬車の扉を開けて出て行った。

ヌリタスが目を開けて窓の外をみると、顔を隠して武装した男が全部で五人いた。

体の小さなボルゾイが、長くないナイフを持って防御体勢をとると、彼らは斧《おの》と長いナイフを手に襲いかかった。一対一だったら、ボルゾイが機敏で技術的にも優位に立てたかもしれないが、今は力不足だった。

彼らに、馬車に乗っている人たちを生きて帰すつもりはなさそうだった。

（こんな時、どうすればいいのだろう）

馬車の中にとどまっていたからといって、無事だとは限らない。

（私の人生って、本当に……）

ヌリタスはなんとか声を出し、恐怖に怯えているソフィアに話しかけた。

「ソフィア、今座っている椅子を開けると、空の空間があるの。誰かが助けにくるまで声を出さずにそこに入っていなさい」

するとソフィアはすぐに顔色を変えて、手を振った。主人に仕えている立場として、あり得ない話だった。

「奥様、何をおっしゃっているのですか？　早くその服を脱いで私に渡してください。私が奥様を守ります。とんでもないです」

ヌリタスはすでに涙でぐちゃぐちゃになったソフィアの頬を優しく撫でた。

「貴族でもない私にソフィアはとてもよくしてくれた。いつもありがたく思っているの。私を信じているでしょう？　そう簡単には死なないわ」

ヌリタスはソフィアに軽くウインクすると、指で静かにするようにと合図をし、馬車の扉を開けて飛び降りた。

どうせ奴らの狙いはソフィアではない。彼女さえ隣にいなければ、ソフィアは無事だろう。

「おい、皆動くな！」

彼らが探していた対象が自ら現れると、男たちは口笛を吹きながら声をあげた。ヌリタスは震える手で、馬車の周辺で既に息絶えている男の剣を拾った。

緊張で濡れた手から剣が飛んでいってしまいそうで、ドレスの袖を引っ張って剣の持ち手を包んだ。公爵から剣の振り方を習ったものの、実際に使う日が来るとは思わなかった。

ボルゾイが疲れ切った表情で、頬を流れる血を手の甲でさっと拭った。

ヌリタスは馬車に背を向けると、男たち四人と対峙《たいじ》するように立って、空を見上げた。

(巡り巡って、再びこの場所だ)

背中の傷が癒えたのは、まだつい最近なのに。

幼い頃から剣を持った騎士を夢見ていたのは、剣に刺されて死ぬ運命を暗示していたのだろうか。

あまりにも漠然とした状況に直面し、現実感がわかなかった。

剣を持った、今すぐにでも彼女の体をズタズタに切り裂いてしまいそうな男たちの前で、こんなにも無力さを感じるなんて。

彼女の冷たい青い瞳に嘲笑が滲んだ。

(生き残れるかな?)

生は、いつだって彼女に答えのわからない質問ばかり投げかける。

男たちは、小柄な公爵夫人がナイフを拾って一人で笑う姿を見た瞬間、動揺した。

だが、その荒々しい男たちは、すぐに彼女に向って襲いかかることをためらわなかった。

するとボルゾイが走ってきて、そのナイフをすべて食い止めた。

(……っ!)

ヌリタスは耳元で響く金属のぶつかり合う音で気を失わないようにしながら、公爵が教えてくれたことの中で最も基本的な事を思い出した。

姿勢を低くし、ナイフを一直線に伸ばした。

彼女は生まれつき才能を持っていたわけではないが、か弱そうな彼女が突然ナイフを振り回したことに虚を衝かれ、一人の男が腕に大怪我を負った。

「うわっ」

敵の隊列が一瞬崩れた隙を狙って、ボルゾイが突然ヌリタスの手を引っ張った。

「……?」

二人はその場を離れ、必死で走った。あまりの速さに、体格の大きな男たちが追いつけないほどだった。

そこを抜けると、幸い迷路のような路地が現れ、小さな空き家がぎっしりと並んでいた。

ボルゾイが先頭に立ってそのうちの一軒に隠れ、ヌリタスも後に続いた。

ボルゾイが扉の横に座り込んでナイフを床に突き刺し、自分の体を支えるようにしながら荒い呼吸をした。

ナイフを握った彼の手の甲には真っ赤な血が流れていた。

ヌリタスも、こんなに全速力で長時間走ったのは初めてで、数分間一言も話すことができなかった。

彼女は小さな甕《かめ》に溜まった雨水を手で汲《く》んで飲み、胸の鼓動を落ち着かせた。

「ボルゾイ、怪我をしたところは大丈夫ですか?」

「奥様こそ、無事ですか?」

ボルゾイは、公爵夫人の無事を確認すると、ホッとした。一人で守り抜くのは難しいと思いこうして走って逃げてきたのだが、これも一時凌《しの》ぎにすぎない。

(どうにかしてもう少し時間稼ぎできたら……)

あの男たちの振りかざすナイフには、ためらいがなかった。邪魔者はすべて切りつけてやるという強い意志を感じた。ボルゾイは、流れる血をぼーっと見つめていた。

「これ、飲んでください」

ヌリタスはさっき飲んだ水を木の葉に少しすくい、ボルゾイに差し出した。

ボルゾイは朦朧《もうろう》としていた意識を落ち着かせ、水を受け取って頭を下げた。

どういうわけか、この小さな公爵夫人とは深い縁がある彼だった。

公爵のためにロマニョーロ家に侵入し情報を持ってきたのも彼であり、彼女の母親を救い出し守ってきたのもボルゾイだった。

「まずは止血からしないといけません」

初めての出来事できっと恐怖心を感じているはずなのに、公爵夫人はそれよりもボルゾイのケアを優先した。

ボルゾイはその姿に、慣れ親しんだ主人の影を見た気がした。

彼は両親もおらず、あてもなく放浪していた傭兵《ようへい》のうちの一人だった。

雑用を担当していた彼は、全滅した群れで運良く一人生き残った。口の中に砂が入り、死の入り口を彷徨っていた彼の手を握ってくれたのは、モルシアーニ公爵だった。

公爵は一度だって彼に同情したりせず、特に好感を表すこともなかった。幼いボルゾイは彼にちょろちょろと付いて回り、様々なことを学んだ。

戦場での主人の姿は、まるで巨大な山のようだった。押し寄せてくる敵たちが彼という壁にぶつかって砕け散っていく姿は、凄まじかった。

「ボルゾイ、公爵夫人を頼んだぞ。お前なら信じられる」

それは、彼が主人から初めて認められた瞬間だった。

同時に彼の公爵の夫人への限りない愛情を知ることができる。だからこそボルゾイは、ナイフで体をえぐられようと、夫人を守るために最善を尽くした。

ボルゾイが過去の主人との思い出の中を彷徨いながら朦朧としている時、ヌリタスはドレスのアンダースカートを破った。

「ボルゾイ、眠ってはいけません。上着を脱いでください」

その言葉にボルゾイはハッとして首を振った。公爵夫人の前で素肌を見せるなどとんでもない。

「自分でやりますから」

「腕を怪我しているのに、自分でなんて難しいはず。早く脱いでください」

ヌリタスは強い瞳でボルゾイに命令した。だがボルゾイが全く動かないので、彼女は手を伸ばして服の上から布を巻きつけた。

ボルゾイに助けられてばかりで、ヌリタスは申し訳ないと思っていた。しっかりとお礼も伝えられないまま、苦労ばかりかけている。

一人で何人もの敵を相手したせいで、体のあちこちに刺傷があり、血が流れていた。

それでも倒れないようにナイフで自分の体を支えて必死で目を開けようとしている姿に胸が痛み、そしてありがたかった。

路地の内側で足音が聞こえると、ボルゾイはすぐに警戒体勢を取ろうとしたが、体がいうことを聞かなかった。

ヌリタスは手についた血をドレスのスカートで拭きながら頭の中を整理して見た。

（誰かここに私たちを助けにくるだろうか）

（どんな方法で危機を逃れることができるだろう）

いつになく気が滅入る瞬間だった。

「ボルゾイ、私にナイフをください」

ヌリタスの落ち着いた声で、ボルゾイは閉じていた瞳をハッと開いた。

第82話　風の前の灯火（2）

無謀だということをよくわかっていた。ナイフを手にして扉の前に立ちはだかったヌリタスは、後ろを振り向いた。身体中から血を流しているボルゾイ。彼は目を開けるのも大変そうだった。

（完全に不利な状況だけど、何もしないわけにはいかない）

彼女は何もせずに恐怖に泣き叫ぶだけの貴族のお嬢様ではないのだ。

ヌリタスは扉の前で、あちこちの音に神経を集中させていた。

風が吹いて、彼女の長い髪の毛がネックレスの鎖に絡まった。片手でそれを解こうとすると、公爵の写真が入ったロケットに手が触れた。

何かが踏まれて潰れる音がした。

金属のぶつかり合う音、男たちの暴言が徐々に大きくなってきた。

そしてすぐに、大きな影がヌリタスの前にあらわれた。

「子ネズミどもが、うまく隠れていたじゃねーか」

四人の男たちが扉を開け、唾を吐きながら笑った。

息を整えていた一人は、地面に座って余裕の態度をみせた。リーダーと思われる男が、苛立ちの籠った声を出した。

「もうおしまいだ。黙って首をよこしな」

男たちは、顔が蒼白になって目も開けられないボルゾイを蹴り倒した。

そしてヌリタスを少しずつ隅の方へ追い詰めた。

ヌリタスがまだナイフを手に持っているのを見て、血のついたナイフを持った男が目を光らせた。

「奥さん、また俺を刺すつもりか？　二回もやられるつもりはないぜ」

ヌリタスは必死で震えを抑えようとしたが、ふらつく足に力を入れるのは簡単ではなかった。

（いったいこいつらは誰？　なぜ私の命を狙っているの？）

そのうちの一人の薄気味悪い目が、覆面に空いた穴からヌリタスの胸と首筋を舐め回すように見ていた。ヌリタスは彼の視線を避けずに、声を繕った。

名誉を求める者でなければ、目当ては金だ。

「あなた方を雇用したのは誰です？　お金で済むのなら交渉させてください」

落ち着きはらった公爵夫人の声が彼らの耳に触れると、皆驚いて動きをピタッと止めた。

普通の女なら、ナイフを持った男を見たら怯えるはずなのに。

彼らは、ヌリタスが涙を浮かべて助けを乞う姿を期待していた。

「さすが公爵家の奥様だ。男のように肝が据わっていらっしゃる」

ボスと呼ばれている毛むくじゃらの男が、黄色い歯をむき出しにして笑った。彼らは、金のためならどんなことでもできる連中だった。

子どもを抱いた女性にも、息子を待つ老婆にも、彼らは容赦なかった。

貴婦人からさらに金をもらうのも悪くない。最初に依頼された金額より上乗せすることも度々あった。どこまでも、金の重さに応じて動く彼らだった。

だが、今回の仕事を依頼した人間が、ほかの誰でもなく彼らの直接の主人であるということが、目の前にいるこの貴婦人には不運だった。

ボスは首を振ると、任された仕事をきっちりやり遂げようと決心した。だが、さらに多くの金塊を手にする事を望む部下たちの目は、虚しい欲望に満ちていた。

「ボス、奥様はこんなにも懐が広いのですから、もうちょっと話を聞いてみるのはどうです？」

ヌリタスはボスを除いたほかのものたちが、彼女の餌に食いついたことを感じた。

「私はモルシアーニ家の者です。金だけじゃない。馬や、輝く宝石だって与えることができます」

ボルゾイはほぼ閉じられた瞳で、いま聞こえてくる話に何か言おうとしたが、すっと気絶してしまった。

「黙れ！　決定は俺がする」

ボスが怒った声を出すと、ビクッとした部下たちは倒れているボルゾイの体を意味なく足蹴にした。ヌリタスは注意を引くように、再び口を開いた。

「その者はすでに大怪我をしているのに、まだそんなことをする必要があるか？　そんなことせずに……」

その言葉の途中で、ボスがヌリタスにこれ以上話すなというように真っ黒な手で彼女の口をふさいだ。そしてすぐに汚い室内へと彼女を連れ込んだ。

「お前ら、見張っていろ。俺が決着をつける」

部屋に連れ込まれて、汚い手がヌリタスを離した時、その息はとても熱かった。ヌリタスは荒く息をしながら、惨めな気持ちを感じた。

男は鞘からゆっくりとナイフを抜くと、床に唾を吐いた。

「高貴なお方は、特別な方法で送ってあげないとな。跪け」

傭兵の仕事を始めてから、貴族を殺してくれという命令を受けたことは初めてではなかったが、このように由緒ある家柄の女は以前にはいなかった。

男の体にいつもとは違う興奮が広がった。

ヌリタスは目を伏せたまま、周囲をうかがった。

短刀でもあれば。いや、何か尖ったものさえあればこいつの首を狙えるのに。だが残念ながら部屋には何もなかった。

彼女はゆっくりと跪き、下を向いた。

首にかかったルーシャスからもらったネックレスが前に垂れて、目を閉じた彼女の前でゆらゆらと揺れた。

男は鬱陶しそうに覆面を脱ぎ捨てると、ナイフを左右に振った。ヌリタスは彼が近づいてきても萎縮しないように、両手で大切に首にかかったロケットを握りしめた。

(惨めな姿をあなたに見せることはできませんから)

ナイフの起こす風がヌリタスの後ろ首をひんやりとさせた。スリザリン伯爵の事件からまだそんなにたっていないため、今回は何も考えられなかった。

「……?」

ヌリタスは、彼女を殺そうとする男の体が大きな音を立てながら倒れるのを見た。

「ボス、さよなら」

三人の男が、さっきまでボスと慕っていた男の背中にナイフを刺し、ニヤニヤと笑っている。

「奥様、さっきの話の続きを、もう少し聞かせてくれませんか?」

三人はお互い目配せをし合いながら、ヌリタスを立たせるとその周りをぐるぐると回った。

一人がヌリタスに近づくと、熱い息を顔に吹きかけた。

「金は、もちろん命の代金としてもらうとして。俺たちがもう少し親しくなる時間を作ってみるのはどうです?」

ケラケラと笑う男たちの目には淫欲が溢れていた。

ヌリタスは目を伏せた。

(これならむしろさっきのボスのほうがマシな奴だったかもしれない)

ヌリタスはこんな危機的状況でも、少しでも時間稼ぎできてよかったと思うことにした。

残りの二人が扉の近くで見張り役になると、背の高い男が本格的に淫らな行為を始めようとした。

男は下半身をヌリタスのドレスの上から擦り付けながら目をパチパチさせた。

「貴族の女の匂いはたまらねぇな」

そして男は慌ただしく手を伸ばしてヌリタスのドレスをなんとかして脱がそうとしたが、簡単に脱がすことができなかった。

ヌリタスは一度外に目を向けると、淡々と口を開いた。

「よかったら、自分で脱がさせてもらえない?」

こんなやつに無理やり脱がされるより百倍マシだった。

最大限ゆっくりと服を脱いだヌリタスは、薄いシュミーズ姿で見知らぬ男たちの前に立った。

なんとか涙をこらえようとしたが、勝手に涙がこぼれた。

だがヌリタスの青い瞳の炎だけは、なんとか消さないようにした。

(平凡に生きるべきだったのに……)

彼女の顔に、すべてに対する後悔と悲しみが色濃く浮かんだ。

我慢していた涙が、最後の瞬間にどっと溢れ出た。

だが過酷な運命は、ひどい臭いを放つ男たちの手を引きつけるだけだった。

＊＊＊

貴族社会では、噂が広まる速度が凄まじかった。

多くの貴族たちが、彼らと同じ道を歩まなかったモルシアーニ公爵夫人をヒソヒソと非難した。

（一言でいえば、品のない行動よ）

貧しい者たちの街を訪問し、患者たちの家庭に直接足を運び薬を配る公爵夫人に対する彼らの評価は良くなかった。

彼らは全員、病で死んでいく者たちのために、己の家の倉庫から様々な物品を送った。その上、その惨めな者たちのために集まって絵を描きながら祈りまで捧げているのだ。

（それらすべては、高貴なる者の慈悲だ）

田舎の領地の城でネズミのように身を隠している貴婦人達は、疫病が落ち着いてきたと聞いた時、鼻で笑った。

ごく少数の者は、彼女の行動に拍手を送った。

どちらにしろ働く者達の命を救ってくれてよかったじゃないか、と。

こうしてヌリタスは、彼女の意図とは関係なく、貴族社会に強烈な印象を残した。

ヌリタスの名前が貴族達から揶揄《やゆ》され、平民達から聖女と讃えられ始めた頃、華麗な牡丹《ぼたん》の花のような金髪の女が、一人の男の上で体を揺らしていた。

男はすでに夢の世界にいるかのように目の焦点を失っていた。だが細くくびれた腰で真っ白な肌をした女は、真っ赤な唇を噛み締めながら、行為を楽しんでいるかのように作り笑いを浮かべることに必死だった。

彼女の頭の中は、あの女が今死んだかどうか、それだけでいっぱいだった。

歪《ゆが》んだ愛情から生まれた毒気が、彼女の汗ばんだ肌からじんわりと浮かび上がっていた。そしてねっとりとした悪意が、今誰かの心臓に照準を合わせていた。

乱れた髪の毛をかきあげながら、金髪の女は苛立った様子で口を開いた。

「なぜ、何も連絡がないの？」

熱い時が終わった後、アイオラは鋭い目つきで、隣に寝そべる裸の男の脇腹をつついた。

「本当に腕のいい者達だったのでしょうね？」

「こっちへおいで、僕の子猫ちゃん。何度同じことを聞くんだ」

その男は腹が出ていて背の低い、既婚の伯爵だった。

彼女がこの男を選択したのは、彼の財力と才覚のためだった。舞踏会で一度視線を交わして以来、この愚かな男は彼女に屈した。

伯爵が雇用した者達が傭兵だろうがなんだろうがどうでもよかった。目的を果たすことができればなんでもいい。

彼女の豊満な胸をいやらしく見つめる男の視線が再び欲望で染まるのを見たアイオラは、さっとガウンを閉じた。

「きちんとことが進んだのか確実になった時に考えます。今は疲れたの」

未来の公爵夫人を夢見て生きてきたアイオラは、もう消えてなくなっていた。今ここには、血走った目をした半裸の女がいるだけだ。

ふらつく足で立ち上がると、ガウンの下に鈍痛が走った。

（私の公爵様を奪って、今は聖女ですって？　人生の甘みを感じているでしょうね？）

アイオラは公爵が彼女を拒んだあの夜、世界が崩れていくのを感じた。しばらくの間は深刻な鬱病で外出することすらままならなかった。何もかもが無意味に感じた。

彼がいない人生、これ以上どうやって生きればいいのか。

だが、こんなことも考えた。今ルーシャスはあの魔女に惑わされているだけだと。

（ルーシャス様の目を覆っているものを外すのを、私がこの手で助けてあげないと）

そして、公爵を惑わせるあの赤毛だか銀髪だかの女を殺してしまう計画を立てたのだ。そのためならこの醜い男と交わることもためらわなかった。

もちろん、貴族の令嬢が自らこのようなことに手を染めるのはとても気分が悪く、自己嫌悪に悩まされた。時にはすべてを諦めようとも思った。

だが公爵の優しかった眼差しやたくましい姿を思い出し、歯を食いしばった。この気持ち悪い伯爵を公爵だと思って我慢した。

（銀髪の女さえ消えれば、彼の隣に居る権利は自然と私の

元に戻ってくるはず）
彼女の綺麗な白い顔は、さらに美しく花開いていた。
間違った信念は、自分自身をはじめとした周囲のすべての人間を傷つけ、破滅に追いやるということを、愚かな彼女はわかっていなかった。

＊＊＊

熱を帯びた酸っぱい吐息がヌリタスの唇に食らいつくように襲いかかってきた時だった。

ヌリタスは必死で考えていた。この謎の男達が彼女を弄んだ結果、約束を守るかどうかなどわからなかった。

三人ともやっつけることができるだろうか。

まずはこの男の下半身を殴ろうか。それとも舌でも噛《か》み切《き》ってしまおうか。

「おい、早くしろよ。こっちも急いでいるんだ」

見張っていた男達が、下品な声で催促した。

第83話　あなたを慕います

男の唇がヌリタスの首筋に触れた。

不快な吐息を肌で感じ、その瞬間、ヌリタスの体は本能的に激しい拒否感を表した。

『公爵様……‼』

思わず、自分の体に触れている男の耳に思いっきり歯を立て噛みついた。

「くそ⁉　この女‼　無駄な抵抗をしやがって‼」

男は怒声を上げ、噛まれた耳を押さえながら片手でヌリタスの頬を強く殴った。

視界に火花が飛び散り、涙と痛みで前がよく見えなくなった。

『公爵様、あなた以外に、触られるなんて嫌だ。……こいつが、次に体に触れてきた、その時……舌を噛もう』

怒り狂った男は、倒れているヌリタスに馬乗りになり腰に手を回した。ヌリタスが覚悟を決めた、その時だった。

「……！」

その瞬間、冷たい風が吹き、小屋の中に入ってきた。

短い怒声と一瞬の悲鳴。

今までヌリタスの肌に触れていた男の不快な手の温度が、突然消えた。

「遅れてすまない」

声の主は､黒い髪の毛をすっきりと後ろで縛り､剣を握っていた。

心臓がはねる。

その顔には疲労が滲《にじ》み出《で》ているというのにヌリタスを安心させるように、優しい微笑みを浮かべてくれている。

そのこちらを気遣う、仕草の一つ一つが、彼こそがヌリタスにとって最も愛しかった人であるということを証明してくれている。

「公爵様……?」

「……ルー、だろう?」

確かに、彼女の好きな彼の声だった。ヌリタスは信じられずに瞬きを繰り返しながら、倒れている傭兵たちの死体と公爵の姿を交互に見比べた。

廃屋に兵士たちが押しかけてくる。ルーシャスはマントの紐を一度緩め、ヌリタスを頭から足まですっぽりとくるんだ。

「もう、大丈夫だ。俺はここにいる」

ルーシャスの声が耳に響いた時、ヌリタスの気持ちは溢れかえった。

腕を伸ばし、彼の首に抱きつく。彼特有の匂いが、恐怖で萎縮していた心にそよ風のように染み込んできた。

その時やっと呼吸が楽になるのを感じ､目に涙をためた。

「公爵様…………!」

今、彼の腕の中にいることがわかっていても、何度もその名前を呼び続け、確かめ続けたかった。ヌリタスにとって、彼こそ帰る場所へとなっていた。

「公爵様、私……!」

押し殺してきた恐怖が安堵《あんど》により溢れかえり、ヌリタスは、言葉も紡げず、子どものように泣き出してしまった。

「何も話さなくていい」

ヌリタスはしばらくの間、公爵の首に抱きついて泣いていた。生まれて初めて誰かに甘え、慰めてもらった。人に頼る事は思ったよりも難しいものではなかった。

「あなたは泣き顔ですら、俺をときめかせるんだな」

そう言われた瞬間、我に返ったヌリタスは顔が熱くなった。

「公爵様、もう下ろしてください」

思わずそう言うと、ルーシャスは苦笑をしながら、ゆっくりとヌリタスを降ろしてくれた。そうすると自分たちを取り巻く光景が一瞬にして目に入ってきた。

血を流して倒れている四人の男の姿を見て、ヌリタスは酷い怪我を負ったボルゾイのことを思い出し、青ざめた。

「公爵様！　私の事よりもボルゾイ様が、大怪我をされて大変なんです！　ソフィアもまだ馬車の中で怖い思いをしながら隠れているかも。それに御者が……！」

慌てて小屋の外に皆の安否を確かめにいこうとする、ヌリタスの手をルーシャスは掴んで止めた。

「公爵様？」

「あなたって人は本当に……」

ルーシャスは怒っているような、呆れているような表情で重たい息をついた。

「一週間も手紙も寄越《よこ》さないで……。今日だって、俺が心配で、いや、それ以上に会いたくなってこの近くまで来ていなければ、もしボルゾイが飛ばした鳥を発見するのが少しでも遅れていたならば……あなたを失いかけた俺の気持ちを考えてはくれないのか」

ヌリタスは冷たい声で傷ついた顔をしている公爵を見つめた。

次に、両手を伸ばして彼の背中に回した。時々ヌリタスは、自分がこんなにも彼に愛されているということをつい忘れてしまう。

「ごめんなさい、私、こんなにも想ってもらえているのが生まれて初めてだから、慣れていないのです」

彼女のように涙を流してはいなかったが、まるで泣いているような彼の瞳を見ながら小さな声で告げた。

言ったことのない優しい言葉を口にするのは、恥ずかしかった。

ヌリタスは抱きしめあった腕を解きながら、少しだけ後ろに離れた。公爵の形のいい額にかかる乱れた髪の毛やはだけたシャツが、彼が急いでここにやって来たことを物語っている。

『私を助けるために、こんなにボロボロになって』

ヌリタスは涙が出そうなほど胸がいっぱいになり、今の公爵の姿を目にしっかりと焼き付けた。そして彼女はゆっくりと腕を伸ばし、公爵の腕をそっとつかんだ。

「助けにきてくれて、嬉しいです。ルー」

ヌリタスはルーシャスの袖の下に鮮明に残る初夜の傷を撫でながら彼の名前を呼び、柔らかい唇で彼の傷跡に触れた。

彼に対する尊敬、感謝、そして無限の愛を込めながら。ルーシャスの瞳が驚きに染まり、そして彼は小さなため息をこぼした。

「ああ……。あなたという人は、本当に憎めない人だ。もしかしたら、俺が愛した人は魔女なのかもしれないな」

ルーシャスは、今まで感じていた寂しさが跡形もなく消えていることに気がついた。

彼女の唇が触れた手首から波打つような温もりが全身に広がっていくのを実感した。ルーシャスは顔を上げて、向かい合うヌリタスの頭をそっと撫でた。

愛おしくて愛おしくて、胸が苦しかった。

そしてそっとうつむき、ヌリタスの額にそっと唇をあてた。

「俺は、あなたを慕っている」

今にも崩れてしまいそうな古びた空間で、二人の男女は互いに目を離せずにいた。二人はお互いに触れていなくてもまるで両手を握っているような感覚に陥り、心臓が激しく鼓動するのを感じた。ルーシャスの目は、自然とヌリタスの唇に向いてしまう。

『慕っているなんて……』

彼の唇が触れた額がこそばゆく、こんな場所にも関わらず、ヌリタスは公爵の言葉に心が揺すぶられた。何度聞いても決して聞き慣れることのない、彼の本当の気持ち。

彼からの愛の言葉。

胸が熱くなり、顔は火でもついたのではないかと思った。今回は感情を隠すことができそうもなく、もしも彼に今の顔を見られてしまったらどうしようかと思い思わず下を向いた。

『幸せすぎて、胸が苦しくなることもあるんだ』

井戸にでも飛び込んでこの熱気を冷ましたくなるほどだった。さっきまでの危険な状況などすでに記憶の中から消えてしまっていた。

ヌリタスは、浮き立つ気持ちを抑えられなかった。ヌリタスは散々、悩み、顔をあげると、公爵の黒い瞳がまるで餌を狙う猛獣のように輝いているのが見えた。

こちらの気持ちもばれてしまっている。二人は目が合い、

何も言わずに、互いに一歩近づいた。

ルーシャスの手がヌリタスの腰に回される。ルーシャスの唇が、ゆっくりと彼女の唇に近づいた、その時だった。

ドン、と突然大きな音が聞こえてきた。

「……」

その音のせいで、二人の間に流れていた空気は一瞬にして霧散した。

ルーシャスは驚き、剣を抜きながら、ヌリタスを背中で隠した。

すると、この場所に似つかわしくない真っ赤な絨毯《じゆうたん》を慌てて敷いている侍従達が目に入った。

その絨毯の先には、全身真っ白な服を着て、緑色の長髪を片側で綺麗に結ったルートヴィヒが優雅に歩きながらやってきて、二人の前で止まり、澄ました顔で彼らを凝視した。

「陛下……！」

ルーシャスの顔と声には最大限の不満が滲んでいた。

ルートヴィヒは顔を歪ませるルーシャスには全く興味を示さずに無視をして、その後ろに僅かに見えるヌリタスの姿を見つけて首を伸ばした。

目が合ったヌリタスは、赤く腫れた顔に、残っている涙の痕。ルーシャスのマントを軽く羽織ってはいるが、シュミーズ一枚のあられもない姿。このような姿を見せる事を申し訳なく思いつつも、王に挨拶をした。

ルートヴィヒの顔はみるみると険しく歪んだ。

だが、それも一瞬の事で、すぐにいつもの平然とした表情をして美しい微笑みを浮かべた。だが、その笑みが何よりも怖かった。

「王の妹であり、公爵夫人でもあるあなたに危害を加えるとは、この者たちも運がない。そうだろう?」

ルートヴィヒが低い声で問いかける。

「国王陛下、自らがお出ましとは、どこかで戦争でも起こりましたか?」

ルーシャスが少数の兵士たちを引き連れて来たのに比べ、王は小規模の戦闘を繰り広げられるほどの人数を動員していた。

王が連れて来た兵士たちの馬の音で、あたり一帯は騒がしくなっていた。

「衛生局に先に到着した者から通報があったのさ。公爵夫人を乗せた馬車が追ってこない事を疑問に思い、引き返した所を泣きながら走っていた夫人の侍女を保護した。彼女から、馬車が襲撃にあったと知らされたと。それで、兵士たちを引き連れてやって来たというわけだ」

「それは……、まさか私の家族のために陛下が直接いらっしゃるとは、思いもしませんでした」

ルーシャスは何故か尖った声を出しながら王の目線から逃がすように背中でヌリタスを隠した。

「王としてではなく、彼女の兄としてやって来たのさ。可愛い妹が危険にさらされていると聞いて、じっとしてられるわけがないだろう？」

ルートヴィヒはルーシャスの言葉に全く顔色を変えずに、穏やかな表情を浮かべながら返す。

ヌリタスは公爵のマントを掴んだまま、ぎすぎすした空気を流す二人に狼狽えてしまう。

どちらにしろ、未《いま》だに自分を妹と呼ぶ王には困惑してしまうが、自分を助けに来てくれた王に対して、感謝を伝えなければならない。

「陛下、助けに来て下さって、ありがとうございます」

「感謝をしているというのならば、私のことは陛下ではなく、そろそろ『お兄ちゃん』……そう呼んでくれてもいいぞ」

ルートヴィヒが紫色の瞳を輝かせながら、ヌリタスに向かってねだりはじめたので、ルーシャスが呆れた顔をして「陛下……」と言葉を落としていた。

第84話　日常と戦場の境界で

　王とのやりとりが暫《しばら》く続いた後だった。薄着のヌリタスが肩をふるわせたのでルーシャスは前に立った。

「陛下、お話中のところ申し訳ございませんが、私の妻は今とても憔悴しております。どうか、御前をお暇《いとま》することをお許しいただけませんか」

「それも、そうだな。妹よ、今夜はゆっくりとお休み」

　ルートヴィヒの言葉を聞いて、ルーシャスはヌリタスの腕をそっと掴んで歩き始めた。

　ルートヴィヒは少し寂しそうな目で二人が去っていくのを見ていた。今彼がヌリタスのためにできることは何もないということを認めるしかなかったからだ。

　生まれた時からルートヴィヒの人生は、いつだって充実していたのに。

　ヌリタスを自分が助ける事が出来なかった。それだけで空しさが心の中を占拠していた。公爵夫婦がいなくなった狭い廃屋には、男たちの死体と王が連れて来た兵士たちだけがたむろしていた。

「王宮へ帰る。ここを綺麗に片付けるように」

　そう命令を下していた時だった。

　この混乱に乗じて一人の背の低い男が馬に乗って逃げ出しているのを見た。それを見て、一連の夫人の馬車が襲撃されるまでの手際の良さを察した。まさか、王の親衛隊にスパイが紛れ込んでいたとは。

　ルートヴィヒはマントを羽織ると、豪華な馬車に乗り込んだ。

「安心しろ、妹よ。お前の為に出来ることはまだまだありそうだ」

　王の妹を傷つけようとしたものを探し出してやる。ルートヴィヒは口角を吊《つ》り上《あ》げて、彼本来の残忍さで微笑んだ。

＊＊＊

　ルーシャスとヌリタスは準備しておいた馬車に乗り、衛生局へと移動していた。ヌリタスは緊張が解けたのか、出発と同時に壁に寄りかかって眠ってしまった。

　ルーシャスは深くシワを寄せてその姿をまじまじと見つ

めていた。

『大変な一夜だったな……夫人……』

病人たちを救うためにあちこちを訪問していることは聞いていた。

女性の体ではそれだけでも大変だっただろうに、今日のような出来事があったら、当然疲れきっていることだろう。

彼の愛する妻は、決して楽な道を選ばなかった。つらくても、他人の手を借りずに前へ進む人だった。そして、汗を流して築き上げたものの価値を信じていた。

だからルーシャスは、彼女が進む道を遮ることができなかった。

もたれかかった彼女を見つめる。

『あなたの夢の中に、俺はいるだろうか』

ルーシャスは手を伸ばしヌリタスの額にかかる髪の毛をそっと横に流した。

彼女の赤くなった頬が彼の胸を苦しくさせた。そしてこうして触れられる距離に彼女がいる幸福を噛みしめていた。

ヌリタスが目覚めないように静かに彼女の隣に行き、彼女の頭を壁から自分の肩にもたれかけさせた。

柔らかい銀髪が頬に触れるのがくすぐったくて、自然と笑みがこぼれた。

彼女に会う前の人生がどんなものだったか、もはや思い出すことすらできない。

ヌリタスに偶然出会った時から今まで、すべての瞬間が大切だった。

彼女は彼の血なまぐさい人生に舞い降りた、一筋の光だった。

『もしもの時のためにボルゾイや護衛をつけていたが、本当に彼女が襲撃されるとは思ってもみなかった』

男たちの背後に誰がいるのか、今の時点では見当がつかない。

戦争の英雄であるモルシアーニ家だが、貴族社会において歓迎されている立場ではないため、疑わしい者は一人や二人ではなかったからだ。

「あなたにはこうして綺麗な顔で、素敵な物だけをみて、素敵なことだけ聞かせたい……」

ルーシャスには、これ以上たくさんの財物を手にしたいという欲も、権力の頂点に立ちたいという気持ちもなかった。

ただ、やっと出会えた運命の彼女と、静かな日々を送りたいだけだった。

『それはそんなに大きな願いなのだろうか』

彼の目つきが横長になり、冷気を帯び始めた。

『処罰は俺がこの手で』

ヌリタスを攻撃したのは、ルーシャスの首を狙うのと同じだ。最後まで背後にいるものが誰なのか突き止めてやろうと誓った。

モルシアーニ家にどうして世にも恐ろしい噂が出回っているのか……その理由を身をもって教えてやろう。

＊＊＊

馬車が衛生局の前に到着すると、ヌリタスは服を着替えてボルゾイが入院している部屋に向かった。ルーシャスは一度休むように言ったが、ヌリタスの気持ちは頑《かたく》なだった。部屋の場所を聞いて、小走りで廊下を過ぎていく。

ボルゾイが眠っているという部屋の前に立ち、長いため息をついて呼吸を落ち着かせた。馬車の中にいるようにと彼女に強く言い聞かせていたボルゾイの断固たる眼差しが忘れられなかった。

公爵の命令とはいえ、彼女を守ってくれた恩人だ。

ボルゾイが命を投げ出してあの暴漢たちに立ち向かわなければ今頃どうなっていたのだろうか。彼女の手を取って隠れることを彼が思いつかなければ、ヌリタスは今、ここにはいない。

心の準備をして部屋に入ると、真っ白な部屋の隅で全身を包帯で巻かれたボルゾイが眠っていた。

「パステル先生、彼は、すぐによくなりますよね」

彼女は震える声で、ベッドに横になっているボルゾイの前で座り込んだ。

パステルが手に持っていた書類を見ながら、静かに首を振った。

「出血が酷い状態で意識を失ったままでした。今は重篤状態です。こうなってしまっては彼と女神ディアーナの意志にかかっています」

パステルの言葉を聞いたヌリタスは、それ以上、顔をあげることもできなかった。まだきちんとお礼すら言えていないのに、このままボルゾイを死なせることなんてできない。ヌリタスが思わず涙をこぼしはじめると、ルーシャスがその隣に来て手を握り、体を起こした。

「彼は私を守る為に、自分の命を顧みなかったのです」

ヌリタスはルーシャスにそっと体を預けると、さらに大きく泣き出した。ルーシャスはヌリタスの手をそっと撫でながら、背中を優しくさすった。

「きっとボルゾイは任務を完遂したから安心して目を閉じているんだ。あなたは悲しまなくていい」

ルーシャスはそう何度もヌリタスを慰めた。

「さぁ……ボルゾイもだが、あなたも休まないといけない体なんだ」

そう説得して、部屋まで付き添ってくれた。


部屋に帰ったヌリタスはそれでもボルゾイの無事を祈っていた。

何度も奇跡を願うのは欲張りだとわかっていても、ヌリタスは涙を流しながらボルゾイの回復を願った。

『ボルゾイ様、どうかあなたに、恩返しする機会をください』

そしてヌリタスは自分達を襲撃させた人物に強い怒りを感じた。

ロマニョーロ伯爵ではないだろう。彼は今、自分の計画通りにことが進んでいるという幻想に酔っている。アビオは自分をいたぶるのが好きだからヌリタスの命を狙ったりはしないはず。メイリーンは今頃、隣国の貴族の家に囲われているはずだし、そうなると一番怪しいのは伯爵夫人だが……、わざわざ危険を冒し、夫の計画を壊しかねない事をするとは思えなかった。

誰なのか暴き出す才能もなければ、彼らの罪を裁く能力もない自分に悔しさが溢れてくる。

その時だった。

「奥様！」

ソフィアが扉を開けてヌリタスに駆け寄り抱きついてきた。

「ソフィア……！　よかった無事で」

保護された事は事前に王から聞いていたが、こうして実際に目にしてヌリタスは安堵の息をついた。泣き続けるソフィアを抱きしめ返す。

「奥様が一人で行ってしまわれて、奥様に何かがあったらと思うと恐ろしくて、気が気ではありませんでした」

「こうしてまた会えたじゃない」

「ボルゾイ様の容態も聞きました、まだ意識が戻らず、怪我も酷いと」

ソフィアはそこで最後まで言葉を言えないまま、再び大泣きした。

「すぐに、奥様を追いかけようとしたのに、手が震えて、脚が動かず、何もできず、いざという時に傍にいれず、何もできずに申し訳ございません、奥様」

外の喧騒《けんそう》が遠のいて、ようやく助けを呼びにいけたのだとソフィアは泣きながら訴えた。

「何もできなかったことなんてない。救助要請をしてくれてありがとう、ソフィア。あなたのおかげで私たち、皆が助かったのよ」

ヌリタスはそう告げて、ソフィアの背中をさすり続けた。

ボルゾイの命が危ないことを考えると二人の心は張り裂けそうだった。ソフィアは一晩中泣いていてろくに眠ることもできず、ヌリタスも一睡もできぬまま夜を明かした。

「あなたはもう充分働いた。私と一緒に領地に帰ろう」

次の日、ルーシャスはヌリタスにそう告げてきた。

「母上もあなたを心配している」

母の事を言われて、ヌリタスの心は揺れた。公爵のいう通り、恐ろしい目にあった直後だ。母に会いたかった。公爵家の皆の顔を見て安心したかった。

彼女がここに残ったからといってボルゾイが早く回復するわけでもなく、疫病が一日で消えることもなければ、不幸に直面している人たちをすべて救い出すこともできない。

それでも……

「ここに、とても小さな子どもがいるのです。熱が高すぎて息をするのも難しいほどの子どもが。ですがここの職員たちと神のご加護のおかげで、少しずつ元気になっています」

ヌリタスは自分が見守っている赤ん坊の大きさを表現する為に、その子を抱く身振りをする。

「このまま病気の彼らを、彼らを助ける為に奮闘している皆を残して私だけ去ってしまったら、私は一生、自分を許す事ができません」

公爵が悲しそうな顔をしてヌリタスを見ている。

「それに今は公爵様がそばにいらっしゃるから、力が湧いてくるのです！」

その言葉にルーシャスは唖然《あぜん》とした顔をした。

「本当に、あなたの頑固さにはかなわない」

黒髪を後ろにかきあげながら、彼は豪快に笑った。

「私の妻は勇敢で温かい心を持っているだけでなく、凄まじい交渉能力を持っているな」

　そう、きょとんとしているヌリタスに笑いかけた。

　ルーシャスはヌリタスを力の限り助けてくれた。

　早速、その日の午後から、ルーシャスとヌリタスは衛生局の職員たちと一緒に現場に戻った。

　まずは薬と綺麗な水、食料を配りはじめることから行った。

　それだけでも病気の予防に役立ち、初期の患者たちの早期回復に繋がった。

　以前、多くの死亡者たちが出たのは、その基本的なものすら手に入れることができなかったからだと聞いていた。

　配給品を配り終えた後、二人は家族全員が病に伏せている家々に立ち寄っていく。

　配給品を渡し症状を見ながら、重症であれば真っ先に診察をするよう手筈《てはず》を整えていく。

　そのうちの一軒家で両親の横で七歳になったばかりの女の子が動けずにいた。

　口を布で覆って手を洗ったルーシャスが、横たわる子どもを座らせてやり、ヌリタスがパンをスープに浸して食べさせた。

　人手も物資も足りない。他の貴族や、公爵家も寄付をしているが、それだけでは到底、間に合いそうにもなかった。

　ヌリタスは何度も悩んだ挙句、結局ため息をついた。

「これは、陛下の助けが必要かもしれません」

　夫婦共々、あの変人に頼み事をするのは気が進まなかったが、そうは言っていられない状況だった。

第85話　水は上から下へと流れる

美しい赤い髪の毛が強い海風に吹かれて乱れるのを手で梳かしながら苛立っている女を見つけた。女中は自分の主であるメイリーン・ロマニョーロに近づく。

「一体、なぜ船がこんなに揺れるの？」

「お嬢様、お待たせしました。これでもお飲みください」

女中は船酔いで苦しんでいる主のために、厨房《ちゆうぼう》で果物の汁を搾ってもらい持ってきた。

メイリーン・ロマニョーロはハンカチで口元を拭いながら女中が持っているものをちらっと見た。

「どうして私がそんなものを飲まなきゃいけないの？もっとマシなものを持ってきなさい‼」

メイリーンは大きな声をあげながら自分の船室へと戻ってしまった。女中は、船の壁にそっと寄りかかり、持ってきた果汁に口をつけた。

「こんな貴重なものを捨てるなんて、勿体ないじゃない」

女中の名前はイングリッド。グレーの髪の毛で小さな体のメイリーンに唯一ついてきた侍女だった。

彼女は生まれからして伯爵家の女中になること以外の選択肢などなかった。

彼女自身も初めて経験する船酔いには不慣れだったが、伯爵家を離れられることがあまりにも嬉しく、こんなもの苦でもなかった。彼女も他の女中たちと同様に、伯爵やアビオの夜の相手をさせられていたのだ。

『両親が恋しいけど。でも……』

あそこに比べたらここは天国だ。

イングリッドは、カップに残った果汁を舐めながら、残念そうな顔をした。再び厨房へ向かい、ワガママなお嬢様のお気に召すものを探さなくてはいけない。


その時メイリーンは、陰鬱な顔で船室に寄りかかり、虚ろな目をしていた。酷い船酔いで嘔吐《おうと》したせいで、目の前のすべてが揺れていた。

彼女の頭では、理由を探し出すことができなかった。母のそばで穏やかな人生を送っていたはずの自分が、なぜ生臭い海の上にいるのだろうか。

なぜロマニョーロ家の末娘としての人生を諦め、王国を離れなければいけないのだろう。

今日に限って母の優しい腕の中が恋しく、彼女の部屋においてきた豪華なドレスや宝石がまぶたの裏に浮かんだ。

そしてつらい初恋になってしまった黒い髪の毛の彼の姿が、はっきりと頭に浮かんだ。彼の両目には、メイリーンの居場所などなかった。

「全部、あの卑しい私生児のせいよ」

そう思うと、メイリーンは怒りで歯を震わせた。

平和だった日常が狂いはじめたのは、伯爵が連れてきたあのみすぼらしい女に出会ってからだった。王が引き合わせようとしたのは、あの私生児とモルシアーニ公爵ではない。

「私のものだったのに」

だが現実はこうだ。

彼女の大切なものはすべて奪われ、あの私生児がメイリーンの名を名乗り生きている。

「こんなの嫌。こんなの嫌なの」

今メイリーンの周りにあるものたちは、彼女に似つかわしくない。彼女は涙を流しながらばたりと倒れた。

『再び目を覚ましたときは、ロマニョーロ家のふかふかのベッドの上でありますように』

＊＊＊

「で、陛下、ここへはどのようなご用事でしょうか？」

衛生局の役人は突然のこの国の王の登場に冷や汗を流していた。

「民のいる場所に王が来てはいけない決まりはないだろう？　それよりも、早く公爵夫人のもとへ案内をしろ」

ルートヴィヒはいら立ちながらそう答えた。

王は真っ赤な長いマントを羽織り、伝染病が流行っている場所へとやってきた。王が現れたという話を聞くなり貧しい人々が出てきて力一杯、大声で感謝を伝えた。

「国王陛下だって⁉」

「陛下が直々に我々のために慰問に来てくださったというのか⁉」

「女神ディアーナのご加護を！」

「ザビエ陛下、万歳‼」

ルートヴィヒは虫ケラのような者たちが何を言おうと興味がなかった。こんなにも貧しい民を見るのは初めてで、少し不思議にさえ思った。

王は傲慢な視線で彼らを見て、少し顔をしかめた。あまりの熱狂ぶりに一度、手でも振ろうかと考えたが、首を横に振った。

すでに自分の存在を目に入れることがこの卑しい者たちにとっては分不相応な栄光ではないか。

ルートヴィヒは辺りを見回しながら、目当ての人物を探した。そしてある家からカゴを持って出てくるモルシアーニ夫婦を発見した。

ルーシャスはすぐに顔をしかめた。ルートヴィヒはズカズカと二人に近づき、ヌリタスが手に持っていたカゴを奪って怒った。

「なぜ王の妹がこんな過酷な仕事をしている‼」

「へ、陛下、なぜここに」

ヌリタスは葦《あし》で編んだカゴを奪いとった王を不思議そうな表情で見つめていた。

「陛下！　何しにきたのですか‼」

「何をだって、まだこんな所で妹が出歩いていると聞いて心配になり会いにきただけだ！」

ルートヴィヒの言葉に周りはざわつく。

「公爵夫人が陛下の妹君……？」

「そんな話聞いたことがあるか？」

周辺の声など全く気にしていないルートヴィヒの言葉に公爵は呆れはてている。

ヌリタスが一歩、ルートヴィヒの前に出た。

「ご心配いただき、光栄です陛下」

ヌリタスがドレスを少しだけ持ち上げて頭を下げた。彼女は王の登場を喜んではいなかったが、前のように警戒もしていなかった。

他の人間にはその微妙な変化がわからないだろうが、当事者であるルートヴィヒは、ヌリタスが前よりも自分のことを嫌っていないということを感じていた。

ザビエ王家は、代々子孫が少なかった。そのため一人で育ったルートヴィヒは、無理矢理作った妹がとても気に入っていた。

恋愛には終わりがあるが、家族になれば長い間一緒に居られると思うと、とても満足だった。

その嬉しさを隠しながら目で合図をすると、すぐに侍従が現れてカゴを受け取った。

「まだ回復してそんなに経っていないのだし、あんな事件があったばかりだろう」

ルートヴィヒはルーシャスにわざと聞かせるようにヌリタスの心配をした。

「ありがとうございます。しかし、私はこの通り、もう平気ですよ」

「……私の妻の心配してくださってありがとうございます、陛下」

ルーシャスは明らかに苛立ちを隠した笑みを浮かべて王の前に立ち、感謝を述べた。ルートヴィヒもわざとらしく笑い公爵を見ている。

「陛下、準備が整いました」

傍にいた王の従者が声をかけてきた。

「準備？」

ルーシャスが眉を寄せて呟く。そして、いつの間にか、この荒涼とした場所に大きな臨時テントが設置されているのを発見して酷く驚いた顔をしていた。

「そう、準備をさせた。なぁに、せっかく、家族が揃ったことだ。お茶でもしようじゃないか！」

＊＊＊

光がほとんど入らない部屋で、真っ白な単衣《ひとえ》のワンピースを着て、髪の毛をほどいた状態の女が顔を大きく歪ませていた。

「襲撃が、失敗ですって……⁉」

興奮しすぎて顔を真っ赤にしたアイオラは、枕を投げ、怒りにまかせてカーテンを引きちぎりはじめる。

そのうち、家具や壁、目に入るものすべてを怒りにまかせて殴りはじめる。

そして、暴れ疲れると、床に座り込んで泣きはじめた。

成熟した外見とは違い、その泣き声はまるで大人のものとは思えないほど幼かった。

そろそろ頃合いかと、オリーブ伯爵は暴れ疲れて泣いている彼女の前に姿を現した。

「ああ！　子猫ちゃん。ここにいたのかい」

なるべく、甘ったるい声を出した。その声が聞こえると、疲れていた女の目に殺気が走った。

「私の願いはなんでも聞いてくれるのでしょう？　あの女

を殺してくれるって言ったじゃない‼」

女はふらふらと立ち上がると、こちらに向かって駆け寄り、叫んだ。

彼女の身なりはボロボロだったが、それでも男の淫欲を刺激するには十分なほど美しかった。

オリーブ伯爵は、アイオラが彼に好意を抱いているのではなく、何か裏があるのだろうと最初から見破っていた。彼女があまりに美しいため、喜んで利用されているふりをしているだけだった。

アイオラが両手で彼の顔を引っ掻こうと襲いかかってくると、オリーブは優しい仮面を脱ぎ、本性を現した。

彼はアイオラの顔を一度殴り、枝のような体を床に叩きつけた。

アイオラは、物理的な衝撃による痛みよりも、オリーブの予想に反した行動に驚き、困惑した顔をしていた。

「いま、私を殴ったの……？」

きっと彼女はオリーヴを自分の命令なら命でも差し出す、鈍臭い人間だと思っていたことだろう。

「あなたのせいで、有能な男たちを五人も失いましたよ。令嬢の家門にそれだけの金を返せる力があるとは思えない。さて、どういった方法で償ってくれるのでしょう？」

オリーブが脂ぎった顔を手でこすりながら、衝撃で固まっているアイオラの姿をじっくりと見つめた。

「ですが、私のかわい子ちゃん。あなたは相変わらず美しいから許してあげましょう。しばらくの間この部屋で反省していなさい」

オリーブはボロボロの姿で涙を流すアイオラを見て、下半身が熱くなるのを感じたが、首を振った。今はそんなことを楽しむ時ではない。

彼の命だって危険が及ぶこともあるのだから、今はとにかくおとなしくしていなければならない時だと理性を働かせたのだ。

彼は貴族であると同時に、計算高い商人でもあった。

『だが、皆殺しにされたことは、不幸中の幸いだ』

奴らのうち一人でも生き残って、その背後に自分がいることをバラされたら、家門と事業のすべてが奈落に落ちるだろう。そんなことを考えただけでも、背中が汗がひんやりするのを感じた。

彼は舌打ちをしながら部屋を出ていった。

これをさっぱりと隠すためにはあとどれくらいの金が必

要か考える伯爵の顔が曇った。

まだ呆然とした目で自分に起きた現実を信じられずにいるアイオラを背に、部屋の扉を閉めた。

＊＊＊

しばらく後、オリーブ伯爵は深刻な表情を浮かべて部屋をうろついていた。机のそばに立って書類の山を漁《あさ》りながら、指で数を数える。

「遅すぎる」

彼は数年前から砂漠の向こうの国からカーペットを買い付けてここで高値で売っていたのだが、商品が届かなければいけない時期をだいぶ過ぎていた
約束した日にカーペットを配達しなければ、彼の評判に悪影響を及ぼすのは明らかだった。

「問題ばかりがやってくる」

そして、釈然としないことが他にもあった。

アイオラから頼まれて送り込んだ部下のうち、四人の死体は確認したが、一人だけ見つけられずにいた。

オリーブ伯爵が脂ぎった顎を掻《か》きながら、コツコツと机を叩いた。

「まさかあいつは私を裏切ったのか？」

拳を握り、机を叩いた。

やはりモルシアーニ公爵を刺激するべきではなかったと後悔した。

今まで公私混同せずにしっかりと生きてきたはずなのに、アイオラに惑わされてこんな愚を犯してしまった。

「すべてはあの子が悪い、お仕置きを与えないとな」


その時、アイオラ・カリックスは、やつれた顔で部屋の隅に押し込まれ、縮こまっていた。

「ここから出たい。お母様に会いたい……」

この部屋に閉じ込められてから日々が経ち、そのうち日にちを数えることすら諦めてしまった。アイオラは近くで足音が聞こえるたびに発作のように体を震わせた。

オリーブ伯爵は、度々姿を見せると、理由も言わずにアイオラを殴り、日によっては一日中、水一口すら与えずに飢えさせた。そして時にはまるで出会った頃のように優しい態度に変わる時もあった。それがまた不気味にアイオラの精神を追い詰めていくのだ。

「私が、愚かだったのよ」

恵まれていた時には気づけなかったことに、今更気がついた。自分のものにできないものに欲を出し、してはいけないことに手を出してしまった。

「お母様ぁ……」

母と彼女たった二人きりの家族なのに、連絡もないまま彼女は消えてしまった……。母は今頃どう過ごしているのだろうか。

こんな事、あまりにも恥ずかしくて死んでしまいそうな瞬間には、母の声を思い出して耐えた。このまま死んでしまったら母に申し訳ないと思った。

すでにこれ以上ないほどの過ちを犯しているというのに。すっかり落ち窪んだ目の下には、かつてなかった深い陰が差していた。

扉の前の鎖がガタガタと鳴る音がした。アイオラはその瞬間、恐怖でカーテンの後ろに体を隠した。

「私の子猫ちゃん、どこに隠れたんだい？」

ずっしりとした足音がアイオラに近づくと、一瞬にしてカーテンがめくられた。彼女はまるで盾のようにカーテンの裾を持ったまま、ガタガタ震えていた。

「寒がっているようだけど、温かすぎる場所で暮らすより、この程度が健康にはいいんだよ」

オリーブ伯爵は、アイオラの状態など気にもせずに、舐めずりをすると服をどんどん脱ぎ始めた。

「……ぁ」

アイオラは、いっそのこと殴られたり食事を与えられない罰を願った。しかし、無情にも裸になった伯爵をみて、何も入っていない胃が逆流しそうになった。

伯爵はベッドの端にそっと座ると、毛むくじゃらの足を開いた。

「こっちにおいで。子猫ちゃん。ご主人様は今日、とっても憂鬱なんだ、慰めておくれ」

死なずにいれば、今日のようなこの辛い日々も、すべて忘れることができるだろうか。アイオラの虚ろな目には、流すことのできない涙が溜まっていた。

第86話　世界を君の足元に捧げよう

ルートヴィヒは椅子のない床に座る彼を変な目つきで見つめるヌリタスに向かって、手招きをしていた。

「初めて見るだろう？これをプレゼントされたときから、君に見せてあげたかったのさ。名前は難しくて忘れてしまったけどね。ペルシャではこれを椅子の代わりに使うらしい」

ドレスを着たヌリタスが床に座ることに苦労すると、ルーシャスはすぐに彼女の手を取って支えた。

「つかまっているから、座りなさい」

ルーシャスが優しい声でヌリタスの手を取りそこに座らせ、彼女を守るように彼も座った。ルートヴィヒがからかうような視線を向けてきていたが見ないふりをした。

「陛下がいらっしゃった理由を聞いてもよろしいですか？」

ルーシャスは低い声でルートヴィヒに尋ねた。するとルートヴィヒが銀製のグラスに入れられた飲み物を一口飲みながら明るく笑った。

「だから何度も言っているだろう！　妹に会いたくて来たのさ」

この時、ヌリタスの表情が曇ったのに、ルーシャスは気づいてしまった。

ここには、今も生死を彷徨い、苦しんでいる多くの人々がいるのだ。

王である者が、こんな状況で呑気《のんき》に冗談を言いにきている場合かと彼女が怒っているのが隣から伝わってきた。

だが、ヌリタスは怒りを静めた。

「口ではそう言われても陛下がこの地に援助をされただけではなくこうして慰問に来て、民の為に姿を見せてくれたことを、私を含め、皆が感謝をしています。今も苦しむ彼らにとっては大きな励みになるでしょう」

「そ、そうだね。民の涙は私の痛みでもあるからね……。これぐらいどうってことないさ」

ルートヴィヒは、民の為に祈るような男ではない。ヌリタスの鋭い視線と言葉に少しだけ声をどもらせていた。

今の今まで鳥が雛《ひな》を守るように警戒していたルーシャスだったが、あの王が、ヌリタスの一言に一喜一憂する様子が、少し可哀想に思えてきていた。

彼女の性格からして、ヌリタスと王が仲良くなれる奇跡はきっと起こらないだろうが……。

ヌリタスの命を救ってくれたことに対するお礼だ。虚しい夢を抱くルートヴィヒのために、もう少しだけ我慢することにした

「そんな、大きな懐の陛下にもっと大きな施しをお願いしてもよろしいでしょうか？」

そんなことを考えていたルーシャスをはっとさせるようなヌリタスの声がテントの中に響いた。

ヌリタスは、王に対する言葉を慎重に選びながら、言葉を発していた。

その堂々とした姿を見て誰が彼女を貴族ではなかったと疑うだろうかと思う程だった。

「何だ？　妹よ‼」

ルートヴィヒの声は、空の星でも取ってきてみせるという意思に溢れていた。

ヌリタスは青い瞳を輝かせて、ルートヴィヒに向かってこう言った。

「ここだけではなく、各地で病に苦しんでいる人がたくさんいます。綺麗な飲み水を汲むための噴水の水まで汚染されてしまい、生き残った人たちも家を捨てて、田舎へ向かっていると聞きました」

「ほう？　飲む水がない状況など、想像したこともないな。十分な物資を支援することで私は自分の役割は果たしたと思っていたが。……それで、言いたいことは何だい？」

ルーシャスは周囲の状況に興味がなかった王が熱心にヌリタスの言葉を待っている姿に驚いてしまう。

ヌリタスはためらいながらもやがてまっすぐとルートヴィヒの顔を見て進言をした。

「陛下のお力で、都市を新たに整備して欲しいのです。お金がない人でも身分が低い者でも、どこでも清潔な飲み水を手に入れることができるように。そして、その仕事を、今お金がない民に仕事として与え、生活が豊かになるように稼げる仕組みが必要です」

＊＊＊

ルートヴィヒは、ヌリタスが彼女の意見を堂々と発する姿を見ながら、やはりわずかでも王家の血というのは強いと感じていた。

愛するもののために命も顧みなかった彼女。見知らぬ人々のために汗を流して救いの手を差し伸べる彼女。命知らずで、王の前でも震えずに堂々としている彼女。どの姿も、すべてが気高く眩しく映った。

『こんな女が存在するという事実が、興味深い』

二世代を遡っても、聞いたことがない話だと思った。

あの後、彼女の出生を更に遡った。

ロマニョーロ家のパーティーに王家の者が招待されている記録があった。

時期を考えるとその王家の誰かが、当時ロマニョーロ家で働いていた女中に手を出したと考えるのが妥当だった。

冗談のように口にしてきたが、実際に、ルートヴィヒとヌリタスはとても遠くはあるが血縁関係にあったのだ。

『それを知らせることは生涯ないだろうがな』

ルートヴィヒが考えている間にもヌリタスは口を開く。

「陛下の力で、世界の皆が陛下の恩徳を讃えられるようにしてほしいのです」

ヌリタスが上気した頬で最後の言葉を言い終えると、隣に座っていたルーシャスが彼女の手をぎゅっと握った。

ルートヴィヒは最後に聞いた単語を頭の中で繰り返した。

(恩徳……讃え……)

これまでも数え切れないほど聞いた言葉だが、ヌリタスの唇から発せられると、酷く甘美な言葉に聞こえた。

「……私がここの整備を命じることは、難しくない」

「では……」

「だが、一つ条件がある」

王は手を差し伸べた。

「妹よ、時々君が王宮にやってきて、先程のような話を私に聞かせてはくれないか？　そのような事を直接私に進言した人間は、今まで誰一人いなかったのだ」

ルートヴィヒは、自分がまるで王宮で寂しい時間を過ごしているかのような悲しそうな顔をしてヌリタスに投げかけた。

他人の命を大切に思う多くの人間が王に手紙で訴えてきたし覚悟を決めてこれらのことを声を大にして訴える者たちも存在した。

だがそんなことは知らないヌリタスは、この言葉を真に受けて隣に座っている公爵の顔色をうかがっていた。

きっと、ルーシャスにとっては面白くない話だろう。

それでも今度はルーシャスが折れた。

「わかりました。その代わり、王宮にうかがう際には、常に私が同伴いたします」

答えをためらっていたヌリタスの代わりに返事をしたのはルーシャスだった。

「よろしい。家族同士、度々顔を合わせる機会が増えたと思ったら、中々に楽しくなってきたな」

望み通りの答えを聞くことができた王は、笑顔で答えたのだった。

＊＊＊

「ごめんなさい、公爵様」

ルートヴィヒとのお茶会が終わり、馬車が待っている場所へと歩きながら、ヌリタスが静かに口を開いた。

「私がここでのことにあまりにも気を取られすぎて、公爵様への配慮に欠けてしまいました」

ルーシャスが今まで王宮を避けていたのを知っていたのに、王との会談を約束してしまった事に今更ながら反省をしているのだろう。

「病に苦しむ人々のために働くあなたは、賞賛されるべきだ」

話している内容とは異なり、ルーシャスの声はこの上なく不機嫌だった。ヌリタスが彼の手の甲を撫でながら彼の顔をそっと見上げた。

実はルーシャスは、こんなふうに手を繋いでいられるなら、なんでもよかった。だがそんな気持ちを必死で隠して、わざと冷たい目で彼女を見た。

彼の表情をやわらげるためにはこんな時何といえばいいのか分からないのだろう。

ヌリタスは下唇を噛み締めて体をかすかに震わせていた。意地悪がすぎたとルーシャスは慌てる。

「帰ったら、俺の願いを一つ聞いてくれ。それでいい」

ヌリタスは突然の話に目を丸くしたまま公爵を見つめ、返事の代わりにうなずいた。

「私が公爵様の為にできることなら、なんでもします」

決心したような表情を浮かべるヌリタスを背に、少し前を歩き出したルーシャスの口元には、かすかな笑みが浮かんでいた。

第87話　薔薇は赤かった（1）

「イングリッド……本当にここであっているの？」

メイリーン・ロマニョーロは、船から降り馬車で移動してついた場所をみて途方にくれていた。

そこには二人が期待していたような伯爵夫人の親戚が住んでいるという城はなく、居酒屋と宿を兼ね揃えた二階建ての建物が一軒、ポツンと立っていただけだったからだ。

二人はキョトンとした顔で周囲を見渡した。

「はい、この住所であっています。ここに手紙もあります」

イングリッドは女中の中でも珍しく、文字を少し読むことができて賢い女性だった。だから伯爵夫人が特別にメイリーンの侍従に任命したのだ。

「仕方ないわ。今日はとりあえずここに泊まって、明日きちんと調べてみましょう」

日が暮れて海が真っ赤に染まっていくのを見た二人は、これ以上選択の余地がないことを悟った。

メイリーンは、今贅沢《ぜいたく》を言っていられる状況ではなかった。揺れる船以外ならば、どんなベッドでも彼女を優しく包んでくれる気がしたし、熱いお湯で入浴をして体に染み込んだ変な匂いを洗い流したかったのだ。

軋む階段を上がり、旅館の従業員が最も良いと言う部屋の扉を開けた。

「…これが特等室ですって？」

部屋は驚くほど狭く、壁紙は元々の模様がわからないほど色あせていた。張り付いているだけマシだったが、一部は剥《は》がれ落《お》ちてなくなっていた。

腐った香水を振りまいたのか、部屋の中には悪臭が満ちていたが、従業員は意気揚々とあれこれ説明した。その話を聞きながら、メイリーンは舌打ちをした。

だが今日は、とにかく早く休みたいという気持ちが強かったので、彼女は熱いお湯を運んでくるように指示し、彼を外に追い出した。

悔し涙が出そうになるのを堪えて、靴を脱ぎ床に投げ捨てた。メイリーンをさらに悲しませたのは、こんな汚い部屋でも船よりはマシだと思える事実だった。

「イングリッド。すぐに入浴の準備をして」

汚い枕をショールで包み、メイリーンはそこにそっと体を預けた。本当に疲れた一日だった。

「早く体を洗わないと」

メイリーンは独り言をつぶやくと、そのまま眠り込んでしまった。

荷物の入ったカバンを必死で運んできて息切れしていたイングリッドは、メイリーンが眠っているのを見て、床に座り込んだ。

大きなカバン二つには、メイリーンのドレスや靴が入っており、小さなカバン二つには、お金や宝石が入っていた。イングリッドはため息をつくと、なんとか立ち上がった。

馬車の運転手に渡した住所は、間違っていなかった。だが、伯爵夫人の親戚だという人が、こんな旅館の主人であるはずがない。

「お嬢様が眠っている間に、調べてこなくては」

生まれ育った城を出るのは初めてですべてのことに不慣れだったが、さっき船を降りた場所を探してみた。

そして、そこで魚を売っていた老婆に、この貴婦人を知らないかと尋ねてみた。だが皺だらけの老婆は、ここには貴族などいないと答えた。

「ですが、奥様の親戚が」

イングリッドがどこから来てどこに行こうとしているか説明すると、その老婆はほとんど歯のない口を開けて、変なことを言うではないか。

「あんた、乗る船を間違えたんだね」

「え？」

「まあ、よくあることだから、もう一回ちゃんと確認してみればいい」

老婆は魚の処理をしながらあっさりとそう言った。だがその言葉を聞いたイングリッドは、酷い衝撃を受けた。

もしも夫人やメイリーンが間違った土地に来た事を知れば、自分は罰せられる事は明らかだった。

夫人の鞭に打たれて血だらけになった子どもを見た記憶がイングリッドの両手を震わせた。船に間違えて乗ったのが誰のミスかなど関係なく、その責任はすべて彼女が負わされることになるだろう。

蒼白な顔のイングリッドは、足の甲に落ちて張り付いた魚の鱗《うろこ》をはがし、老婆に礼をしてその場を去った。そして何かに取り憑かれたように速く歩いた。

旅館に戻り、メイリーンがまだ眠っていることを確認したイングリッドは、固い表情でメイリーンの小さなカバン二つを持った。

「どこに行くのですか？」

旅館の従業員が、出て行こうとする彼女に対して何かを聞いた気がしたが、後ろを振り向くことさえできなかった。

『そうよ……これは、神様が私にくださったチャンスなんだわ』

イングリッドは馬車を捕まえて港へ向かい、すぐに出発する船に乗り込んでしまう事を考えた
もう誰もイングリッドを傷つけることはできない。

揺れる馬車の中で、ぼんやりと両親の姿を思い浮かべた。娘が貴族に鞭で打たれて死ぬことなど、両親も望んでいないはずだ。だからこれは許される事だと。

イングリッドの顔には、開放感と緊張感が交互に浮かんだ。彼女を待っている世界がどんなものなのか全くわからなかったが、今よりはマシだろう。

「今までよりも酷いことなんてこの世にあるわけがないじゃない」

イングリッドは掴んだ自由を前に鼻歌を歌いはじめた。

＊＊＊

「薬が全然効かないわ」

二人の子どもを失ったロマニョーロ伯爵夫人は寝室から外に出ることもせずに鬱に効くという薬を飲み続けていたが、気分は落ち込んだままだった。

更には、つらい時に慰めてくれる存在であるべき夫が外を遊び歩いているという事実に、彼女は耐えられなかった。

「もっと強い薬が……ハシシが必要なの」

今すぐにその薬を摂取しなければ、その瞳に食い荒らされそうな恐怖に包まれた。伯爵夫人の言葉を聞いて、女中が心配そうな声を出した。

「奥様、それは本当に具合が悪い時にだけ使うようにと、お医者様がおっしゃっておりました」

「いいから！　すぐに持ってきて」

伯爵夫人が鋭い声を上げると、女中はビクビクしながら薬を取りに行くために動き出した。

ハシシを摂取している瞬間だけは、この世のどんな心配ごとも忘れる事が出来たのだ。

ハシシは彼女に心地のいい夢を見せてくれた。夢の中では子ども達と会うこともできたし、伯爵も彼女のことを大切にしてくれていた。目が覚める事を恐れた彼女は徐々に完璧な夢の中に入り浸る事が増えていった。

「どうしましょう………」

ハシシを取りにいった女中が独り言を呟いていた。

伯爵が長い間、家庭を顧みずに遊び歩いたせいで、夫人はついに薬物にはまってしまった。

彼女たちはまともな教育を受けてはいなかったが、これらの出来事がロマニョーロ家にとってよくない事は分かっていた。しかし絶対的な存在である彼らを自分達のような召使いは止める事すら出来なかった。

＊＊＊

女神ディアーナのご加護のおかげなのか、人々の手助けのおかげなのか、王国の各地で疫病が少しずつ勢いを弱めはじめた。

病気で命を失った人々のために、共同で葬式を準備し、道のあちこちでは少しずつ整備が始まっていた。

最初死体の塔があった噴水からも、今は透明な水が噴き出していた。

だが、ヌリタスとともに働いていたソフィアとチャールズ・ペリン、そしてパステルと、皆が、疫病にかかってしまった。早期に発見したため命に別状はなかったが、そのせいでモルシアーニの地に帰る日が少し延期された。

事態が落ちついた頃、

ルーシャスとヌリタスが衛生局の裏庭でお茶を飲んでいるときだった。

ヌリタスは、二人を包む薔薇の香りに、そっと目を閉じた。

ロマニョーロ家の外壁にも、薔薇の蔓《つる》が伸びていた。

『おかしいな。あの頃は、こんなに甘い香りを感じようとすら思わなかったのに』

荷車を引きながらあちこちに咲く綺麗な花を目にはしていたものの、立ち止まってそれらを楽しむ余裕などなかった。同じ花を見ても、こんなにも違う気持ちになれることが不思議だった。

考えにふけっていた時だった。視界に影がかかった。

「公爵様？」

「これを受け取ってもらえますか？」

公爵の手に、一輪の真っ赤な薔薇が握られていた。

そしてヌリタスは、彼の中指に棘が刺さって血が流れているのを見た。

たった二滴血が溢れただけだったが、それだけでヌリタスの胸は張り裂けそうだった。

彼女は手を伸ばして薔薇を受け取ることすらできず、花と公爵の指先を交互に見ながら涙を流し出した。

「困ったな、あなたを泣かせようとしたわけではないのだが……」

困惑した様子でルーシャスは、薔薇をテーブルにそっと置いてヌリタスの隣に近づいた。

泣いている彼女の肩を抱き寄せようとしたとき、ヌリタスが顔を上げて彼の手を握った。そして彼の傷ついた指先にそっと口づけた。

「私は、僅かだとしても、あなたが傷つく事が怖いのです」

ヌリタスの頬を伝う涙の一粒が彼の手にこぼれた。

「あなたが心から大切です……」

「あなたは……」

ルーシャスは彼の指に唇をあてているヌリタスの顎を優しく持ち上げた。

涙で濡れた青い瞳が、彼の真っ黒な瞳を映した。

第88話　薔薇は赤かった（2）

二人の間に緊張感が流れた。互いを見つめる眼差しから感じられる震えを共有し、ルーシャスはゆっくりと顔を傾けた。

彼の舌がヌリタスの頬を伝う涙を舐めた。

「……！」

あまりに驚いたヌリタスは泣くのも忘れて彼を避けようとしたが、その隙に彼の舌がすっと滑って彼女の唇に触れた。

「こう、しゃくさま、ルー」

ヌリタスがそれを防ごうと彼の名前を呼んだ瞬間、公爵の両手が彼女の首の後ろに回された。もう止めるつもりはなかった。

何度も口づけをかわし、そして熱く柔らかい舌を唇の中へと潜り込ませる。二人の舌と舌が絡み合う。最初から二人は一つだったかのように呼吸を重ね合い、口づけはどんどんと深くなっていく。

ヌリタスが両手でルーシャスの腰に力をいれてしがみついたのがわかり、ルーシャスは自分に縋《すが》る彼女にうっとりと目を細め、更に密着を深くした。

夏の、強い台風に吹き飛ばされないように。何かにしがみつく子どものように手を震わせて。ルーシャスは両手で彼女の銀髪をかきわけながら、彼の熱い想いが少しでも伝わることを口づけをしながら願った。

それに、答えるかのようにヌリタスも応えてくる。もっと触れていたいという欲望は満足することを知らず、二人の唇はしばらくの間、離れることがなかった。

甘い薔薇の花が満開の夏の日、二人の大切な愛も、ついに熟していた。

＊＊＊

地下牢《ちかろう》には傷を負ったままの巨体の男が一人捕らえられていた。

「助けてください。何でもしますから、どうか命だけは

「……！」

「質問に答えたら、治療をしてやる」

　床に鎖で繋がれた男は、痛みを堪えながら上体を動かし命乞いをしていた。

「何でも、何でもおっしゃってください」

「背後に誰がいる」

　哀願する男とは違って、ルーシャスは、淡々と言葉を落とす。巨体の男は少しだけためらったが、すぐに黄色い歯をむき出して、卑屈な声を出した。

「オリーブ伯爵の指示で動きました。私は本当に、ただ言われた通りにした罪しかございません」

「オリーブ伯爵か……」

　その短い言葉には一見何も感情がこもっていないようだったが、実際は、全身に広がる怒りを必死で抑えていた。

　だが、大怪我を負っている相手は、それに全く気がついていなかった。

『脂ぎった豚のようなあの男に、一度会ったことがある気がするが、何の恨みがあるのだろうか』

　しばらくの間、考えていただけだったのだが、不安を感じたのか、男は、聞いていないことまで暴露し始めた。

　彼らの主人であるオリーブ伯爵がカリックス令嬢と関係を持ち、そして今回の襲撃事件へと繋がった顛末《てんまつ》のすべてを。最後には巨体の男は涙を流しながら両手で祈って助けを求めていた
「約束は守ろう」

　それだけこぼして、ルーシャスはこの陰鬱な場所を後にした。

『カリックス令嬢』

　ヌリタスに危害を加えようとした者がアイオラだとは、夢にも思わなかった。

　寂しい幼年期を過ごしたルーシャスは、顔には出さなかったが叔母を大切にしていた。そしてそんな叔母のたった一人の血縁が、アイオラだった。

　こんな形でアイオラと敵対することになったのは残念だが、なによりも大切なヌリタスを傷つけたものを放っておくわけにはいかなかった。

＊＊＊

ボルゾイも元気になり、病気になった者も回復をして、ヌリタスはついにモルシアーニの領地に帰ってきた。

馬車が到着して扉が開くと、セザールが礼儀正しく立って彼女を迎えた。

「おかえりなさいませ、公爵夫人」

ヌリタスはセザールの顔をみると、やっと家に帰ってきたのだと実感した。

「ええ、ただいま」

優しく挨拶をしたヌリタスは、すぐに母親がいる場所へと向かった。この前はとても短い時間しか再会できなかったことを、ずっと後悔していたからだ。

『これからは母さんのそばにいよう』

そう誓って庭園の湖の近くへやってきた。

湖を正面に立っている大きな木の下で、水色のドレスを着ている茶髪の小柄な女性が、平和な時間を過ごしているのが見えた。

「母さん！」

「またあの子の声がするわ。ああ、どうか無事に帰ってきておくれ」

ヌリタスは母のそばにきたが、まだ彼女に気づかない母を見て、涙がこぼれそうになった。

「はい。母さんのお祈りのおかげで、こうして無事に帰ってきました」

レオニーはその声でぼんやりと目を開けると、ヌリタスの声が聞こえる方へ顔を向けた。

「お前なの？」

「はい、あなたの娘です」

ヌリタスは母の頬を伝う涙を指で拭いながら、母の腕に抱かれた。

レオニーからはよく乾いた藁《わら》のような、懐かしくて安心する匂いがした。レオニーは虚ろな瞳で天に感謝を伝えると、両手でヌリタスの顔を撫でた。

「生きているって、幸せなことだったのね」

「はい、母さん……」

ヌリタスとレオニーは、そうしてしばらくの間何も言わずに抱き合い、再会の喜びを分かち合った。

第89話　運命は巡り巡って

ロマニョーロ伯爵はやることもなく、賭博場でカードを握っていた。最近どこへ行っても人々が彼に媚《こ》びへつらうので、気分がよかった。

ヌリタスが伝染病の最前線で活躍したおかげで、ロマニョーロ家まで株が上がったのだ。

まるで過去の全盛期が戻ってきたような日々だった。伯爵は顎をあげて、この瞬間を満喫していた。心の中では、皆をあざ笑っていた。

『愚か者たちめ。あいつは俺の私生児だ』

酔っている時は、誰にも言えないこの事実を暴露したい気持ちになり、我慢するのが大変だった。

「伯爵様、もっとお金を賭けますか?」

カードをまわす者が、彼に話しかけた。

ロマニョーロ伯爵は、手中にいくらあるのか確かめもせず、当たり前のようにうなずいた。

「私が誰だと思っている」

彼は豪快に笑いながらどんどん掛け金を上げはじめた。たばこの煙が充満したこの場所では、伝染病についても、いなくなった女中のことも、見たくもない妻や息子のことも、何も考える必要がなかった。

そして、愚かなモルシアーニ公爵のことを思い出し、ニヤリと笑った。

『男は女にはまって身を滅ぼすとはよくいったものだ』

伯爵は顎を触りながらカードを見て、札を伏せた。

負けが続いていたが彼には大した出来事でもないので、そのままゲームを続行した。

誰かがやってきて彼の持ち金がなくなった事を告げた。少し焦ったが賭博場の方から金を貸すことを提案してきた。家門の名前は彼にとって信用に値するため、なんの問題もなくゲームは再開された。

＊＊＊

その日の夜は、久しぶりにモルシアーニ城の大きな食卓に明るい灯がともった。ヌリタスは到着するなり体を洗ってからここにやって来て、向かい合った公爵の顔をまるで初めて見るかのように眺めた。

『初めてお会いしたあの日も、今日のように明るく輝いていた』

偽物の令嬢であることがバレるのではないかと思い震えながら、一口の水をまるで砂でも食べるかのように飲みこんでいた。その時も、公爵の黒い瞳をこっそり見つめ、俯いていた。

初めて彼を意識したのは、きっとその時だったのではないだろうか。

そんなことを思うと、ヌリタスの顔に柔らかい笑みが浮かんだ。ルーシャスは向かい側に座った彼女のそんな姿をみて、つられて自分の気分も浮き立つのを感じた。

「やっと帰ってきたな」

「はい」

その言葉には沢山の意味がつまっていた。ここまでの日々を思い出し、互いをみつめあった。

「夫人……願い事を使おうと思うのだが、いいかな」

その言葉に、この前交わした会話を思い出した。

「ええ、いつでもかまいませんが……」

すべてを持っている公爵が、彼女に望むものなど何があるのだろうかと思うと緊張する。ヌリタスには普通の貴婦人たちが楽しんでいる刺繍や絵の才能がなかった。もちろん彼が望むのであれば、ワシ十羽だろうが百羽だろうが刺繍するつもりだが、やはりできあがりを想像すると気は進まなかった。

緊張で口の中が渇くのを感じたヌリタスは、唾を飲み込んだ。

だが、しばらくしてからルーシャスの唇から発せられた言葉は、全く予想していなかった内容だった。

「後で言うよ」

ヌリタスは彼の言葉に力が抜けるのを感じ、訝しげな表情を浮かべた。するとルーシャスは、女なら誰もが気絶してしまうほど魅力的な笑顔で彼女をみつめて、おかしそうに笑った。

そんな夫妻を見ながら、モルシアーニ城には、久しぶりに暖かい空気が満《み》ち溢《あふ》れていた。

第90話　あなたに祝福を授けよう

王国に広がった疫病の噂は、モルシアーニの地まで流れてきた。

幸いここまではあの厄介な病の呪いは訪れなかったが、領地民たちは、顔も知らない者たちの死を悲しんだ。

そして公爵夫人に関する良い噂を耳にすると、皆幸せな気持ちになった。そんな人に仕えることができることは本当に光栄だと感じた。皆同じ気持ちで、主人夫妻が帰ってくるのを心待ちにしていた。


モルシアーニ家に戻った最初の日、ヌリタスが夕食を終えて立ち上がると、幼い女中が廊下の先で、まるで要件がありそうな目をして覗《のぞ》いていた。

ヌリタスはソフィアとともに、ゆっくりとそっちへ向かった。彼女が動き出すと、静かに立っていたその女中は急ぎ足で近づいてきて、床に跪き、ヌリタスのドレスの裾に口付けた。

「奥様、女神ディアーナの祝福を」

「……！」

よく見ると、以前ヌリタスの前でミスをした、見覚えのある女中だった。

ヌリタスが嬉しくなって何かを言おうとした瞬間、女中はスカートを捲り上げてそそくさと立ち去ってしまった。

ヌリタスは女中が去っていった方を見つめた。こんなふうに賞賛されることは、彼女にとって不慣れな事だった。

しかし、消えない傷になっている傷だらけでぼろぼろの手は健在だ。

その手は決して、生まれ持っての貴族だったロマニョーロ伯爵夫人の真っ白ですべすべな手には程遠かった。

わずかに残った過去の痕跡が、その日々を忘れるなと叫んでいるようだった。

『でも、今の私はこの手が恥ずかしくない』

貴婦人たちの前では手袋をはめて隠さなくてはならなかったが、彼女たちのできないことをすることができる手だ。オニックスと子犬たちを救うことができたし、あの暴漢たちをナイフで刺すことだってできた。

『美しい手で汚いことをする伯爵夫人より、ずっとマシ！』

先日絵を描くために貴婦人たちが集まっていた場所でロマニョーロ伯爵夫人に出くわした時のことを思い出した。

母の明るい世界を奪った者が、すぐそばで平然とした顔で笑みを浮かべていた。

その憎い首をへし折ってやりたい衝動に駆られなかったわけではない。

『でも、あいつらと同じような人間になりたくないから』

黒い毛を持っている動物が産んだ子どもは、同じ色の毛をしている。だから、ヌリタスは、自らの体に流れる血のせいで、誤った選択をしてしまうのではないかといつも恐れていた。

だから、伯爵夫人を狙っていた両手の拳の力を緩め、あの欲にまみれた赤毛の女に向かって心の中で暴言を吐くだけにとどめた。

少しの憂鬱が彼女に訪れた。ヌリタスの影は、風の前で揺れるろうそくの灯りのように揺れていた。

＊＊＊

頭が割れそうだった。

メイリーンは両手で頭を抱えて、なんとか体を起こした。

全身が粉々になりそうな感覚で、動くたびにベッドから嫌な匂いがした。

とても喉が渇いて口の中がパサパサな上、空腹のあまり腹からグルグルと音がした。

メイリーンは力を振り絞って女中を呼んだ。

「イングリッド！」

だがイングリッドの返事はなく、部屋の天井の上で小さい何かが動き回る音だけが響いた。

「鞭で打たれないとわからないのかしら」

メイリーンはクラクラする頭を両手で抑えたまま、足をベッドの外に下ろした。狭い部屋には女中が隠れる場所などないため、浴室と思われる小さな扉をイライラしながら乱暴にこじ開けた。「え……？」

部屋も驚くほど汚かったが、浴室は使えるのかすら疑問に感じるほどカビと水垢《みずあか》だらけだった。

「入浴の準備もされていないし、一体何なの？」

メイリーンはあまりにも腹が立ったため、空腹も忘れて部屋の外に飛び出した。ギシギシ音を立てる階段を下りると、最初とは違う光景に開いた口が塞がらなかった。

酒を持った男たちが大声で騒いでおり、胸を半分以上露出させた乱れた服装の女たちが媚《こび》を振りまいていた。

「私がこんな場所にいることをお母様が知ったら、悲しむでしょうね」

今はイングリッドを探して叱ることが先だ。

彼女は部屋に案内してくれた男を探しにいった。

「私の女中を知らない？」

彼は顔を半分以上隠している髪の毛をさっとかきあげると、ゆっくり口を開いた。

「さあ。さっき急いでどこかへ出かけましたが、どこかまではわかりませんね」

そして男は雑巾を握った手でテーブルをゴシゴシと拭きはじめた。

メイリーンは彼の返事を聞き、幼い頃に母の姿が見つからなくなった時に感じたような恐怖を覚えた。

メイリーンは動揺していることを隠すように背筋を伸ばし、急いで階段を上がった。扉をしめて寄りかかり、大きく呼吸した。

「まさか、逃げたんじゃないわよね？　イングリッド」

メイリーンは魂が抜けてしまったような顔で、カバンをしまっていたクローゼットを開けた。あちこちを虫に食われた扉が大きな音を立てると、二つの大きなカバンが入っていた。

彼女は勘違いであることを祈りながら、カバンを取り出し、なかのものをあれこれ確認してみた。ドレス、靴、日傘、帽子、ドレス、ドレス……。

メイリーンは指先と目元を震わせながら、すべてのものを床にぶちまけ、そしてそのままペタッと座り込んだ。母が持たせてくれた、高価なアクセサリーと金貨が入った鞄《かばん》がなかったのだ。

「イングリッドは、きちんと保管するためにどこか別の場所に持っていったのよね？」

彼女のそばを足のたくさんついた気持ち悪い虫が通り過ぎたが、声を出す気力すらなかった。顎がガクガク震えたが、とりあえずカバンを再びクローゼットへ押し込んだ。

「きっと大丈夫よ、そんなことあるはずがない」

メイリーンは自分自身を励ますように大丈夫という言葉を繰り返した。

召使いや女中が主人を裏切った上に、貴金属を奪って逃げた話など、今まで聞いたこともなかった。

「そんなバカなことあるはずないわ」

とりあえず気分を落ち着かせてイングリッドが戻ってくるのを待つことにした。

「私は、メイリーン・ロマニョーロよ」

クローゼットに手をついて立ち上がり、ドレスのシワを整えた。今のこの状況を誰かに知られてはいけない。

メイリーンは温室の中の草花のように育てられたとはいえ、こんな見知らぬ土地で一文無しの貴族であることがバレたら危ないということくらいはわかっていた。

明日になれば母の親戚を見つけることができるかもしれないし、あの愚かな女中も戻ってくるだろう。メイリーンはすぐに振り返ってガウンを脱いでベッドの横におき、横になって両足を抱きかかえた。

「とりあえず、眠ろう。明日にはすべてが解決しているはずだわ」

＊＊＊

ルーシャスは寝室の暖炉のそばで、平静を保とうと努力していた。足を何度も組み替えて立ったり、ガウンの紐を解いたり結んだりしていた。

一分一秒がとても長く感じた。

「冷たい水をもう一度浴びてくるか？」

彼の胸は、まるで熔炉《ようろ》から取り出したばかりの剣のように燃えていた。緊張を解こうと一口飲んだ酒がさらに彼を熱くしてしまった。

そして長い永遠と思える時が流れ、彼女が、扉を開けて姿を現した。

ヌリタスは、いつもとは違う空気に、部屋に入るのをためらっていた。

乾ききっていない髪の毛のせいで寒さを感じるのが当たり前のはずなのに、どういうわけか心臓が高鳴り、片手で胸をぐっと押さえなくてはいけなかった。理由もなく、なぜかそんな気分になった。

そして寝室の暖炉のそばに気だるげに立っている公爵の姿を確認した瞬間、ヌリタスは予感が的中したことに気がついた。

公爵はガウンを半分以上はだけさせ、髪の毛がしっとりと濡れたままで立っていた。いつも以上に色香があった。

「遅かったな」

いつも以上に深みを増した公爵の黒い瞳の奥に炎が揺れている。彼女の全部を逃がさないと言わんばかりにじっとりと見ている。

「こっちへ」

ルーシャスが腕を伸ばすと、ヌリタスは魔法にかかったように彼へ近づいた。

「そのままだと風邪をひいてしまう」

ルーシャスは彼女の後ろにまわると、布で髪の毛に残った水気を拭いた。

「あなたはもっと自分を大切にしないと」

「それぐらい、自分でできます」

ヌリタスは彼の手から布を奪おうとしたが、身長差のせいで難しかった。ルーシャスは水気を拭き終わると、手で髪の毛を撫でた。

暖炉の炎は強く燃え盛り、若い二人の頬は赤くなるどころか、破裂してしまいそうだった。ヌリタスはこの雰囲気に動揺し、明るい声で話題を変えようとした。

「公爵様、お願いごとの話ですが。何を作ればいいのですか?」

二人は暖炉の近くにおかれた椅子に腰掛け、ルーシャスは彼女の質問になんともいえない表情を浮かべた。

「作る、か」

『私が期待していたのは、こんな反応じゃないのに……』

ヌリタスはこの雰囲気を抜け出すことができるなら、ワシだけでなく、馬でも犬でも刺繍するのにと沸騰しそうな頭で思った。

こんな甘い空気はすべてが初めてのヌリタスは、どうしたらいいのかわからずに、両手を開いたり閉じたりしながら、この慣れない胸の高鳴りに必死に耐えていた。

沈黙が長くなると彼女は喉の渇きを感じ、テーブルに置かれたグラスを見つけ、ふらふらと手を伸ばし、それを一気に飲み干してしまった。

「あ……」

その味は、初夜に飲んだあのワインと似た香りで、ふとあの夜の記憶が蘇るのを感じた。

第91話　ヌリタス・ロマニョーロ（1）

酒を少しだけ口に含んだヌリタスは、グラスをおろして公爵と目を合わせた。

『またその微笑みだ』

彼女を安心させ、限りなく幸せにさせる公爵の優しい微笑み。

あの日、あの夜に、ヌリタスは母のために嘘をつき続けることを選択した。

彼らの後ろにあるベッドに横になって目を閉じた時、すべてのことを諦めていた。

あの時、彼は何と告げたか。

「獣のようにあなたを抱くつもりはない」

なぜ今はっきりとその言葉を思い出しているのかわからなかった。

そしてどうしてこんなにもほおが赤くなるのかもわからなかった。

何であろうと、先延ばしにすることはヌリタスの性格には合わなかった。

免れないことなら立ち向かうしかない。彼女は前を見据え、しっかりと公爵に聞いてみた。

「公爵様！　あの、望みを、今おっしゃってくださったら……」

「二人きりの時は、名前を呼んでくれとお願いしているだろう？」

彼は微笑みながら、まるで人魚が歌うように、ヌリタスに要求した。

「ルー……」

彼女はルーシャスの目を見つめながら、彼の名前を囁いた。

＊＊＊

ルーシャスは彼女が自分の名前を呼んでくれるのを待っていたが、いざこうして二人だけの空間でそれを聞くと、耳まで熱くなるのを感じた。

彼はこれ以上の我慢ができなかった。椅子から立ち上がり片足を曲げると、一息でヌリタスの膝に顔を埋めた。

「……？」

突然大きな体が彼女にもたれかかってきた驚きで、ヌリタスは上半身を後ろに避けようとしたが、ルーシャスの両手が彼女の腰に回されているせいで、動くことができなかった。

「あなたと離れていた間の夜も、こんなふうに強く抱きしめたかった」

ルーシャスは小さな声で呟いた。

「今こうしていられることが本当に私は幸せだ」

「……私もずっとあなたに会いたかったです」

ルーシャスの言葉にヌリタスが共感の言葉を落とした。

あまりにも珍しい事に、思わずルーシャスは顔をあげ、目をぱちくりさせた。

「よく聞こえなかったから、もう一度言ってくれ」

ヌリタスが震える手をもう一度、伸ばした。まだ乾いていないルーシャスの髪の毛の感触を確かめるように撫ではじめた。

指先から愛しさが伝わってきた。彼女の唇は言葉を紡ぐ代わりに彼の目を静かに見つめて、そっと微笑んだ。

「……あなたの代わりに俺が言おう」

ルーシャスが腕を伸ばして彼の頭に触れている彼女の手を強く握った。

「あなたと出会って、本当によかった。こんなに未熟な俺を愛してくれて、本当にありがとう」

「ルーシャス……」

ヌリタスはいつも言葉をためらっていたようだがついに、声を出した。

「愛しています……」

彼女が言葉を終える前に、ルーシャスは彼女の唇を飲み込むように口付けをした。二人は一緒にいることができるこの瞬間に感謝しながら目を閉じた。

長い口づけが終わると、ルーシャスはヌリタスの両頬と額、鼻、そして両手にも口づけを落とした。

押し寄せてくる嵐のように強烈な熱気に翻弄されながら。ヌリタスは体を震わせていた。

「俺の願いを、聞いてくれるか？」

ルーシャスは長い指で彼女の手の甲を優しく撫でながら、潤んだ瞳でヌリタスを見つめた。

「俺とあなたに似ている子どもがほしい。あなたのように可愛い娘もいいし、あなたのように勇敢な息子だっていい」

子どもが欲しい。

強い希望がこもったルーシャスの瞳の中に、ヌリタスは黒い髪の毛の子どもと銀髪の子どもが広い野原を駆け抜ける姿が見える気がした。

『私に似ている子ども……』

ヌリタスは、何の取り柄もない自分をこんなにもうっとりした瞳で見つめてくれる公爵に、これは分不相応の愛情だと思った。

その気持ちはこれ以上ヌリタスの胸にとどまっていることができずに、溢れ出した。

こんなに大切な時間だというのに、こんな時でさえ、伯爵の呪いを忘れることはできなかった。いや、それこそが伯爵の思惑なのだから。

私の中に流れているのは汚れた私生児の血。

感動と悲しみが一度に押し寄せてきて、ヌリタスの頬を濡らした。

「ああ、まただ。あなたを悲しませたいわけではないというのに」

ルーシャスはボロボロ涙をこぼすヌリタスを両手で強く抱きしめてくれた。

「今あなたを苦しめている悲しみを、すべて俺が代わってあげる事ができたら、本当に幸せなのに」

「私は、あなたの幸福を願っているのに、返せないものをもらってばかりなのに。なぜ……、そこまで私を想ってくれるのですか、なぜ、そんなことを簡単に口にできるのですか」

ヌリタスは両手で拳を握るとルーシャスの胸を軽く叩きながら泣いた。

自分に出会わなければ、ロマニョーロ伯爵と関わらなければ、彼にはもっと幸せな人生を送れていたかもしれない、危険な目にだって遭わせずにすんだかもしれない。

由緒正しい血筋を残せたかもしれない。そう思わない日はないというのに、これ以上、ヌリタスの苦しみを引き受けたいなどというのか。

ルーシャスはしばらくの間何も言わずに彼女のすすり泣きを聞いていたが、まるでヌリタスの気持ちを見透かしているかのように答えた。

「たとえ百万回生まれ変わっても、俺はあなたがいい。あなたしかいない。もし、その時俺の姿が今と違っても、どうか俺を突き離さないでいてくれたら嬉しい」

生まれ変わったとしても。

ヌリタスは自分がこの人を見つけられないはずなどないと強く思った。ヌリタスは懸命に強く首を縦に振った。その姿にルーシャスは顔をあげ、優しい声で笑った。

「ヌリタス。愛している」

第92話　ヌリタス・ロマニョーロ（2）

ロマニョーロ伯爵は、最近なぜか以前ほど女の腕の中で遊ぶことに面白みを感じなくなり、仕方なく賭博場に通っていた。

たくさんの金を持っていたわけではないが、いつどこに行っても、彼の家柄であれば場を設けてくれたのだ。いつも金を融通してくれるからといって、大きなテーブルにばかり参加していた。

数時間カードゲームを興じたが、幸運の女神は今日も彼の味方をしてくれなかった。最初に借りた金をすべて失うと、苛立ちを感じた。

「ロマニョーロ伯爵様、続けられますか？」

賭博場の従業員が丁寧に尋ねると、彼は首を振って立ち上がり、片隅に準備されていたワインを一杯飲んだ。

「家は居心地が悪いからこちらに来たというのに。外でもこれか」

突然ロマニョーロの地に戻った時のことを思い出し、顔がさらに暗くなった。

一ヶ月ぶりに帰る城は、変わり果てていた。

外壁の薔薇たちは病気にでもかかったように黄ばんでしまい、真っ赤な花は散っていた。

「ご主人様、おかえりなさいませ」

背中の曲がった執事が丁寧に彼を出迎えた。

彼の父の父の代からロマニョーロ家で働いていた彼は、伯爵にとって信頼のおける者だった。

「セバスチャン、変わったことはなかったか？」

ロマニョーロ伯爵は、マントと杖、帽子を彼に渡すと、いつもと同じ言葉をかけた。だが言葉が返ってこない。

伯爵はその時やっと、深刻そうな執事の顔を見て、もう一度質問した。

「何か、あったのか？」

深刻な顔で立って言葉を言《い》い淀《よど》んでいる執事に、自分が帰ってきたのに姿も見せない夫人に気づいた。どこにいるのかと伯爵が周囲を見回しながら尋ねた。

「夫人はどうした？」

「その……奥様は、眠っていらっしゃいます」

「この真っ昼間に？」

ロマニョーロ伯爵は、いつも冷静な執事の声が細かく震えているのをすぐに見透かすと、夫人の寝室に向かった。

後ろで息を切らしている執事の存在など無視し、勢いよく扉を開けた。

「……！」

ベッドに横たわっている女は、彼の知らない女のようだった。

「これは何事だ……!!」

伯爵が鋭い声で執事にそう言った。

ベッドには、最後に会った時よりもずっと痩せて黒ずんだ肌をした女が目を閉じていた。

赤い髪の毛が力なくベッドに垂れていなければ、自分の妻だとわからないほどに顔がやつれていた。

「病気にでもなったのか？」

「それが……」

執事が真実を打ち明けるのをためらっている時、伯爵は部屋の中に深く漂う馴染《なじ》みのない匂いに気がついた。

「これは何の匂いだ？」

執事はついに諦めたように俯くと、言いにくそうに口を開けた。

「奥様は、ハシシ中毒になってしまわれました」

「何だと？」

彼は怒りの混ざった声でそういうと、ベッドに横たわる妻に軽蔑を込めた視線を送った。

ロマニョーロ家に薬物中毒の女主人などと、到底信じられなかった。他の者が簡単に授かることができた息子を産むときもあんな大騒ぎを起こして、挙げ句の果てには家門の名誉を汚す行動をするとは。

もしも誰かにバレたらと思うと、恐怖を感じた。

伯爵は一分一秒たりともこの場にいたくなくなり、足早に立ち去った。

「なんて家だ。こんなふうに人を不快にばかりさせて。だから俺は領地に帰るのが嫌なんだ」

怒りを吐き出しながら再び家を出る準備をはじめる。

「伯爵様、お待ち下さい‼　今、あなたに出て行かれれば奥様はどうなさるのですか‼」

伯爵はためらわず馬車に乗り込んでしまった。

馬車が走り出す。遠くに執事の悲痛な叫び声だけがいつまでも響いていた。

＊＊＊

「あなたを想う気持ちは本物ですが、私のせいであなたが傷ついたらと思うと、それだけがたまらなく怖いのです」

「それならば、すべてを忘れて俺だけを見るんだ」

ルーシャスは両手でヌリタスのこめかみを優しく撫でながら彼女の視線を彼に向けた。

彼の静かな瞳を見つめると、辛かった記憶やすべての悩み事が遠のいていくのを感じた。

「ルーシャス」

ヌリタスが彼を呼ぶと、ルーシャスは突然彼の体をひょいと抱き上げた。

「……！」

ルーシャスは大切に彼女を抱えて、そっとベッドにおろした。

ベッドの上には月明かりが差し込み、ヌリタスの全身をうっすらと照らしていた。ルーシャスは視線を彼女に向けたまま、ゆっくりとヌリタスの上に自分の体を重ねた。

この瞬間を、どれほど待っていただろうか。

ルーシャスはガウンの隙間からかすかに見えるヌリタスの首元に、彼の唇を押し当てた。

そして手で腰に巻かれた紐をゆるりと紐解《ひもと》いた。

「あ……」

ヌリタスが震えながら細い吐息を唇からこぼす。ルーシャスはガウンをずらし露わになったヌリタスの鎖骨を見つめた。

彼女の胸元を見ているだけでもルーシャスはすでに興奮で目眩《めまい》がした。

ルーシャスは上気して荒くなっていく吐息をこぼしながら、人差し指と中指でその浮き出た素肌をゆっくりとなぞった。

彼の指の動きでヌリタスがまた、小さく、体を震わせる。

二人の視線は互いを見つめたままだった。

ルーシャスはとてもゆっくりと、ヌリタスに向かって声に出さずに口の動きで言葉を伝えた。

『あなたはとても美しい』

ヌリタスは、彼の声がはっきりと聞こえたように、目で返事をした。否定ではない、その言葉が嬉しいと素直に喜びに満ちた青い瞳がそっと微笑むと、ルーシャスはこの上ない充足感で満たされた。

彼の視線が目を通り過ぎ、唇、首、そしてさらに下に到達すると、何か輝く物が目に入った。ヌリタスの胸の間にロケットがあったのだ。

それに、ルーシャスの指が触れた。

「俺はあなたにすっかり捕らわれてしまった……」

ルーシャスは首を下ろしてロケットに口づけを落とす。

そして、再び元の位置に戻した。ガウンをついに脱がされ、ヌリタスは今、トンボの羽のように肌が透けてみえるシュミーズ姿になっていた。

ヌリタスの手がルーシャスに伸ばされ、頬を撫でてきた。ルーシャスは目を閉じて、彼女の優しい手の感触を味わった。そしてヌリタスの両手に指を絡めると、その手を下ろさせ、流れるような動作で彼女の肩に唇を押し当てた。

彼女には、その心も、身も、そのすべてがあまりにも美しかった。

ルーシャスが凝視しすぎたからだろう。ヌリタスは今更ながらに顔を赤くさせ、両手で胸元を隠そうとしはじめた。

「夏だからこんなに暑いのかな………」

ルーシャスは大粒の汗を落としながら彼女の緊張した表情を和らげるために、小さく囁いた。

「俺もあなたと同じくらい緊張している」

ルーシャスは悦楽に満ちた目で何も言わずに彼女の手を取り、指一本一本に短いキスをした。

「あなたが望まないなら、俺はいつまでだって待つ」

ヌリタスは彼女に触れる彼の手と体から温かい気持ちを感じた。

『どこまでも、優しい人』

何の間柄でもなかった初夜にも、紳士的で、いつでも自分の欲望よりも彼女の意思を尊重してくれた。

目の周りを真っ赤に腫らしていても大丈夫だと彼女に微笑む優しい顔や、たくましい手首に、今まで抱きしめてもらい、支えてきてもらったすべての思い出が刻まれていた。

初夜の時に公爵が自ら傷つけた跡を見た。

先程まで、貧相な体だと思われたらどうしようかと沸いた、『恥ずかしい』という気持ちすら忘れてヌリタスは体を起こした。彼女の銀髪が首筋で揺れると、むしろルーシャスの方が驚いて体を後ろにひいた。

指で彼の腕の傷を撫でながら囁いた。

「もう私の為に傷つかないでください」

「どうして」

ルーシャスはヌリタスの気持ちをわかっているだろうにかすれた声でそう尋ねた。

「なぜ怪我したらダメなんだ?」

「それは……」

ヌリタスは彼の手首から手のひらにつながる部分を優しく撫でながら小さく言った。

「あなたが怪我したら、私の心に痛みが走るのです」

ルーシャスはその言葉にヌリタスをそっと抱き締めた。

彼はヌリタスの赤くなった耳に吐息を吹きかけ、片手で彼女の頬を触った。

そしてもう片方の手でシュミーズをそっと脱がせた。

ヌリタスは熱望で震える視界の中で、ルーシャスのすべてを目に焼き付けた。

この人に情を抱かせているのが自分だというのが嬉しかった。

ヌリタスは恐る恐る手を伸ばして、彼がまだ羽織っているガウンの紐を引っ張った。ルーシャスはガウンの下の上半身には何も着ていなかったため、一瞬で彼の広い肩と胸が露わになった。

大小の傷たちが彼の今までの時間だと思うと、彼女は暗い気持ちになった。小さな手で、おずおずと彼の痛みに触れた。

『どんなに痛かっただろう、苦しかっただろう』

彼女の切ない指先は、ヌリタスの悲しみとは異なり、ルーシャスの残されていた理性の糸を切るのに十分だった。

「俺を受け止めてくれ」

ルーシャスの焦った手つきが彼女に触れて、彼の顔が彼女の上に下りてきた。

ヌリタスがゆっくりと枕に頭を沈め、ルーシャスの裸の背中の上を、月明かりが照らしていた。

第93話　あなたの微笑みで涙が乾く

その夜アビオは、おかしな感覚で目を覚ました。だがなぜか、なかなか目を開けることができない。

力を振り絞って目を開けると、奇怪な光景が目の前に広がった。

「…………！」

「ああ！　今日は香が足りなかったようだな」

スピノーネ侯爵が彼の特徴的な声を出しながらアビオに向って手を振っていた。その瞬間、アビオは夢の中にいるのではないかと思った。

だが、心臓が動く感覚や肌に触れる冷たい風が、この状況が現実であることを証明している。

肌寒さを感じたアビオは自分の体を見下ろして目を疑った。

「…………？」

寝る前に着ていたはずのガウンやパジャマはすっかり消え、完全な裸の状態だった。アビオは恥ずかしくて、力の

入らない手を伸ばして布団を胸元まで引っ張り上げた。

ロウソクも消え､真っ暗な部屋に差し込んだ月明かりが、アビオの身に何が起きたのか赤裸々に説明してくれているようだった。

彼と侯爵は二人とも裸でベッドに横たわっていた。

侯爵の広い肩の下に生い茂った胸毛が、アビオの視界に入った。

アビオの声が焦りで震えている。

「あの、侯爵様、なぜ私の寝室にいらっしゃるのです？いや、なぜ、私は服を脱いで………」

最後まで言うことができなかった。言葉にすれば、この悪夢を認めてしまうような気がして怖かった。

ガタガタ震えているアビオの姿をのんびりと眺めていたスピノーネ侯爵は、意味深長な笑みを浮かべ、ため息をつくとゆっくり口を開いた
「せっかく一番楽しいことをしようとしていたところだったのに。……お前も一緒に楽しみたかったのだな？」

侯爵が人差し指でアビオの額から顎まで撫ではじめた。

アビオは今自分が危険な状況であると直感した。

（スピノーネ侯爵にまつわるあの噂）

男同士で愛し合う者たちもいるという噂は知っている。そしてスピノーネ侯爵が若い男を好むという話も、聞いたことがある。

だがアビオは、そんなことは伯爵家の後継者である自分とは無関係だと思い込み、耳を傾けなかった。

侯爵の手が体の裏に滑り込んできて、アビオは首を強く振った。

「私は男色者ではありません」

「なんでも早合点するのは悪い癖だ」

スピノーネ侯爵は、布団の端に爪を立ててしがみついているアビオを見てニヤリと笑うと、バサッと一気に布団を剥ぎ取って投げ捨てた。

アビオはその瞬間恐怖で息が止まりそうになり、両手で下半身を隠しながら最後の力を振り絞った。

「僕はロマニョーロ家の後継者だ！」

「眠っているよりも可愛げがあるじゃないか」

アビオが叫んだことを意に介さず、スピノーネ侯爵はそのまま彼の貧弱な体に襲いかかった。侯爵の両腕がアビオの赤毛を弄《いじ》っている間、彼は歯を震わせながら両手をバタバタ動かしていた。

(僕はこのまま負けたりしない)

侯爵に舌で耳を舐めまわされているとき、ついにアビオの手は何か固いものを握った。それが何なのか確認しないまま、彼は腕を振り上げて侯爵の後頭部を殴った。

欲求を満たすのに夢中のあまり警戒心を緩めていた侯爵は、突然の攻撃にまともな防御ができず昏倒《こんとう》した。

体を起こしたアビオは、侯爵の横に転がっている燭台《しょくだい》の尖った先端部分に真っ赤な血が付いているのを見た。

「この愚か者が。僕はアビオ・ロマニョーロだ。いずれ伯爵になるんだよ」

スピノーネ侯爵がただ気絶しているだけなのか、それとも死んでしまったのか確認する気にもなれず、アビオは早くここから抜け出さなければ、と呟いた。

震える手で服を適当に着ると扉を開け、階段を飛ぶように駆け下り、動物たちにつまずいて転びそうになるという危機を乗り越え、玄関の大きな扉を開く。

耳が凍ってしまいそうな北風がアビオの顔に吹き付けたが、今はそんなことはなんでもなかった。

「早く家に帰らなくては」

彼は風を避けて腰を屈めながら夜からの脱出を開始した。

＊＊＊

メイリーンが大きなため息をつきながら目を開けると、汚れた窓の向こうから強い日差しが差し込んでいた。

「なんてことかしら!」

眠りから目が覚めた時にはこの残酷な夢が醒めるよう願っていたのに、現実は残忍だった
息苦しくて窓に近寄った。酷い音を立てて、窓が半分ほど開く。

しかし、部屋の外も室内同様に悪臭が漂っていた。メイリーンは振り返ると、女中を探した。

「イングリッド!」

いつもなら彼女が起きたら、たらいにお湯を準備して待っていた女中の気配は依然として感じられなかった。

メイリーンは、女中が戻ってこないのならば、革の紐でズタズタに殴ってやろうと決心した。

「遅れているだけよね。遅れた分だけ殴ってやるわ。そうよ」

メイリーンは、少しずつ色濃くなる不安をなんとか打ち消そうと、明るい声を出した。

イングリッドが宝石と金を持って逃げてしまい、自分は無一文で置いて行かれたのだ、ということを考えないように努力した。

「大丈夫」

生意気な女中のことなど後にして、自分で何が起きたのか調べればいいのだ。母の親戚さえ見つければ、すべて解決するだろう。

「確かメンダシウム男爵夫人、だったわよね？」

外出の支度をするためにポットからたらいに水を入れようとしたが、床に水をたっぷりとこぼしてしまった。女中の助けなしでやるのは初めてで、うまくいかなかった。

濡れたドレスの裾と、水がびっしょり染み込んだ床を見て顔をしかめる。

「ああ！　腹がたつ。どうして私がこんなことしなくてはいけないのよ」

メイリーンは苛立ちながら着ていた服を必死で脱ぎ捨てると、新しいドレスを取り出した。

素敵な靴をはいたり美しいドレスを着れば、きっと良いことが起こるはずだ。

一人で着替えるのに、ずいぶん時間を使ってしまったが、メイリーンは薄い水色に薔薇模様の刺繍が入った、裾がひらめくドレスを着た。

ウエーブした真っ赤な髪の毛に小さな飾りをつけると、鏡は美しい彼女の顔を映し出す。

「うん」

自分の容姿に十分満足しながら、ゆっくりと古い階段を下り、ここを運営している男を探した。

「お嬢さん、夜中困った事はありませんでしたか？　ベルを鳴らしていただければ、朝食を準備してあげましたのに」

男は、裕福そうなメイリーンから大金をもらうことを期待しているようだった。こんな海辺の汚い場所で、彼女のような客は珍しいのだろう。

だが今メイリーンは、何かを食べるよりも先に処理しなくてはいけない問題があった。腹に力を入れたまま、男に質問をした。

「この近くに、メンダシウム男爵家はあるかしら？」

「生まれて初めて聞きました」

「それなら、どんな家門があるの？」

「それは……」

男は頭を掻きながら記憶を辿《たど》った。

この街に貴族などいただろうか？

住人の大多数が、海の近くで魚を捕まえて生活している漁師の、とても小さい街だった。王国はこんな街をいくつかまとめて管理していたため、まともな役所すらなかった。

首を捻《ひね》りながら質問に答える。

「私が生まれてから今まで、一度も聞いたことのないお名前です」

メイリーンは目の前の男が嘘をついているようではないことに気がつき、激しい困惑に襲われた。

「そう。まずは食事を持ってきて」

彼女は平気なふりをして、ゆっくり歩きだした。ドレスに刺繍された花たちが、陽の光を浴びて生き生きと咲いているように揺れていた。


「こんなこと……！」

部屋に戻ったメイリーンは扉に寄りかかって息を吐くと、両手で自分自身を抱きしめた。

今の彼女はお金もなく親戚もいない、何もできない貴族の令嬢に過ぎなかった。

自分自身を抱きしめる腕に力を込め、母に抱きしめられているのだと想像してみた。

開けっ放しにしていた窓から、彼女の涙のようなしょっぱい匂いの風が吹いて、メイリーンの頬に触れた。

「お母様……今すぐ会いたい」

扉に寄りかかりながら、メイリーンは何度も倒れそうになったが、窓の外の青い海をじっと見つめて、必死で涙をこらえた。

＊＊＊

目覚めたヌリタスが長いまつげを何回かパチパチさせると、細い光の筋が見えた。

そしてすぐに誰かの腕が彼女の体を優しく抱いていることに気がついた。

彼女の背中に触れている胸が、心地よい暖かさを分け与えてくれている。

ヌリタスが腕を伸ばして彼女の腰に回されたルーシャスの手の甲を撫でようとした時のことだった。

「あ……」

彼女の全身を、徹夜で穀物倉庫の荷物を運んでいたときよりも激しい筋肉痛が襲った。

昨晩のルーシャスはいつものような冷静な彼ではなかった。

(別人みたいだった)

彼女の小さな微笑みや動作に激しく反応していたルーシャスの愛情を思い出すと、ヌリタスの頬は赤くなった。

今まで共にした多くの夜を、彼は一体どうやって我慢していたのだろうかと思うほどだった。

ヌリタスは朝にはふさわしくない想像を頭の中から消そうと、首を少し動かしてみた。

(くそ！　これも痛い！)

涙が出そうになり小さなため息をつくと、彼女の裸の背中に唇が触れた。

「よく寝られたか？」

「はい……」

ルーシャスの低くて響きのいい声が、彼女の体に沿って流れてくるようだった。

朝になってわずかに伸びた彼の細かな髭が背中に触れる。少しだけヒリヒリするその感覚が、昨夜、彼と愛し合った記憶と相まってヌリタスの胸を高鳴らせた。

ルーシャスは先に起きてベッドのヘッドボードに寄りかかると、布団でヌリタスの体をそっと包み込んだ。

「風邪を引いてしまう」

ヌリタスは顔が赤くなっているのがバレてしまうのではないかと思うと彼の方を向くことができず、そのままこくんとうなずいた。

一方、ルーシャスは布団から出た真っ白な肩に、つい魅せられて手が伸びてしまいそうになったが、なんとか我慢した。

この世の誰よりも愛しい彼女と過ごした夜の記憶に、また込み上げてくる熱をどうにか抑え込む。

この上ない喜びを感じた、幸せな夜だった。

そして、横においていたガウンを取ると肩に羽織り、枕元のベルを引っ張った。

ヌリタスに呼ばれたと思ったソフィアは、いつものようにゆっくりと寝室の扉を開けて入ってきたが、慌てて扉を閉めた。

「あの、私、奥様が、一人でいらっしゃるのかと思って……」

扉の向こうで魂が抜けたようなソフィアがモジモジしながら呟いていた。この部屋でこんなふうに裸の主人夫婦を見ることになるなど、思ってもいなかったのだ。

「私が呼んだんだ。入りなさい」

公爵の声で、ソフィアは再び扉を開けると、視線を床に固定したままゆっくりとベッドの方へ近づいてきた。

驚いたのはヌリタスも同じで、まるで悪い事をしたことがバレた子どものように、布団を鼻までかぶった。

ルーシャスと同衾《どうきん》しているのは、夫婦としておかしなことではないが、ソフィアにこんな姿を見られるのは、なぜかとても恥ずかしかった。

「妻は今日体が痛いから、温かいお湯と、簡単な食事を準備してくれ」

ソフィアが落ち着いた足取りで寝室から出ていくと、ルーシャスは後ろからヌリタスの銀髪をそっと撫でた。

「これからはこんな朝が俺たちの日常になるのに、毎回こんなふうに隠れるのかい？　ん？」

優しく話かけてくる彼の唇が彼女の額に触れた。ヌリタスは少しだけ布団をおろして顔を全部出してみる。

「もちろん俺は、あなたのそんな姿にもときめくのだが……」

公爵はヌリタスが愛おしくて耐えられない、という目をしていた。

彼の優しい愛を感じながら、彼女は恥ずかしくて首を何度も捻った。胸の隅には安心感もあったが、日常という単語に驚く。

（昨夜みたいな激しい夜が続いたら、早死にしてしまうかもしれない）

だが、彼が与えてくれる体温も優しい愛情も、そして訪れる悦《よろこ》びも、すべてが大切だった。ヌリタスはある決心をすると、彼に返事をした。

「では私は、これから毎日、応えるための体力作りをしなくてはいけません」

ルーシャスは予想もしていなかったヌリタスの答えに、笑い出してしまった。

彼が笑うとヌリタスも幸せになる。

その爽やかな笑い声に、自分たちに染み付いた過去や涙が、すべて遠くに消えていくような気がした。

第94話　あなたの幸せが、私の幸せ

アビオはスピノーネ侯爵の領地の前に広がる野原をかき分けることに、すぐに疲れてしまった。

風は彼の耳をえぐるように吹き付け、すぐ目の前すら見えない暗闇の中を彷徨うのはとても困難だった。

「うっ……寒すぎる」

一言発しただけでも、肺に氷の塊が突き刺さるような痛みを感じた。

アビオは口元に垂れた唾液を拭おうとしたが、顔の感覚が消えていることに気がついた。

とにかく、温かい暖炉の前に座って湯気のたつ粥《かゆ》を食べたかった。一瞬立ち止まって、背後にある侯爵の城を振り返って見る。

（ここで無駄死にするよりは……）

だが、さっき自分を見つめていたスピノーネ侯爵の怪しい目つきを思い出し、再び歩くことにした。向かい風が彼の痩せた体を殴りつけるように吹いている。

（もっと厚手の服を着てくるべきだったのに）

慌てて出てきたせいで、シャツ一枚にズボンを穿《は》いただけだ。それではこの寒さに負けてしまいそうだった。

「ううっ」

アビオは口元に両手を当て、吐息で温めようとした。

真っ暗な野原のどこからか不気味な鳴き声が聞こえてくるような気がした。

「僕はアビオ・ロマニョーロだ。これくらい、怖くない」

まともに開くことすらできない口を動かして、見えない誰かに向かって独り言を言った。

こんなところで立ち止まるわけにはいかない。

とにかく家に帰らなければならない。

美しく薔薇が咲き、甘い蜜で溢れる自分の家。いつでもアビオを抱きしめてくれる母親がいるあの場所が、この野原を越えればすぐに現れるような気持ちになった。

「僕を妨げられるものなど、何もない」

体は疲れきっていたが、彼の眼光はさらに力を増した。

どれほど歩いたのだろうか。

果てしなく広がる野原で、一度も体を休ませる場所すら見つけられないまま一晩中北風に吹かれていた彼は、いつの間にか寒いという感覚すら失っていた。

「……！」

しばらく歩いていると、野原の向こうになにか赤い物が見えた。それは昇ってきた太陽だった。

アビオはこんなにも美しい朝日を見たことがなかった。

全身が暖かい空気に包まれるような錯覚を感じながら、かじかんだ手を太陽に向かって伸ばす。

そのときアビオは、自分に今まで感じたことのない異常が起きていることに気がついた。

（……声が出ない）

苦痛に満ちたうめき声が出るだけで、言葉を発することができなかった。アビオは驚いて両手で喉と唇のあたりを触ってみたが、何も変わらなかった。

（すぐに治るはずだ）

あんなに明るい太陽が行き先を照らしてくれているではないか。もし治らなかったとしても、家に帰れば母親がどんな手段を使ってでもなんとかしてくれるだろう。

（今はとにかく帰るのが先だ）

立ち止まっているうちにスピノーネ侯爵が追いかけてくるかもしれない。

もう一度連れていかれて何かされるくらいなら、いっそのこと今死んだ方がマシだと思いながら歩いていると、荷車を引いた農夫が通り過ぎていくのが見えた。

純朴そうな農夫は、なぜこんなところで青年が彷徨っているのかと不思議に思い荷車を止めた。

「乗せてやろうか？」

アビオは声が出ないので、うなずくことで返事をすると、干し草が積まれた荷車に乗り込んだ。

荷車がガタガタと大きく揺れながら土の上を走り出し、アビオは太陽を見つめたまま涙を拭った。

生まれて初めて荷台に積まれた気分は全く最悪だったが、今の彼にとっては本当にありがたいことだったので、降りようとは思わなかった。

一晩中野原を彷徨い歩いていたアビオは、干し草に赤い髪の毛を預けて、すぐに眠ってしまった。

夢の中でアビオは、完璧な笑みを浮かべながら、ベッドに腰掛けていた。暖炉は燃え盛り、机の上は酒や高価な食べ物で溢れかえっていた。

「アビオ様、どうか助けてください」

貴族に抱かれるほど光栄なことなどないのに、この女中はそれを拒否するつもりか？

アビオは顔をしかめて、容赦無く女中を蹴り付けた。

「犬がうるさく吠《ほ》えたらどうなるかわかっているのか？ん？」

地面に倒れた女中をずるずると引きずってベッドに乱暴に寝かせると、ドレスを剥ぎ取った。彼の目は赤く染まっていた。


そしてしばらくすると、アビオはさっきとは違う場所に来ていることに気がついた。広いベッドの上で、赤毛の青年が巨体の男の下で嬌声《きょうせい》をあげている。

（違う！　絶対に違う！）


アビオは悪夢から目覚めようと両手をばたつかせた。すると幸い、そこはベッドではなく走る荷車の上だった。

（あれはただの夢だ。もう大丈夫）

アビオは両手で両腕を揉みながら、空気を吸った。彼の顔に触れる暖かい空気が、あの場所から遠ざかっていることを知らせてくれた。

＊＊＊

メイリーンは、今の絶望的な状況を認めざるを得なかった。そして、以前なら、絶対しようとも思わなかったことに挑戦してみた。自分で直接街へ出かけ、事情を調べてみることにしたのだ。

だが、誰もがメイリーンの叔母、メンダシウム男爵夫人について「知らない」と言った。メイリーンはしばらく悩んだ挙句、やっと自分が目的地とは異なる場所にやってきてしまったことを悟った。


「帰らなくては」

イングリッドも戻ってこない今、彼女には選択肢が限られていた。

（お父様やモルシアーニ公爵にこのことを知られたら、大きな災いを招くかもしれない。先にお母様に手紙を出すのはどうかしら）

だがもう一つの大きな問題は、彼女には船賃を払うお金も、手紙を送るお金もないということだった。

「イングリッド、もし捕まえたらただじゃおかないわよ」

船酔いで疲れて休んでいる主人を残して逃げただけでも最低なのに、貴族の私物に手を出すとは……。

いつもペコペコしてばかりいたから気づかなかったが、あまりにも躾《しつけ》がなっていない。

だが心の中では諦めきれずに、イングリッドの帰りを待ち続けて一週間が過ぎた日のことだった。

その夜は、いつも部屋にやってきていた中年女性の代わりに、宿を運営している男が自ら食事を持ってきてテーブルに並べた。

メイリーンがため息をつきながら、固いパンと変な匂いがする粥を食べるために椅子につこうとすると、男は何か言いたそうにしている。

「どうしたの？」

「お嬢さん、申し訳ないのですが、宿泊費を一度中間精算しようと思うのですが」

想像もしていなかった話を聞いて、メイリーンは椅子の背もたれを強く握った。

「もちろんよ。明日中には女中が戻るから、その時払うわ」

すると男は両手を擦り合わせながら頭を下げた。


莫大《ばくだい》な宿泊費をもらえると思った男は、口元に大きく笑みを浮かべた。

「それから、手紙を一通書くから、送ってくれる？」

まずは今のこの状況を母親に知らせなくてはいけない。

そうだ、母ならきっと自分のためになんでもしてくれるだろう。

男は過剰に頭を下げながら部屋を出て行く、一人残されたメイリーンは、椅子を握った手が震えていることに気がついた。

テーブルの上の皿からはまだ湯気が出ていたが、彼女は食べる気にはなれなかった。

メイリーンは大きなカバンからペンと紙を取り出し手紙を書き始めた。

今の状況を書こうと思っても、手が震えて何度も筆が止まった。手紙を入れた封筒の宛先にロマニョーロ伯領地と書き、発信者の名前も書こうとして、彼女は一瞬ためらった。

（メイリーンという名前を書いてもいいのかしら）

十九年間使ってきた名前なのに、それを名乗ることすら許されないことが悲しかった。

メイリーンは、母親の姿やバラが満開のロマニョーロの地を思い浮かべて悲しみに浸り、俯いた。

そして片手で涙をさっと拭うと、身につけている豪華なドレスを見下ろした。今彼女が持っているのは、ドレスと靴だけだった。

——そのとき、いいアイディアが彼女の頭に閃《ひらめ》いた。

＊＊＊

ソフィアたちはお湯や食事を用意して寝室に戻ってくると、すぐに入浴の準備を終わらせた。

「ご主人様、ここからは私たちが奥様のお手伝いをいたします」

だが皆の予想を裏切り、ルーシャスは彼らに、「ご苦労だった。もう出て行くように」と命令した。

ルーシャスは優しく微笑むと、ヌリタスに話しかけた。

「今日のあなたの侍従は、俺だ」

その言葉に、未婚の女中たちは顔を赤らめて後ずさりするように去っていった。

ヌリタスは女中たちの歓声のような小さな悲鳴を聞きながら、布団を頭のてっぺんまでかぶった。


王の前でも荒々しい男たちの前でも恥ずかしさを感じたことがなかったのに、彼だけは、いつもこうしてヌリタスを困惑させる。

皆が去ったあと、ルーシャスは咳払いをしながらヌリタスの隣に座った。

「俺の妻を見かけませんでしたか？」

ヌリタスはガバッと布団を下ろすとルーシャスを睨みつけた。

「公爵様！」

「ルーシャスと呼んでくれたら嬉しいのだが……」

悪戯っぽく笑っていたルーシャスは、ヌリタスが怒っているようだと気づき、少し肩をすぼめて言葉尻を濁した。

「ただ、手伝ってあげたくてそう言っただけなのだから、そんなに怒らなくても……」

こんなふうに意気消沈する公爵の姿を前にしたら、ヌリタスは怒ることなどできなかった。

「怒っていません」

「では、お湯が冷める前に行こう」

一瞬にして気をとり直したルーシャスがすっと立ち上がりヌリタスを抱き上げた。

そのせいで、体を覆っていたものがすべて落ちてしまったヌリタスは､慌てて髪の毛で体を隠そうとジタバタした。

「俺は今、天井を見ているから」

と言いつつルーシャスは、耳まで真っ赤に染めている彼女を見ながら幸せそうに微笑んでいる。

彼は浴槽の前に着くと、ヌリタスをゆっくりと温かいお湯の中に座らせた。

浴槽に浮かんだ様々な花たちが裸を隠したので、彼女はやっと安堵のため息をついた。

三日間、朝から晩まで荷車を引いたらこんな気分だろうか。

ヌリタスは熱いお湯に浸《つ》かると、自然と目を閉じてしまった。

「ありがとうございます」

しかし、そっと目を開けながらそう言うと、浴槽の反対側でガウンを脱ぎ捨てている公爵が見えた。驚きのあまりそれ以上何も言えなくなる。

「妻と一緒に入浴するのは、ずっと前からの願いだった」

「公爵様、もうお願い事は使ったじゃないですか」

ヌリタスは昨夜の記憶を辿りながら彼にそう言った。

「俺の願いはあなたに似た子どもを持つことだ」

「はい」

「それには、これも含まれている」

ヌリタスは唖然として言葉を失い、反対側でのんびりと入浴する愛しい男の憎らしい顎を睨みつけた。

彼女の鋭い視線を意識しているのか、目を閉じたままの公爵が低い声で囁いた。

「それから、その願い事だが……。俺にとってはあなたが一番大切だから、負担に思う必要はない。……あなたがつらいのではないかと思って」

ヌリタスは急いで花をすくうふりをして下を向いた。

公爵家に私生児の血を混ぜろ、という伯爵の呪いがヌリタスを苦しめている最中、今の彼の言葉は本当に優しく、慰めになった。

（こんなに素敵な人が、どうして私の相手になったのだろう。彼にとっては悪運かもしれないけれど、私にとっては生まれて初めての幸運だ）

ルーシャスはお湯に浸かると、昨晩の疲れがほぐれるのを感じ一瞬目を閉じたが、すぐに目を開けるとヌリタスの方を見た。

真っ赤な目をして花びらを見つめる彼女を見て、自分が何か過ちを犯してしまったことを直感した。

しかし自分の言葉や行動の何が彼女を悲しませてしまったのかわからなかった。

「俺はいつもあなたを泣かせてばかりだ」

ルーシャスはお湯の中で花を掻き分けてヌリタスに近づくと、彼女を抱きしめた。

「いいえ、これは悲しくて泣いているのではなくて……」

ヌリタスは言葉を続けることができずに、再び泣き出した。

こんな馬鹿みたいに優しい男の人に、なぜ血に飢えた悪魔という噂が立ったのか、わけがわからなかった。

ルーシャスが唇の前に指を立てて、しーっと息を漏らす。その慰めてくれようとする仕草からあふれる優しさに、涙が止まらない。

「俺が悪いのだから、あなたはどうかこれ以上泣かないでくれ」

「悪くなんかないのです」

泣き止まないヌリタスに、戸惑いながらもルーシャスは言った。

「幼い頃のことなので記憶は曖昧だが。無愛想だった父がいつも口にしていた言葉がある。母さんが幸せなら父さんも笑えるのだ、と」

ルーシャスは兄と自分に父が伝えたその言葉を、その時は全く理解できなかったが、最近になって父の気持ちが本当にわかるような気がしていた。

ゆらゆらと揺れる浴槽に浮かぶ花びらたちが、しばらくの間二人を包み込んでいた。

第95話　月が出なくても夜は

入浴を終えると、ルーシャスはすぐにタオルを腰に巻き、ヌリタスの体も大きなタオルでくるんだ。そして黙って彼女に両手を差し出した。

「俺の手を握って。抱いてベッドまで連れっていってあげるから」

真っ白な湯気が上がる浴室の中には誰の視線もなかったが、ヌリタスはなぜか落ちつかなかった。

「自分で歩けます」

「これは俺の喜びなんだ」

なぜこんなにも断りづらくさせるのだろうか。ヌリタスは彼の手をそっと握った。

「では、喜んで」

入浴を終えたばかりで真っ赤に上気した二人の頬が、愛情でさらに深く色付いていた。

ルーシャスはヌリタスをベッドへ運ぶと、必死で抵抗するヌリタスの言葉には耳も貸さずに、彼女の体を拭き、着替えまでさせた。

（ああ、もう勘弁して）

ヌリタスにはもう、瞼《まぶた》を動かす気力すら残っていなかった。

さらにルーシャスは、女中たちが準備した食事をヌリタスに自ら食べさせた。

「ありがたいのですが、自分で食べられます」

「今日は指一本、動かしてほしくない」

「いいえ。少し寝ればよくなりますから。だから早くスプーンを私にください」

ヌリタスが疲れ切って消え入りそうな声でそう言うと、ルーシャスは何かを思いついたように、急に芝居めいた変な目つきをして舌舐めずりをした。

「もう元気だというのなら、今晩も俺を……」

――なんだって⁉

ヌリタスは聞こえた言葉の意味を聞き返そうとしたが、諦めて粥を食べるために素直に口を開けた。

「よく考えてみたら、私は今助けが必要なようです」

彼女が慌てて顔を赤らめる姿を愛おしそうに見つめた

ルーシャスは、スプーンに粥を乗せて彼女の口元へ運んだ。

「あなたの母君にも俺から伝えておくから、今日はしっかり休むといい」

(母さんに挨拶してくれるだけでもありがたいのに、何を伝えるのだろう)

ヌリタスは疑い深い目で彼を見つめたが、ルーシャスはウインクしただけだった。

ヌリタスがいない間、彼は度々、今はベイル夫人となったレオニーを訪ねていた。

最初のうち二人はあまり会話を交わさなかったが、次第に色々な話をするようになっていた。

「亡くなったお母様は、公爵様をさぞかし誇りに思っているでしょう」

視力を失った瞳で宙を見つめて話すレオニーの言葉にどれだけ慰められただろう。そして最近、変な夢を見るようになったという彼女の話に、心が惹かれた。

「実は、夢の中でも私は世界を見ることができるのです。最近になって、娘にそっくりな子どもがよく夢に現れます。これはどういう意味でしょうか?」

ルーシャスはレオニーのその言葉になんだか照れ臭くなり、咳払いをしたものだった。そのときは、まだやっとヌリタスの手を握っただけなどとはとても言えなかった。

だが昨日とは違う今日が来て、彼とヌリタスには新しい未来が訪れるだろうと信じていた。

粥を食べ終わったヌリタスの瞼が重く沈んでいく。ルーシャスは彼女を抱いてじっと顔を見つめた。

(あなたは美しい夢だけを見るのだ。悪夢はすべて俺が受け止めるから)

ルーシャスがヌリタスの頬を撫でると、彼女はすぐに眠りこんでしまった。

＊＊＊

アビオを荷台に乗せた農夫は繁華街の入り口で彼を降ろすと、そのまま立ち去っていった。声が出ないためきちんとお礼も言えないまま、アビオは消えていく荷車の後ろ姿を呆然と見つめた。

硬い荷台に座っていたせいか、それとも一晩中彷徨っていたせいか、足に鈍い痛みを感じたが、とにかく足を動かし歩き出す。

道にできた浅い水たまりに映った自分の髪の毛が真っ白になっていたのが見えた気がしたが、日の光のせいだと思った。

（喉が渇いた）

昨晩、スピノーネ侯爵の城で口の中が痛くてすべて食べきれなかった小さなパンの塊を思い出す。

（この僕が空腹を感じるとは）

こんな慣れない感覚を恥ずかしく思ったが、アビオはすぐに頭を振った。とにかく、家に帰ればすべてが解決するはずだ。

今すぐ空腹を満たすために、美味しそうな匂いのする場所を求めてあちこち彷徨った。

市場が開かれているのか、あちこちに食べ物がたくさんあった。

しぼりたてのミルクや海で採れた魚、新鮮な果実が彼の目と鼻を刺激した。

（普段だったらこんな汚くて吐きそうな場所へやってくることはないのだが）

アビオは誰かに何かを言われた訳でもないのに、力の入らない腰に力を入れ背筋をただし、一人で言い訳した。そしてついにアビオは焼きたてのパンを売る屋台の前で取り憑かれたようにパンを一つ手に取った。

「……！」

一口かじると、中はしっとりとして柔らかく、外はバターの香りが漂っていた。こんな場所にこれほど美味しいパンを焼き上げるコックがいることに驚いた。

アビオは数日間飢えていた者のように、その場で三つパンを食べた。慌てて食べたせいで胃がもたれて手で胸を押さえていると、店の主人がとても優しい声を出した。

「お客様、お腹《なか》が空いていたようですね。銀貨1枚でいいですよ」

口元のパンのカスをぬぐっていたアビオは、やっと我に返った。

（金だと……）

一度だってお金を払って何かを買ったことなどなかった彼は、動揺した。アビオはさっとズボンのポケットに手を入れてみたが、出てくるのは藁のくずだけだった。

「……え？」

親切だった商人の声色が少しだけ鋭くなった。

アビオは両手で体のあちこちを探ってみたが、初めからなかった金が突然出てくるはずがなかった。

パン商人は突然手に持っていたパンを下におくと、ズカズカとアビオに歩み寄ってきた。

「なんだよ、まだ店を開けてもいないのに、どっからこんな乞食《こじき》野郎が入りこんだんだ？」

アビオはこのパン商人の口を引き裂いてやりたい気分になったが、自分の身分さえ明かせば簡単に解決するはずだから大したことではないと思った。

（いつかこの卑しいパン商人を、僕の股の下で這わせてやる）

アビオの顔には満足そうな笑みが浮かび、体格のいい男の接近にも、堂々としていた。

パン商人は、ただでさえ最近この市場での商売がうまくいかず、悩んでいた。そんな時こんなふうに無銭飲食をして堂々としている男を目の当たりにし、はらわたが煮えくり返った。

「盗人猛々《ぬすびとたけだけ》しいにも程がある。その態度は何だ」

商人は、隣に立てかけていた木の棒を握った。

アビオは怒りで大声を出している相手を見ても、大して心配していなかった。自分はアビオ・ロマニョーロであり、パンを食べてしまったことなど、大した問題ではないはずなのだ。

だが、声が出ないことはやはり不便なことが多かった。商人にどのようにペンと紙を持ってこいと伝えようか悩んでいる間に、彼の耳に大きな摩擦音が聞こえた。アビオは体を強打され、地面に倒れこんだ。

彼の頭はべったりとした土にのめり込み、口元から消化していなかったパンが流れ出た。

そして全身に熱を感じ出したその時、アビオはヌリタスのことを思い出した。彼に蹴られながら、いつも地面に縮こまっていた彼女の真っ白な首筋。

今彼が横たわっている場所は、まさに彼女が倒れていた場所と似ていた。

（お前もこんな気分だったのか）

だが彼女を愛していたのだから、自分の暴力は正当だ。男だと思っていた時から、女だと明かされた瞬間も、アビオはただ彼女だけを見つめていた。

（僕は本気だった）

そしてそんなことを考えていると、空中で蜂が飛ぶような音が聞こえてきたと思ったら、商人の罵声とともに今度はアビオに鞭が飛んできた。

（母さんのもとに帰らなくてはいけないのに……）

辺境に向かう馬車に乗ったとき、アビオは母に冷たい態度をとった。ただのワガママに過ぎなかったのだが、今になってこれほど後悔するとは思わなかった……。

＊＊＊

カリックス男爵夫人が、今にも倒れてしまいそうな顔でモルシアーニの領地へやってきた。彼女はモルシアーニ公爵の叔母として、両親と兄弟を失ったルーシャスに唯一優しくしてくれた人だった。

「ああ！　公爵様！」

男爵夫人はルーシャスを見るなり倒れこむように彼の腕の中に抱かれると、涙を流し始めた。

「公爵様、私の天使のようなアイオラが何か大きな事件に巻き込まれたようなのです。パーティーに行くといって出て行って空っぽの馬車だけが戻ってきた日から、もうだいぶ経ちます」

男爵夫人にとって一人娘のアイオラはこの世のすべてだった。

ルーシャスは叔母の気持ちを案じつつも、アイオラが犯した悪行を思い出すと、表情がこわばった。

「まずは、中に入ってお茶でも飲みましょう」

ルーシャスは男爵夫人の手をとって、ゆっくりと応接室へと連れていった。

「私が調べますから、あまり心配しないでください」

あなたの可愛い娘さんは、私の部屋に裸で現れたり、私の妻である公爵夫人を殺害しようとしたのですよ、などと言えるはずがなかった。

頼もしい公爵の言葉を聞くと、男爵夫人の涙は少しだけおさまった。お茶を一口飲もうとした時、セザールがやってきて公爵の耳元で何かを囁いた。

「すぐに戻りますね」

大人になった甥《おい》の凛々《りり》しい後ろ姿を見送ると、再びアイオラのことが心配になり夫人の顔は暗くなった。

窓の外の空にかかった真っ黒な雲がなんだか不吉に感じられて、男爵夫人は両手でカップを握りしめた。

これでよかったのだろうか。

＊＊＊

アイオラはいつの頃からか時間を数えるのをやめた。そして奇怪な行動を始めた。

服をすべて脱いで部屋を跳び回ったり、持ってきた食べ物で壁に絵を描いたりした。

「この部屋にいるお嬢さんは、完全に狂ってしまわれた」

彼女のおかしな行動が続くと、門をしっかり守っていた歩哨《ほしょう》や鍵番も、いつの間にか消えてしまった。

だがアイオラは、オリーブ伯爵から確実な信頼を得るために、扉に近づくことすらなかった。

「子猫ちゃん、すっかり羽が折れてしまったね。どうするんだ？」

彼女を慰めるオリーブ伯爵の口調には、一ミリの哀れみも込められていなかった。だがアイオラは、金髪を伯爵の体に擦り付けながら、本当に動物になってしまったように振る舞った。

そしていつの頃からか、伯爵は仕事が忙しくなったせいか、この部屋にやってくる回数が減り始めた。女中たちが食事の時間に食べ物を運んでくると、アイオラは彼女たちの手首の近くに顔をすりつけた。

「ああ、こんなに美しい人が、なぜこんなことに」

あまりにも薄着のアイオラに同情した中年の女中が、こっそりと女中服を一枚持ってきた。

「ご主人様がいないときに、こっそり着てください。そんな格好をしていては、肺病にかかって早死にしてしまいますよ」

アイオラは、親切な女中の言葉に涙が出そうになるのをなんとかこらえ、ただ女中の手の甲を一生懸命舐めた。

月も出ていない夜、部屋の隅に座っていたアイオラは、こっそりと外の気配をうかがった。

幸い、とても静かだった。

ベッドの下に隠しておいた女中服を着て、シーツを破いた布で目立つ金髪を覆った。

震える足で部屋の中を歩き、ひっくり返っていた鏡を探した。変装が中途半端ですぐにバレてしまうのではないかと心配して自分の姿を映してみたが、そこにアイオラはいなかった。

ただ、痩せこけて疲れきった女中が一人、悲しく微笑んでいるだけだった。

（よかった。お母様が見てもわからないくらいだわ）

華麗だった彼女の外見が変わってしまったことを悲しんでいる暇などなかった。アイオラはとてもゆっくり扉を開けると、自然な様子で外に出て廊下を歩いた。

偶然見つけたカゴを腕にかけた彼女の姿は、女中そのものだった。高鳴る胸の鼓動を抑えながら、外に向かう扉の前に立つと、一人の男が話しかけてきた。

「雨が降りそうだけど？」

「あ、明日飾る花を買いにいかなくてはならないのです」

「こんな夜に？」

アイオラは声を震わせながら、うなずいた。男は特に意味もなく話しかけただけなようで、返事も聞かずに反対側へ去っていった。

カゴを持っていない方の手で扉の取っ手を回したとき、アイオラはついに自由を取り戻した。

外は暗く湿っていたが、アイオラはこれ以上素晴らしい夜を今まで見たことがなかった。

第96話　日常での幸せ

モルシアーニ夫妻が領地に戻ってから何日も過ぎたある日のことだった。ルーシャスとヌリタスは庭園の真ん中に仲良く座り、お茶を楽しんでいた。

こんな瞬間には、今までの試練がまるですべて夢だったかのように思えた。ヌリタスは、肩に触れる暖かい風に、小さく微笑んだ。

そしてルーシャスも、確実に前よりもたくさん笑うようになった彼女の変化が嬉しくて、つられて笑った。

目も、鼻も、もうよく知っているはずなのに、なぜこんなに毎回新鮮で切ない気持ちになるのだろう。

「いい香りのお茶だ」

「天気もとてもいいですね」

「あなたは、今日もとても綺麗だ」

公爵の言葉にヌリタスはカップを置き、両手で頬を覆った。

なぜこんな言葉を所構わず言うのだろうか。

誰かに聞かれたのではないかと、慌てて周囲を見渡した。するると、そばで書類の山を抱えたセザールが蒼白な顔で固まっているではないか。

「公爵様、あの、ちょっと、どうか」

「ん？」

普段は隙がなくきちんとした人なのに、どうして彼女と一緒にいるときは別人になってしまうのだろうか。

ヌリタスはそんな彼の姿も嫌いでなく、笑ってしまった。

「あなたが笑うと……」

ルーシャスはお茶を飲むわけでもなく、カップを置くわけでもない、変な姿勢のまま、ただヌリタスの顔を見つめていた。

「まるで雪が降っているようだ……。いや、春に咲く花のようだ」

ヌリタスは、さっと顔を動かして、後ろにセザールがいることを知らせようとしたが、ルーシャスは彼女に見惚れていて全く気がついていなかった。

一方セザールの方はハッとして公爵夫人に目礼すると、背を向けた。

彼は胃が重くなって、顔色を悪くして呟く。

「今そこに座っているのは、誰なんだ」

セザールは、その人が本当にモルシアーニ公爵なのか、振り返って確認した。何度目をこすっても、そこに居るのは確かに彼の主人だった。

「結婚とは、こんなにも人を変えてしまうのか」

この世で最も冷酷だった主人が、夫人の前ではこんな風に、春の日のヒヨコのようになってしまうとは。

まだ、愛する女性の微笑みが与える致命的な魅力に目覚めていないセザールは、ただ顔をブンブンと振ることしかできなかった。

＊＊＊

オリーブ伯爵から逃げ出したアイオラは、どこへ行ったらいいのかわからずにいた。今のままの姿で、母親の元に帰ることはできない。

「今の私は、お母様の大切なアイオラではないわ」

一歩進むたびに後悔の涙が溢れた。

（それが、本当の愛だと思ったの）

だが彼女の盲目的な愛は、誰も幸せにできなかった。

アイオラは頭に巻いた布を片手で握ったまま、今までの行いの数々を思い返してみた。

モルシアーニ公爵夫人が死ぬことを望んで馬の鞍《くら》を切り、更に彼女に危害を加えようと男たちに命令し、ルーシャスの隣を手に入れたい一心で、オリーブ伯爵に魂を売った。

誰かを破滅させることに必死で、自分自身が滅びていることに気がつくのが遅れてしまった。

「愚かだった」

滑稽なことに、閉じ込められていたあの部屋で正気に戻ることができた。カゴを持った手が今更の後悔で震える。

「お母様……」

アイオラは小さな声で囁くと、母がいる方向とは反対の方に体を向けた。

今のこの姿は絶対に母親に見せることはできない。そして知られたくないのは、外見だけではなかった。

＊＊＊

庭園でゆったりした時間を満喫していた時、ヌリタスがそっとルーシャスの顔を覗き込んで口を開いた。

「そろそろ、出発しなければいけません」

「ああ、本当に行きたくないな」

「ですが……」

今日は王宮に顔を出すことを、王と約束した日だった。ルーシャスは急激に気分が悪くなったかのように笑みを消すと、不機嫌そうに顔をしかめた。

「ルーシャス」

ヌリタスは眉間にしわを寄せる彼の顔を見ながら、先に立ち上がって手を差し出した。

「一緒に行ってくださるのでしょう？　ね？」

こんなふうにヌリタスに優しい声で頼まれ、手まで差し出されたら、とても断ることなどできないルーシャスだった。

一緒に馬車に乗ったものの、王宮に近づくにつれてルーシャスの気分は憂鬱になった。助けてくれたお礼を財物で済ませることができたら、どれほどよかっただろう。

（最初から、ルートヴィヒとは気が合わなかったんだ）

そんな彼の気持ちには気付かぬまま、楽しそうに空を見上げているヌリタスが、少しだけ恨めしかった。

ルートヴィヒは、幼い頃から笑わなかった。先代の王と王妃が揃って亡くなったあと、彼の性格はさらに冷酷になった。

（だからこそ、本当に気になっているんだ）

なぜあんなにも酷薄だったルートヴィヒ王が、ヌリタスを自分の〝妹〟にして貴重な神聖力を分け与えたり、彼女を救うために兵士たちを出動させたりするのだろうか。

（どうも気に入らない）

ルーシャスは突然不安になり、向かい合って座るヌリタスの手をぎゅっと握った。

「……？」

「あなたが飛んでいってしまいそうで」

ヌリタスは窓に向けていた視線をやっと彼に向けると、「そんなことない」という気持ちを込めて微笑んだ。

彼に言える日が来るだろうか。

実は荷車を引く仕事ができるほど力が強いので、そんな心配は絶対にしないでくれ、と。

そんな言葉を飲み込んで、もう片方の手で彼の手の甲を撫でた。そして優しく彼を見つめて、甘く囁いた。

「それなら一緒に飛んでいけばいいじゃないですか」

ヌリタスは微笑んだ。

大きなモルシアーニ公爵城にたった一人残された、八歳の少年。彼が耐えなければならなかった辛い別れや彼を苦しめる悪夢。

それらすべてから彼を守り抜くと、ヌリタスはだいぶ前から決めていた。

「あ……」

ルーシャスは、決して彼を一人にしないという彼女の気持ちに胸が高鳴った。

こんなに真剣な彼女の前で嫉妬心に燃えていたことが恥ずかしくなった。

「あなたともう少し早く出会えなかったことが残念だ」

もっと早く出会っていたら、あんなに長く戦場にいなかったはずだ。

そして彼女をつらい人生からもう少し早く救い出すことができたかもしれない。

「でも私は、今もとても幸せです」

過ぎ去った時間にもすべて意味があるはずだ。ヌリタスは、つらかった過去を決して忘れないつもりだ。

ルーシャスはヌリタスの穏やかな顔を見ながら、優しく微笑み返事をした。

「あなたが幸せなら、俺にこれ以上望むことなどない」

二人を乗せた馬車はすぐに王宮に到着し、ヌリタスとルーシャスが馬車から降りると待っていた侍従たちが王の元へ案内した。

王に近づくにつれてルーシャスの目つきは冷たくなり、ヌリタスの手を握る手に力が入った。

そんな彼をちらっと見ながら、ヌリタスは何も言わずに笑っていた。

「来るのは大変ではなかったかい？」

ルートヴィヒは寒くもないのに首元に毛皮が装飾されたマントを羽織り、嬉しそうに目を輝かせてヌリタスに近づいてきた。

「陛下、お目にかかれて光栄です」

「ほー、そんな挨拶をしたら、私たちの距離がとても遠く感じるじゃないか」

ルーシャスは王が意図的に自分を除《の》け者《もの》にして会話をしていることに気づき舌打ちをした。

ヌリタスに向かって寂しそうにワガママをいう王の後ろで、ゴソゴソと悪魔の尻尾が動くのを見たような錯覚に陥るほどだった。

「陛下、遠い間柄に間違いありません」

「ああ、公爵もいたのか。さあさあ、妹がきたら見せようと思っていた珍しいものたちを集めておいたのさ。早く見に行こう」

その時、武装した騎士の一団が近くを通りすがり、彼らに挨拶をした。

そして騎士たちのリーダーと思われる人物がルーシャスを見て、驚いた目をした。

「モルシアーニ公爵ではないですか？　私が公爵様と最後にお目にかかったのは、二年前の辺境での戦いの時ですが、覚えていらっしゃいますか？」

ルーシャスは目の前の騎士をはっきりと覚えていなかったが、その時の激しい戦闘は今でも忘れられなかった。

「これはこれは。一緒に敵に立ち向かった将帥同士が偶然会うなんて、さぞ話したいことがたくさんあるだろうね。では、私はモルシアーニ公爵夫人と一緒にいるから、話が終わってから来るといい」

ルートヴィヒは突然登場した騎士の大群にルーシャスを押し込むと、ヌリタスに一緒に行こうと言った。

ルーシャスはヌリタスの手に軽くキスをし、すぐに行くからと囁いた。

二人の間で交わされる視線は、とても優しかった。


こうしてルートヴィヒとヌリタスはルーシャスを残して歩き出したのだが、少し歩くとルートヴィヒは意味深長な笑みを浮かべはじめた。

（あの騎士を見たことないのは当然だ。彼はずっとここを守っていたのだからな）

ルートヴィヒはたくらみが上手《うま》くいったことに楽しくなりながら、彼が直接監修した野外庭園をヌリタスに見学させた。

「ここはね。僕が自らデザインして作り上げた庭園なのさ」

ルートヴィヒは、他国からきた貴賓にすら公開しないこの場所をヌリタスに見せたが、彼女の表情がそれほど明るくないことに意気消沈した。

「ふむ。妹よ、どんな花が好きなんだい？」

「私は……」

ヌリタスは一瞬戸惑った。

彼女には、以前プレゼントでもらった野の花と、公爵にもらった薔薇がすべてだった。

だがやはりヌリタスは、芳しくて甘い花よりも、ただの草や、影を作ってくれたり雨から守ってくれる木々が好きだった。

「私は、どこにでも生えている草が好きです」

「ん？」

ルートヴィヒは想像を絶する答えに驚いたのか言葉を失った。

どこにでも生えている名もなき草木を綺麗だという女性など、世界中どこを探してもいない、と思っていたのだろう。

ヌリタスは彼女の正直な答えに王が動揺しているのを見て、すぐに別の言葉を付け足した。

「ですが、陛下の庭園も、とても美しいと思います」

彼女の褒め言葉に、俯いていたルートヴィヒは元気を取り戻し、豪快に笑った。

「やはりそうだろう？　三階に上がれば、全体的な調和を楽しむことができるのさ。さあ」

ルートヴィヒは、今日はこの庭園の自慢に一日を使うつもりなのか、一生懸命動き回り、ヌリタスは黙ってそれに従った。

庭園の中にある建物を三階まで息もつかずに登って、目の前にある大きな窓を開くと、雰囲気のいいバルコニーにテーブルが置かれ、その上には美味しそうな茶菓子が準備されていた。

「さあ、ちょっと座ろうか？」

ゆっくりと座って見下ろした庭園は、下で見たときとはまた違う印象だった。

ヌリタスは綺麗に整えられた草木にそれほど興味がなかったが、どんな物事も見方によって別の意味を持つことを学んでいた。

日常は、未熟な彼女にいつも何かを教えてくれる。

「これを食べてみてくれ。本当に珍しいものなんだ」

ルートヴィヒは、考えに浸っているヌリタスの前に、赤味がかった小さな粒が山盛りになった器を差し出した。

「ありがとうございます」

ルートヴィヒはこの時間があまりにも大切で、一秒たりとも無駄にしたくなかったが、何をどうしたらいいのかわからなかった。

庭園を自慢し、街では食べることのできない食べ物を与え……後は何をしたらいいのか、戸惑いながら口を開けた。

「妹よ、君は幸せかい？」

「はい、今とても幸せです。すべて陛下のおかげでございます」

ヌリタスは王の好意のおかげで命を得ることができた。

ありがたい気持ちは本心だったが、どこかおかしな態度の彼から、時折以前の自分に似た空気を感じ、気になっていた。

愛されたこともなく、愛することにも慣れていない者。

「そして、陛下の心にもこんな幸せが訪れることを願っております」

「……」

ルートヴィヒは生まれて初めて聞く言葉に、しばらく庭園を見下ろした。彼の周りの人々は、皆口を揃えたようにありがちな慰めや称賛ばかりを彼に聞かせる。

（本心とは、こんなにも素晴らしいものなのか）

高価な毛皮を羽織っても、黄金が詰まった箱を見ても満たされなかった心が、少しだけ温かくなるのを感じた。

「ありがとう」

少しだけ潤んだ紫水晶色の瞳が揺れた。

ヌリタスは初めて王と目を合わせて、とても小さな微笑みで返事をした。

第97話　私たちの春を守り抜く

「本当に何もなかったのか？」

モルシアーニの領地へ戻る馬車の中で、ルーシャスは心配そうな目をしてヌリタスの頬を撫でた。

「庭園を見学してお茶を飲みました。陛下はとても優しくしてくださいました」

ルーシャスがあの呼び止めてきた騎士に解放された後、二人を追いかけると、王とヌリタスは和気藹々《わきあいあい》としていた。

だが彼にとって、それはそれで非常に不愉快だったのだ。

それは、初めて感じた独占欲だった。

彼女に自分だけを見て欲しいと願う気持ち。

ルーシャスは嫉妬に燃える瞳で王を睨みつけ、すぐに帰ると告げた。ルートヴィヒは残念そうに応えた。

「妹にもっと頻繁に会えたらうれし……」

しかしルーシャスは王の言葉を最後まで聞くことなく、ヌリタスと馬車に乗り込んだ。

彼女とずっと一緒に居られる帰り道はこの上なく楽し

かった。馬車の小さな窓に二人のきらきらする瞳が映る。

おだやかな夜を二人は一緒に駆け抜けていた。


ヌリタス達が領地に戻ると、意外な客が訪れていた。

「待っていたよ、メイリーン。いいや、公爵夫人」

ロマニョーロ伯爵が、紺色のスーツ姿でウインクしながらヌリタスを歓迎した。

ヌリタスは伯爵の顔を見て声を聞いた瞬間、全身がこわばるのを感じた。


もしかして、この人はすべてを知って来たのか？

母は無事だろうか。

なぜここに来たのだろうか。


多くの疑問が彼女の体を縛る。そんなヌリタスの変化を感じ取ったルーシャスが先に口を開いた。

「伯爵様も、相変わらずお元気そうで」

「……せっかくおいでくださったのにごめんなさい、私は体調が悪いので、すぐに部屋に戻らなければなりません」

ヌリタスも、呼吸が乱れるのをなんとか抑えながら返事をする。

「なら、休みなさい。今日は公爵様と男同士酒でも一杯飲もうと思って来たのだから」

ロマニョーロ伯爵は、ヌリタスを心配そうに見つめながらそう言った。

「この前お前が怪我をした時、どれほど心配したことか。娘よ。早く部屋で休みなさい」

ヌリタスは近くにあったソファにつかまりながら、倒れそうになるのをなんとか我慢した。

「はい。お先に失礼致します」

ヌリタスは挨拶したあと、急いで母がいる部屋へと向かった。


ヌリタスが去ると、ルーシャスは伯爵を応接室に案内し、女中に酒を持ってくるよう命じた。

ロマニョーロ伯爵は、今まではモルシアーニ公爵の財力に興味がなかったのだが、今夜は応接室を必死で見渡していた。

（若いくせに、こんなにいい暮らしをしているとは）

伯爵家の応接室よりも二倍以上は広く、歴史があり高価そうな絵画が壁にぎっしりと飾られていた。

輝く彫刻が目に入ると、口の中が酸っぱくなった。

（この生意気な若造にも、私生児にも、本当は会いたくなどなかった）

だがロマニョーロ伯爵は、ここに来るしかなかった。女中がガラスの瓶に入った酒を持って来るのを見守りながら、彼は昨日のことを思い出していた。


いつものようにカードで遊ぼうと訪れた賭博場で、彼は信じられないほど衝撃的な話をされたのだ。

「伯爵様、申し訳ないのですが、お金を返していただけないのなら、これ以上の融通は難しいです」

「何だって？」

「恐れ入ります……」

「俺が誰だか知っていて言っているのか？」

賭博場の資金を管理している者が、冷や汗を流しながら小さな声を出した。

「伯爵様が借りていかれた二千ゴールドさえ返してくだされば、問題はございません」

伯爵は、このしがない商人の端くれがこの自分に対して「金を返せ、そうすればここを利用してもいい」という言葉を告げたことに呆れ、今すぐ帰ろうと背を向けた。

「返済期限を守っていただけないなら、裁判になることも……」

最後の言葉はあまりにも小さすぎて、伯爵は気にもとめていなかった。

「ただちょっとカードでもしようかと思っただけなのに」

舌打ちをしたロマニョーロ伯爵は、そのまま他の賭博場に二箇所立ち寄ったが、どちらでも同じく金の返済の話をされたため、やっと問題の深刻さに気がついた。

「私はロマニョーロ伯爵だというのに、一体これはどういうことだ？」

彼は、妻がハシシ中毒になった事実を知った時よりも大きな衝撃を受け、急いで領地へ帰った。


「セバスチャン！　セバスチャン！」

ロマニョーロ家に帰宅した時は既に午前零時に近かったが、ロマニョーロ伯爵は眠っている執事を探しながら大声をあげた。

セバスチャンは目を覚まし、身なりを整えて主人の呼びかけに応じた。

「今日、とても変な話を聞いたのだ」

伯爵は、息を切らしながら慌てた様子で話した。

「はい」

執事は主人の顔色を見て、ついに来るときが来たのかと直感した。

「あの卑しい賭博場の奴らが、この私に、銀貨一枚すら貸せないというのだ」

そして彼は再び苛立ちがこみ上げてきたようで、酒を瓶ごと口元に運んだ。

「セバスチャン。私が三箇所で借りた金は五千ゴールドらしいから、持ってきてくれ」

ロマニョーロ伯爵はその金を馬車に積んで行き、あの金の亡者たちに投げつけてやるつもりだ、と憤った。

「虫ケラ以下の奴らめ。貴族を脅迫するだと？」

白髪がたくさん増えた執事は、乾いた唾を一度呑《の》み込《こ》んで、とうとうロマニョーロ家の財政について説明を始めた。

「……まず、今のロマニョーロ家には、そのようなお金を返済する能力はありません」

伯爵はもう一度酒瓶を口に運ぼうとしたが、驚きのあまりか執事を凝視して言った。

「セバスチャン、昨夜飲みすぎたのか？」

執事は続けた、家門の領地は肥沃で、穀物の生産は豊かだが、伯爵の浪費に追いつくほどではなかったこと。代々伝わる貴重な物以外、金庫にあった値打ちのあるものは既にだいぶ前に売ってしまっていたこと。

「今おっしゃられたその五千ゴールドの他にも、既に五千ゴールドの借金があるのです」

「何だって？」

伯爵は酔いが一瞬にして覚めたようだった。果てしなく広がる領地には、代々貯蓄された多くの財産があったのではないのか？　と。

「セバスチャン、どういう意味だ」

ロマニョーロ伯爵はよろめきながら、また酒瓶を握った。

「伯爵様、申し訳ございません」

「いや、なぜこんな状態になるまで知らせなかったのだ？」

伯爵の怒りの矛先が、急に力なく年老いた執事に向けられた。

「私が毎週お手紙を送り、お帰りになるたびに申し上げようとしたのですが……」

そう言われた伯爵は、自分が酒に酔った状態で領地へ戻り、また出かけるために馬車に乗るたびに後ろから執事が追いかけてきて何かを言おうとしていたことを思い出したのか、言葉に詰まる。

「は……」

「恐れ入りますが……」

「だがまだ方法は一つ残っている。田舎に小さい領地があるじゃないか。宝石も残っていないか？　なあ？」

セバスチャンは、田舎の領地は真っ先に処分しましたし、その手紙にも返信されたじゃないですかと言いたい気持ちをなんとか我慢した。

「宝石類はそんなに多くなくて、その……」

セバスチャンはここを丸ごと売ってもその借金の半分も返せないだろうとは、さすがに言えなかった。

＊＊＊

メイリーンは夜中にひどい喉の渇きで目を覚ましたが、部屋には水がなかった。ガウンの紐をしっかり結び階段を恐る恐る下りると、誰もいないと思っていた下の階でヒソヒソと話す声が聞こえた。

「昨日までに金を払うって言ってたのか？」

「そうだよ。どうも怪しい」

「女中があの日出かけてから、おかしいよな？」

「どうするつもりなんだ？」

男たちの顔を見ることはできなかったが、そのうちの一人の声には聞き覚えがあった。

「この世にタダ飯なんて存在しないんだよ」

「もちろんだ」

「売り飛ばせば、損はしないさ。綺麗なのか？」

「その前に〝商品〟を一度調べてみないとな」

男たちが陰険な声でケラケラと笑うのを聞き、メイリーンは両手で口を覆った。

足音がしないように、這うようにして部屋へ戻り、そっと扉を閉めた。

タダ飯、商品、男たちの笑い声。

メイリーンは本能的に、男たちは自分のことを話しているのだと悟った。爪を噛みながら、ガタガタ震え始めた。

今直面している危機に比べたら、イングリッドがいなくなったことや、とんでもない場所にやってきてしまったことなど、たいしたことではなかった。

一睡もせず夜を明かしたメイリーンは、外が明るくなり出すと慌てて動きはじめた。まずは食事を運んできた中年の女性に、持っていた扇子を一つプレゼントする。

「ああ、こんな高価なものを私にくれるのですか？」

「私はたくさん持っているから。それから、この辺りで働いている女性で、ドレスを買ってくれる人なんていないかしら？　それから、髪を染める染料を買うことはできる？」

肉付きのいい中年女性は、鳥の羽のように軽やかで美しい扇子に魅せられ、メイリーンの願いをすべて聞くとうなずいた。

そしてすぐにメイリーンの部屋へやってきた酒場で働く女性二人に、メイリーンは高価な美しいドレスと帽子、日傘を安い値段で売った。

「まあ、こんなに安く売ってくださるのかい？」

「もう飽きて着なくなったものなの。さあ、もう行きなさい」

メイリーンはまるで貧しいものたちに施しを与えるかのように、高飛車な態度でベッドに腰掛けていた。

しかし彼女たちがドレスを抱えて部屋を出て行くなり、落ち着いた令嬢の姿は消える。

彼女は震える手で、さっき受け取った染料を慌てて水に溶かした。

「こんなことお母様が知ったら気絶するはずだわ。黒い髪の毛だなんて」

生来の燃えるような赤毛を誇りに思っていたが、今の彼女にとっては目立って厄介な髪の色だった。

そして幸いにもイングリッドが残していった女中服を取り出して着替えた。

「いいじゃない」

メイリーンは両手を腰に当てながら、満足そうに笑った。

クローゼットの中にポツンと残っている大きなカバンを持って行くことはできない。まだ中にはドレスや靴がたくさん残っていたが、今は全く惜しくなかった。

大きな布を広げて小さな所持品たちを包み、ぎゅっと縛った。そして急いで階段を下りて、外に出る扉へと向かった。

あと二歩で抜け出せるというところで、その扉から昨日彼女を売り飛ばすと言っていた男が入ってくる。

荷物の包みを持つ手に力が入ったが、男はみすぼらしい身なりの彼女に興味すら示さず通り過ぎていった。

メイリーンはすぐに埠頭《ふとう》に向かうと、故郷の王国行きの船に乗ることに成功した。

彼女は自分自身がこんなことを成し遂げたことが信じられず、そしてこんな境遇になってしまったことに呆然としたが、船から遠ざかっていく漁村をしばらくの間見つめていた。

＊＊＊

早く眠ってしまったレオニーは、彼女の部屋に誰かが入ってきたことに気がつくと、眠りから目覚め、すぐに微かに笑みを浮かべた。

「お前かい」

「私のせいで目覚めてしまいましたか？」

レオニーが体を起こそうとするので、ヌリタスはすぐに手を伸ばして支えた。

まだ顔色は良くなかったが、母の表情はとても穏やかだった。

「夕食は食べたの？」

モルシアーニ公爵家に来てからヌリタスは一度だって食事の心配などしたことなく、こんな質問をされたこともなかった。

彼女は母の腕をさすりながら、とてもたくさん食べたと答えた。

「母さんの食事は、美味しかったですか？」

「もちろん。ここのパンは本当に柔らかくて。それから粥の中にもたくさん具が入っているのよ」

伯爵の城に母を残していた時は、食事のたびに母が心配で心が苦しかった。

今は肌に優しい布で服を仕立ててあげることもできるし、温かい食事を一緒にとることもできる。

ヌリタスは、ロマニョーロ伯爵の突然の訪問で早まっていた心臓の鼓動が、やっと落ち着くのを感じた。

「ねえ」

「はい」

「何か心配事でもあるのかい？」

ヌリタスは態度に出さないようにしていたが、母は何かを感じ取ったようだ。

彼女は軽く笑った。

「何もありません。ただ、寝顔を一度見ようと思って来ただけですよ」

レオニーは衰弱していたが、力を振り絞ってヌリタスの手を握ってくれた。

「母さんは、いつだってお前を守るよ」

この小さな母親は、地獄のような運命に打ち勝ち、我が子を育て上げた。いや、生かしてくれた。

これからは、そんな母親をヌリタスが守る番だ。

悪魔のような者たちに、母の青い空や胸に宿った春を奪わせたりなどしない。

第98話　雲の後ろで輝く一筋の陽の光

モルシアーニ家の応接室にある暖炉では、太い薪が真っ赤に燃えさかりながら暖かい空気を発していた。

ロマニョーロ伯爵は、まるで自分の家にいるように堂々と座り、女中が持ってきたワインを一口飲んで味わった。

「香りがいいですな」

「お口に合ったなら、よかったです」

ルーシャスは、今日は運が悪いと思った。

（ルートヴィヒの次はこの老いぼれヒキガエルの相手をしなければならないのか）

「今日はなぜいらっしゃったのか、お尋ねしてもよろしいでしょうか？」

「遠回しに言うのは、男らしくないですから、はっきり言いましょう。今、一万ゴールドが必要なのです」

ルーシャスはロマニョーロ家の財政状況が最悪だということを前から知っていた。だが、ここまで露骨に金を貸してくれと言われるとは、予想もしていなかった。

（想像以上に図々しい老人だ）

ルーシャスは、伯爵に向かって微かな嘲笑を浮かべながら、理解できないという顔で尋ねた。

「王国最高の名門であるロマニョーロ家に、そんなにも余力がないのですか？」

ルーシャスの言葉に、伯爵は自尊心が折れそうになるのを我慢した。必死で打ち明けた金の話に、こんなふうに返事をする生意気な公爵の顔を殴ってやりたかった。

自分で借金を解決できたなら、夜中にこのようなことを言いに来たりしない。

だが、自分の周囲にはここまでの財力を持つものはモルシアーニ公爵であるルーシャスしかおらず、彼の機嫌を損なわせてはいけないことをよくわかっていた。

「急いで払わなくてはいけない場所がありましてね」

怒りで体が熱くなっているのを必死で悟られないように、伯爵はなんとかそう言うと、残った液体を飲み干した。

ルーシャスは低い声でわかったと答えた。

彼が心の中で自分を嘲笑していることを、ロマニョーロ伯爵は気付きもしなかった。

それどころかルーシャスがこれ以上何も聞かずにすんなりと了解したので、伯爵はやっと酒の甘みを感じることができた。

（存在すら知らなかったあの私生児が、こんなふうに役に立つとは）

「家族同士、もう一杯やりましょうか？」

伯爵は気分が良くなり、乾杯せずにはいられなかった。

相手があんなにも軽蔑していたモルシアーニ公爵だということも、今日に限っては我慢できた。

「両家の永遠の繁栄を祈って、乾杯！」

乾杯したあと、ルーシャスがグラスを下ろしながら冷たい嘲笑を浮かべていたのに、酔いはじめていた伯爵は気が付いていなかった。

（私がロマニョーロ伯爵だ！）

暖炉のそばに座ってさらに顔を赤らめた伯爵は、今後すべてのことがすんなりと解決する予感に、気分のいい夜を過ごしていた。

＊＊＊

アビオが意識を取り戻すと、自分が塀の下で横になっていることに気がついた。どこが痛いのかもわからないほど、全身に痛みを感じた。両手で体を支えて、ゆっくりと壁にもたれかかる。

日当たりのいい場所だったので、体は痛いが暖かい。アビオは手を伸ばして、白い服の上に残ったまだらの痕跡を恐る恐る触ってみた。

(ここはどこだ。一体どうなってしまったんだ)

頭を殴られたせいで、思い出すのも苦痛だった。

「うっ……」

まだ声は出ず、唾液と一緒にうめき声が洩《も》れただけだった。

(帰りさえすれば……)

どうにかして気を取り直し、ロマニョーロ家に帰ろうと決心した時のことだった。寄りかかっていた塀の後ろにある住宅の二階の窓が開き、そこから何か悪臭のするものが彼の体に降り注いだ。

「……!」

それは生ゴミ交じりの屑籠《くずかご》の中身だった
さっき殴られた傷にそのゴミが触れ、涙が溢れ出た。


(絶対にただじゃおかない。絶対に)

アビオの白い顔が真っ赤になっていた。

伯爵家の後継者である自分が、卑しい商人に殴られゴミまみれになっているなんて、ありえない。

アビオはこんな瞬間にも、自分が伯爵家の後継者であることを絶対に忘れなかった。

(とりあえず体を洗ってから、動くことにしよう)

水辺を探してふらふらと歩き出したが、路地の景色は全く見覚えがなかった。地面は汚物だらけで、強烈な匂いが漂っていた。

(卑しい奴らめ)

少しだけ歩くとどこからか壮絶な動物の悲鳴が聞こえ、足元には真っ赤な血が垂れていた。

アビオがその血に沿って歩いていくと、道の真ん中で男が豚を屠殺《とさつ》していた。

これ以上吐くものもない彼の胃が、再び逆流しそうになるのを感じた。

アヒオは動物の死を前にして、再びヌリタスのことを思い出した。

アビオに足蹴にされて、血を吐きながら地面を赤く染めていた小さな体。

そして、さっき商人に殴られた自分の姿も思い出した。

頭の中でそれらの場面が混ざり合い、激しい頭痛を引き起こした。

彼女がうめき声すら出さずに痛みに苦しみながら地面を這っていた時、自分は大笑いしていたではないか。いや、唾を吐き捨ててそこを立ち去らなかったたか？

夜に強制的に連れ込んだ女中たちの泣き声も一気に耳元で響きだし、両手で耳を塞いだ。

（ああ、やめろ！　やめろ！）

アビオはこんな低俗な世の中を知りたくなかった。

弱々しく頭を振り、この不快な場所から逃げ出す。

遠くない場所に水辺を探し出した彼は、汚れた体のまま飛び込んだ。

アビオは両手で顔と頭、首を必死でこすって綺麗にした。

そして水辺の近くの大きな石の上で、手足を伸ばして横になった。石は陽の光で熱くなり、まるで暖炉のそばで体を温めているかのようだった。

（きっと、すべてがうまくいくはずだ）

ここでは悔しい出来事ばかりだったが、スピノーネ侯爵から逃げ出すことには成功したじゃないか。

（帰ることさえできれば、すべて解決だ）

そう思うと、今のこの状況もそんなに悲しくなかった。

寝そべっていた石の温度が下がっていく。

手が届きそうなくらい大きな夕日が見えた。アビオはやつれた顔で、沈んでいく太陽をじっと眺めていた。

＊＊＊

ロマニョーロ伯爵の突然の訪問の次の日の午前、ルーシャスはヌリタスを優しく抱きしめていた。

「ここにあなたの母君がいることは誰も知らないから、安心していい」

ヌリタスはもしも伯爵が母を探しにきたのだったらどうしようと、不安で一晩中よく眠れなかった。

だがルーシャスの言葉を聞いて、やっと安心することができた。ロマニョーロ伯爵の存在自体が、彼女にとっては悩みであり、災いであった。

伯爵が昨晩帰らなかったという話を聞いた彼女は、朝食を終えるとそっと彼を訪ねた。

優雅にお茶を飲んでいたロマニョーロ伯爵は、ヌリタスの背後をうかがい、誰もいないことを確認すると、ぞんざいな口調で彼女に話しかけた。

「公爵は金を持っていけと言ったか？」

ヌリタスは、彼女を見るなり金の話をする伯爵を、呆れた目つきで見つめた。

「お茶が喉を通りますか？」

ヌリタスはソフィアからロマニョーロ家の現状を聞いていた。

「どの口が生意気を言っているのだ？」

ロマニョーロ伯爵は怒りの炎を目に浮かべながら、大声を出した。

「失礼いたしました。ですが、私は根が卑しい者ですから、礼儀など知らなくて当たり前ではないですか」

「声を落とせ。愚か者が。お前の母親の命は、誰が握っていると思っている？」

ロマニョーロ伯爵は、公爵家から金を引き出すのに支障が生じたらと大変だと思い、ヌリタスを脅迫した。

「それより、命令したことはきちんとやっているんだろうな？」

伯爵は下品な笑みを浮かべながら、とても低い声で言った。花嫁が偽物と気付かず、大金を要求しても応じるモルシアーニ公爵に、伯爵はわずかな哀れみすら抱いていた。

「そんなふうに立っていないで、こちらに来て座りなさい」

「いいえ。私ごときが伯爵様と向かい合って座るなど、とんでもございません」

ロマニョーロ伯爵は、今日は格別におかしな言動をする私生児を、じっくりと凝視した。

何度見ても、自分にそっくりだった。生まれ持った品性をこの私生児から感じるたびに、彼は胃が痛くなった。

「私はもう、あなたの命令には従いません」

ヌリタスは母を助け出したあの日から、この男の言葉など聞いていなかったが、ずっと直接言ってやりたかった。彼から引き継いだ半分の血を絞り出すことはできなくても、伯爵とは別の道を歩むつもりだった。

「すっかり頭がイカれたようだな」

伯爵は朝から自分のもとにやってきてわけのわからないことばかり言う彼女を、厄介なハエ程度に扱った。

「貴族の真似事を長い間やっていたせいで、お前も本当の貴族になったつもりみたいだが、それも悪くない。そのくらい入り込んでくれれば、皆を騙せるだろう」

伯爵はケラケラ笑いながら、冷めてしまったお茶を一口飲んだ。

「あなたは最後まで最悪の期待を裏切らない」

ヌリタスは小さな声で彼にそう別れの挨拶を告げ、背を向けた。

小さなクローゼットの隙間から盗み見たこの男は、母にとって涙そのものだった。

そして同時に、ヌリタスにとって伯爵は……。

(そう、あなたは私にとって、なんでもない存在)

まるで彼が彼女につけた名前のように。

ヌリタスは背筋を伸ばし、ゆっくり部屋を後にした。

とても爽快な気分だった。いや、少しだけ胸が痛んだ。

だが扉をしめて出てくると、得体の知れない感情が一気に押し寄せてきて、体がふらついた。

「ソフィア」

視界が滲む瞳を瞬きさせると、待機していた女中の姿を見つけた。そして廊下の片側にはソフィアではない別の人物が居り、彼女を凝視していた。


「公爵様、あ、その、伯爵様に挨拶をしにきたのです」

ルーシャスは動揺するヌリタスの濡れた目尻に気が付かぬ振りをした。

今の彼女の顔は、とても小さな慰めでも崩れてしまいそうな危うさを持っていたので。

ルーシャスはヌリタスの腕をぎゅっと掴んで外に出ると、オニックスの小屋へ連れていった。

「わあ、なんてこと」

ヌリタスは今まであまりの忙しさにオニックスと子犬のことを忘れていた。

ルーシャスとヌリタスの姿を見つけると、オニックスと子犬たちは皆、尻尾を振って喜んだ。

「私が無神経だったね。ごめんね、オニックス」

ヌリタスは憂鬱などすっかり忘れ、幸せな気持ちになった。

「公爵様、子犬たちがこんなに大きくなりました」

彼女は明るい声をたててオニックスを撫でた。

「えらいね。オニックス。本当に、立派に子どもを育てたね」

ルーシャスは憂鬱そうだった彼女のために、自分が正しい選択ができた気がして、満足そうな顔をしていた。

彼女は知っているだろうか。オニックスは猛犬で、城の者たちの中にこんなふうに触れる者などいないことを。

ルーシャスが自分の気持ちに気がつく前から、オニックスはヌリタスの手を拒まなかった。

（オニックス。お前は最初から、すべてをわかっていたのか？）

ヌリタスに耳の裏を撫でられ、そっと目を閉じて横たわるオニックスの姿をみていると、公爵も一緒に眠ってしまいそうになった。

「あの日のあなたの姿は、空から舞い降りた天使のようだった」

「……え？」

ルーシャスの言葉に、ヌリタスはオニックスの隣にいた子犬たちを触りながら、雨が降っていたあの日のことを思い出した。

びしょ濡れになった服、泥のついたスカートの裾、雨でぐちゃぐちゃになった髪の毛。

（あのとき私は、間違い無くひどい姿だったはずなのに、天使だなんて……）

彼女が思い出せるのは、冷えてしまった肩にかけられた公爵のマントから感じる彼の匂いと、温かさだけだった。

ヌリタスはすっと立ち上がり、ルーシャスの手をぎゅっと握った。

「ありがとうございます」

ルーシャスは彼女から握ってくれた手をじっと見つめると、ヌリタスの額に口付けた。

第99話　モルシアーニの夏

　オリーブ伯爵は焦った顔で、一通の手紙を握ったまま同じ場所をぐるぐる回っていた。

　先日のカーペットに続き、胡椒《こしょう》の取引に向かった者たちも行方不明だという知らせだった。

　貴族たちから先に代金をもらい、その物品を届ける予定だった日から、もう何日も過ぎている。

「こんなはずがない……これが全部偶然なはずがない」

　この事態を早く克服しなければ、彼の事業に重大な危機が訪れるはずだ。だが調査に行った者たちも全く情報を得られずに帰ってくるだけで、伯爵は何ひとつわからず、身動きも取れずにいた。

　少し前までたっぷりと出ていた彼の腹の肉はストレスですっかり痩せ、脂ぎった顔は苦悩に満ちていた。

　更には、アイオラが消えてしまったという知らせまで届いた。

「今のこの状態は誰の責任だ！」

　オリーブ伯爵は、手に持った手紙を投げ捨てて、強い怒りを露わにした。

　すべてがめちゃくちゃだった。

　妻はこれ以上耐えられないと言い、子どもを連れて実家に帰ってしまった。有能な傭兵たちは皆死んでしまい、事業は倒産寸前だ。

　オリーブ伯爵は計算が速かったので、自分の結末がどうなるかすぐに察した。そしてもっとも悔しいのは、これらすべての黒幕が誰なのかわかっていながらも、何もできないことだった。

「どうしたらいいのだ。すべての災いを招いたのはこの手だ……」

　オリーブ伯爵は気力を失い、ただ虚ろな瞳で空を見上げていた。

＊＊＊

　メイリーンは、来た時のような良い船室に泊まる金がなくて、酷い悪臭の漂う相部屋に泊まることになった。

　彼女はマントを深く被り、キョロキョロとあたりの様子をうかがった。

向かい側には賭博をする男たちが、そして疲れて壁に寄りかかったまま眠る者や話をしている人々もいた。

メイリーンは今自分を守ってくれる人や仕えてくれる人がいないことが怖かった。そしてさっきから向かい側に座っている男が黄色い歯をむき出しにしながら自分のほうへ視線を送っていることが気になった。

メイリーンはわざと腹を抱えて、全身を震わせるくらい大きな咳をした。

「若いのに、肺病にでもかかったのかね?」

中年の女性が同情して話しかけてきた。そして食べていたパンを少しちぎってメイリーンに渡すと、すっと彼女から離れた位置に移動した。

メイリーンはそのみすぼらしいパンを受け取り、体をすくめた。見せつけるように定期的に咳をし、もらったパンを少し口に入れてみた。

パンは誰かの手垢《てあか》で汚れていたし、たいそう固かったが、とても香ばしかった。メイリーンはそのカケラを口に入れ、少しずつ溶かすように味わった。

その時、以前船酔いで苦しんでいたメイリーンのためにイングリッドが持ってきた果汁を思い出した。

手の甲で口を押さえ、残ったパンのかけらをまた少し口の中に入れる。

母の腕の中を抜け出しやってきた外の世界は、幼い頃の自分が恐れていた真っ暗な森のようだった。

何が棲《す》んでいるのか、何が起こるのか、到底予想できない場所。

幼い頃から体が弱く、舞踏会や様々な行事にもあまり出席できなかった自分が今いるこの場所は、一体どこなのだろう。

(体の弱いメイリーンのそばには一生私がついています)

アビオとメイリーンのことを役立たずで食費だけはかかるやつらだと罵倒した伯爵の前で、母親が言った言葉だ。

いつも夫の言いなりのようだったが、子どものことになると困難を恐れなかった母。

(お母様、必ず帰りますからね)

大きな咳はとても効果があったようで、メイリーンに興味を持っていた男もそれ以降彼女のほうを見向きもしなかった。

だがもしもの時のために、腹に手を当て渾身《こんしん》の力を込めて、病で死にかけている人を演じた。

これまでの出来事をすべて母に打ち明けることはできない。あまりの驚きと悲しみで、気絶してしまうかもしれない。

とんでもない行き先の船に乗って辿り着いた場所で、メイリーンの金を持って逃げた女中。

思い出しただけでも、さっき食べたパンのかけらが体内のどこかに引っかかっているような気分になった。

（帰ったら、あの子の家族からどうにかしてやる）

そして今着ているこのつぎはぎだらけの服をすべて燃やし、温かいお湯に花びらを浮かべて入浴したい。

今頃ロマニョーロ家の外壁には、花が真っ赤に咲いているだろう。

薔薇の匂いをふっと感じたような気分になり、メイリーンの顔に少しだけ生気が戻った。

（それから柔らかいベッドでお母様の手を握ってぐっすり眠ろう。そして朝になったら太陽の差し込む庭園を散歩するの）

想像しただけでも、まるでそこにいるかのように幸せな気分になった。

＊＊＊

ルートヴィヒ・ザビエは窓辺に腰掛け、緑色の髪の毛を指に絡ませていた。

この前は、ここで妹を乗せた馬車が消えて行くのを、ただ眺めていたな――。

自分が見つめていることにも気づかず、モルシアーニ公爵と妹は終始お互いに夢中だった。

家に帰ればずっと一緒にいることができるのに、二人とも大げさだ。

妹ともう少し一緒にいたいというルートヴィヒの願いを黙殺した公爵は、楽しそうに馬車に乗り込んで行った。

「誰のせいで彼女が助かって、あの疫病にかかった者たちがうじゃうじゃいた中でも無事だったと思っているんだ？」

寂しくなって一人ぶつぶつ呟いていると、突然屋根の方から人の気配がし、誰かが彼に話しかけた。

「行ってまいりました、陛下」

「隠密《おんみつ》に処理したか？」

「陛下、残念ながら今回もモルシアーニ公爵に先回りされ……」

「そうか、わかった」

ルートヴィヒは、あの日ヌリタスを襲撃した暴漢達の背後に存在するものを調査するのにとても苦労していた。

「モルシアーニ公爵は、本当に腹黒い」

結局、公爵の後をつけさせたのは、いま考えても良い作戦だった。洞窟に囚《とら》われていた暴漢達の一人を見つけられたのだから。

「我が妹は、あんなやつと暮らしていて、大丈夫なのだろうか」

だが、先日自分に向けられたヌリタスの微かな笑顔を思い出すと、また気分がよくなった。

「まあ、妹があいつを好きなら仕方ない。私は嫌いでも、我慢するしかないじゃないか」

ルートヴィヒは洞窟からモルシアーニ公爵が去った後、鎖に繋がれた男から「オリーブ伯爵に命令された」という話を聞き出し、すぐに伯爵を影から懲らしめようとした。

だが行く先々でモルシアーニ公爵の部下達と遭遇しかけて、まともに力を発揮できなかったのだ。

「復讐もしてあげられないなんて、妹に合わせる顔がないな……」

次に会った時なんと言うか、今から考えておかないといけない。

そして、病気の子ども達を助けて明るく笑うヌリタスの青い瞳を思い出した。

「もっと王らしくすれば、私に向かってもっと笑ってくれるだろうか」

王の長男として生まれ、当然のように王冠をかぶることになった彼にとって、民の上に立つのはただ当たり前の運命だった。

「ひとつやってみようか」

高く積まれた書類の山に目を通すと、ある地方では水難が起き、また別の土地では山火事が起き、国内のどこで何が不足している、という文章が終わりがないほど書かれていた。

その日、夜通しそれらの書類に目を通す王の姿をみて、臣下達は驚き、ヒソヒソと噂をした。

死が近づいてくると人は変わるというけれど、後継者も残さずに万が一のことが起きたらどうしよう、など。

だが、臣下たちの心配にも気づかないほど、ルートヴィヒは己の初めての王らしい行動に夢中になっていた。

＊＊＊

「今日は一緒に馬に乗りたいのだが」

朝食を終えると、ルーシャスが目を輝かせながらヌリタスに北側の森で馬に乗ることを提案した。

久しぶりにやって来た野原は、相変わらず清々《すがすが》しかった。

ヌリタスは恋しかった緑を、目で、鼻で、そして心で満喫した。

そして本能的に、ある地点で速度を落としてしまった。

（この辺りだったかな。あの日、突然馬から落ちたのは）

それほど前の出来事ではないが、何故かとても昔のことのように感じる。金髪の美しいカリックス男爵令嬢アイオラの顔がふとヌリタスの頭をよぎった。

（あれから、彼女も少しはまともになったのだろうか）

心の中で舌打ちしながらヌリタスが考えに耽《ふけ》っている間、ルーシャスが馬をまわして彼女の近くにやってきた。

「大丈夫か？」

「はい。ただ、久しぶりなので、少しゆっくり走ろうと思いまして」

ルーシャスはにっこりと笑うヌリタスの顔を見ながら、彼女に速度を合わせてゆっくりと馬を進ませた。

森に入ると、夏の花達が様々な香りを漂わせていた。そして自然と馬が止まった場所は、洞窟の前だった。

二人は約束でもしたかのように馬から下りると、真っ暗な入り口の前に立った。

「今日は一緒に入ってみようか？」

ルーシャスがヌリタスに手を差し出し、彼らは洞窟の中へと入っていった。

明るい昼間なので以前入った時よりも視界がはっきりとしており、うっすらと周囲が見えた。

「ここは、何も変わっていないのですね」

ヌリタスは彼女の手を強く握るルーシャスを見上げてそう言った。

（そう。変わっていないのは、この場所だけ）

ヌリタスは、アイオラの陰謀で落馬し雨に打たれながらたどり着いたこの洞窟に、彼女を探しに来たルーシャスが現れたときの姿を忘れることができなかった。

なぜ私生児なんかを探しに、雨に濡れながら来たのか、なぜ心配そうな顔をしているのか、あの時の彼女には全く理解ができなかった。

「俺は本当に運がいい。火を熾すことができる女性と結婚した男なんて、滅多《めった》にいないはずだ」

ルーシャスは口笛を吹きながら大きく笑った。

雨が降っていたあの日、先に城へ帰ったと思っていた妻が戻っていないと知った時、すぐに彼女を探してこの森へ走ってきた。

心配でたまらなかったが、酷い雨だった。幸いにも雨やどりのために入ったこの洞窟で、小さな火をおこして体を温めている彼女を発見することができた。

その時の安堵感《あんどかん》と困惑といったら……。

ヌリタスは彼女をからかっているようなルーシャスの声に、口を尖らせて言い返した。

「他の令嬢達がみんな得意なことを、私はできません」

「例えば、くねくねしたワシの刺繍とか？」

ルーシャスは彼女からもらった初めてのプレゼントを思い出したのか、再び笑い出した。

ヌリタスはずっと笑ってばかりいるルーシャスが憎らしかった。

あれを刺繍するために、手が肉刺《まめ》や傷だらけになって大変だったのに。

いつの間にか静かになった洞窟の中で、彼女だけを見つめる視線を感じた。

彼の心が、森の中を通り抜ける風のように彼女に触れたり遠ざかったりを繰り返した。

生まれて初めて、身分や生まれに関係なく、彼女をまっすぐに見つめてくれる人。

ヌリタスは、ロマニョーロ家の畜舎で排泄物を片付けていた以前の人生に戻ることも怖くなかったし、いつ貴婦人ではなくなっても良かったが、胸の中に住み着いたこの人を手放せる自信はなかった。

「あなたは本当に……」

言葉は続かず、代わりに涙があふれ出た。

ルーシャスは気分転換のために出てきたこの場所で涙を見せるヌリタスの肩をそっと抱き寄せた。

「一緒に泣こう。ほら？」

ルーシャスが顔を寄せてヌリタスの耳元で小さく囁いた。

「あなたに会えなかったら、俺は一生寂しさが何かも知らなかっただろう。毎晩悪夢にうなされ、季節が移り変わることすら知らずに生きていたと思う」

ルーシャスは片手でヌリタスの背中を撫でた。スリザリンの短剣がこの背中のどこかに刺さったのだ。思い返しただけでも目眩がした。

血に染まったヌリタスを抱いて何もできずにいたあの日の無力感は、彼にとって最大の恐怖として刻まれていた。

「俺を一人にしないでくれ」

ヌリタスは傷跡を触っている彼に、にこりと笑って言った。

「あなたを一生守ります」

そんな甘い言葉を口にするヌリタスの顔が、はっきりとは見えなかったのか、ルーシャスは手を伸ばして彼女の額や鼻や顎に触れた。

「心強いな……」

ヌリタスは二人にとって大切な思い出があるこの場所で、こうしてルーシャスと一緒にいることに改めて感謝した。

「ルー」

「ん？」

ヌリタスが彼を呼ぶと、ルーシャスはうなずいて答えた。

すると、小さくて柔らかいキスの雨が彼の唇に降り注いだ。

ルーシャスは高鳴る胸で、彼女がくれる愛の震えをそのまま感じていた。

暗い洞窟の中できらめく二対の瞳が、星のように輝いていた。

第100話　自業自得

オリーブ伯爵のもとから脱出したアイオラは、当てもなく歩き続けた。母親のもとにも帰れない今、彼女の行き場などどこにもなかった。

暗い道には人の気配がなく、犬一匹すらいなかった。

だがアイオラは真っ暗な闇の中、一人で歩くこの道がそれほど怖くなかった。本当に怖いものは、彼女の中に住みついていたのだから。

履いてきた靴の裏が擦り切れてザラザラと音を立て始めた頃、彼女は微かな灯りを発見した。

そこには、小さくて名も無い修道院があった。

「女神ディアーナが私をここに呼び寄せたのかしら」

アイオラはためらうことなく扉を開け、入るなり床に崩れ落ちた。

「うっうっ……ううっ」

悔恨に満ちた熱い気持ちは、止まることを知らなかった。

しばらくそのまま泣いていると、誰かが何も言わずに彼女の肩に固いマントをかけてくれた。

「心が楽になるまで、好きなだけ泣くといいです。そうして明日を生きるのです」

優しい気遣いにアイオラは、再び涙が溢れ出るのを感じた。その女性は何も言わずにアイオラが落ち着くのを待ち、とても小さな部屋を一つ与えてくれた。

「好きなだけ、ここにいていいですよ」

倒れるように眠り込んだアイオラは、夜明け近くになって目覚めた。息で白くなった小さな窓に映る自分の姿を、しばらくの間見つめていた。

そして彼女は、荷物の中から錆《さ》びたハサミを取り出した。長い金髪をバッサリと切り落とすその手には、ためらいがなかった。

床に髪の毛が落ち続ける。それが積もっていくにつれ、彼女は以前の美しい姿からはかけ離れていった。

（でも心だけは、少しだけ軽くなったわ）

アイオラは頭を布で覆うと、冷たい明け方の空気を吸いながら廊下の掃除を始めた。

箒《ほうき》を使うのは生まれて初めてで掌《てのひら》が痛かったが、彼女は床を掃きつづけた。

それから、修道院で反省の時間を過ごしている。

時々優しい黒い瞳のルーシャスの顔を思い出した。そして、そんな夜には、まだ未練を捨てきれない自分を責めてたくさん泣いた。

（お母様、会いたいです）

アイオラはいつか彼女が帰る日まで、母親が元気でいることを祈った。

＊＊＊

ヌリタスはモルシアーニの地で平穏な日々を送っていた。

今更になって読み始めた本は、彼女に様々な話を教えてくれた。

作り話にも関わらず、それは彼女を泣かせたり、腹を抱えて笑わせたりした。聞いたこともなかった国の風習や昔話はとても不思議で興味深い。

（本って、退屈なものじゃなかったんだ）

ヌリタスは今になって、すべては文字を読めるからできる体験なのだと気づいた。

文字を知らなかった頃の彼女の感情はとても単純だった。

（文字を知っていれば、もっとたくさんの物語を知ることができるんだ）

そしてヌリタスは、城で働くものたちにも簡単な文字を教えてあげたらどうかと考えた。それで彼らの人生が、もっと様々な色を持つことができたら……。

だが貴族たちの文法の教科書は、彼女のように基礎を知らない者にとっては難しい内容だった。ヌリタスは紙を取り出すと、本当に簡単な単語を大きく書いた。

易しい教科書作りを始めたヌリタスは、毎日朝食を終えると書斎に向かい、一日中作業に没頭した。自分が得た何かを、他の人達にも分けることができたら幸せだと思った。

「ちょっと、入るよ」

ルーシャスが、ずっと何かを書きつづけているヌリタスのもとへやってきた。

「公爵様」

ヌリタスは明るく笑って彼を迎えたが、彼の表情は少し固かった。

「どうしました？」

「あなたは本当にひどい人だ」

ヌリタスは持っていたペンを置き、椅子から立ち上がると彼のそばに近づいた。一体なぜルーシャスが不貞腐《ふてくさ》れているのか、全くわからなかった。

だからルーシャスは何もわからないという顔で青い瞳を輝かせているヌリタスに、結局自ら告白しなければいけなくなった。

「領地に戻ったら毎日散歩をしたり、色々なことを一緒にやりたいと夢見ていたのに、あなたは毎日忙しくて俺のことなんて眼中にもない」

「……！」

ヌリタスは駄々《だだ》をこねているような彼の言葉に、必死で笑いをこらえたが我慢できなかった。

彼女はすぐに彼に駆け寄り、腰にぎゅっと抱きつき胸に顔を埋めた。

こんなに甘くて可愛い愛の告白を聞くことになるとは思わなかった。

「ルーシャス。私も愛しています」

「そう言えば俺の機嫌が良くなると思っているのか？」

不満そうな言葉を口にしたが、ルーシャスの両手はヌリタスの髪の毛を優しく撫でていた。

＊＊＊

ルーシャスとヌリタスは、疫病が流行ったときに助けてやった子どもたちのもとへ行くことにした。

馬車での道中、窓の外を眺めるヌリタスの明るい顔を見ているうちに、ルーシャスもつられて笑顔になった。

「そんなに嬉しいのか？」

「子どもたちの元気な顔を、本当に見たかったのです」

馬車はモルシアーニの地を抜け、繁華街にさしかかっていた。通りは珍しいものを売り買いする人たちでごった返している。

ヌリタスは、以前は死の気配が漂っていたこの場所がこんなに活気ある場所に変わったことが不思議で、ずっと窓の外を眺めていた。

「少し降りて、子ども達へのお土産を見てみようか？」

すでに公爵家から食料などはたくさん持ってきていたが、ルーシャスは彼女にこの街を見せてやりたかった。

「でも」

「実は俺も、こんな場所には一度も来たことがないから、気になっているんだ」

馬車はゆっくりと止まり、運転手が扉を開けると、その中から絵画のような美男美女が現れる。

ヌリタスは馬車からその場に降り立つと、窓から見ていたよりもずっと活気があふれていることに気がつく。

物を売り買いする人たちの威勢のいい掛け声や、何かを買って欲しいと駄々をこねる子どもの泣き声。

ここに生きる人々の声が行き交っている。

「少しの間、ここで妻を守っていてくれ」

ルーシャスは護衛の騎士たちにそう命じると、何かを見つけたのか、ちらっとそちらを見遣《みや》り、すぐに戻ると言って人混みの中に消えていった。

その時ヌリタスは噴水の方を向いていたので、ルーシャスの声に振り返ったが、そこにもう彼はいなかった。

「あ……そういえば、この噴水」

かつて、埋めることもできなかった多くの死体が積まれていた場所だ。だが今は綺麗な水が溢れ出し、たくさんの人々がその周りで涼しさを満喫していた。

不思議な気持ちがヌリタスの胸の中にこみ上げた。

人生はこのように続いていくのだ。

自分も運命の前では、とても小さな存在にすぎなかった。

ヌリタスの熱い吐息には、重いため息が混ざっていた。

彼女が振り返って、ルーシャスが消えていった方を眺めているときだった。たくさんの人々の中で、一人の男が目についた。

（アビオ……）

とてもロマニョーロ家の息子とは思えないような酷い姿だった。真っ白になってしまった髪の毛と、シミのついたみすぼらしい古い服。

だが彼の瞳は以前と変わらず彼女をゾッとさせた。

ヌリタスは無意識のうちに小さなうめき声をあげた。その瞬間二人の視線が空中で交わる。

以前彼に蹴られた下腹が、煮えるように痛んだ気がした。

ヌリタスは長い間、この男に復讐することを夢見ていた。だが、いざ意外な場所で彼に会うと、ただ息が苦しくなった。

アビオもやはり一目でヌリタスに気がつき、重なり合った視線をそらしたいと思った。

（なぜよりによって、この最悪な瞬間にこいつに会うんだ）

武装した騎士を連れた彼女はキラキラと輝いており、今の彼には絶対に触れることすらできない空の星のように感じられた。

ヌリタスは騎士たちに少しだけ離れて護衛するよう指示すると、アビオに歩み寄ってきた。

悪臭を放ち傷だらけの己の姿は、今大きな困難の中にいることを物語っている。アビオはヌリタスが近づいてくることに気がつくと、早くここから逃げ出そうとしたが、体が固まってしまい動けなかった。

二人は少しの距離をおいて向かい合い、しばらく沈黙が流れる。


ヌリタスはゆっくりと自分が冷静に戻るのを感じた。彼に会ったら腹が立つのかと思ったが、惨めな貴族の姿を見たら、失笑することしかできなかった。

彼女は温和な貴婦人の顔で、まるで彼に初めて会うかのように優しい声でこう言った。

「ああ、かわいそうに。これでパンでも食べなさい」

ヌリタスはアビオに銀貨一枚を差し出し、彼の手に握らせた。


耐えられない屈辱に、アビオは出せない声で必死で伝えようとした。

(僕がお前の主人なんだ！　ロマニョーロ家の後継者、アビオなんだ！)

こんな私生児が、自分を乞食扱いしただと？

アビオはすぐにこの金をヌリタスの顔に投げつけ、生意気な女に罰を与えたかった。だが彼女はそんな隙も与えずに、凛と背を向け遠ざかっていった。

武装した騎士に護衛されているヌリタスを追いかけようとしたアビオの足は、たじろいだ。

今追いかけたところで、何ができるのだ。その上、パン商人に殴られたせいで、体中が痛くてまともに動けない。

悔しさで気が狂ってしまいそうだった。

いっそのことスピノーネ侯爵に弄ばれたり、ゴミを百回浴びるほうがマシだと思った。

怒りで震える手を握り、彼女とは反対方向にゆっくりと歩き出す。

(この苦難の雨はすぐ止むはずだ)

母親の待つ家に帰れば。帰りさえすれば、この恥ずかしい記憶を肴《さかな》に乾杯だってできるだろう。

＊＊＊

ヌリタスはアビオを置き去りにして、噴水を見つめながら優雅に歩いた。

彼女が差し出した金を握りブルブル震えるアビオの表情は、一人で見るのが惜しいほど滑稽だった。

アビオの存在自体を否定することが、彼女が彼に与えることができる最も過酷な罰だった。

（結局あいつらは、私に勝てない）

彼らは拳を振り回して彼女を足下に置こうとしたが、ヌリタスは一度だって彼らに屈したことはなかった。

顔を上げると、噴水の青い水がこの上なく眩しい光を発していた。

そうだ。どれだけ幸せに生きていたって、人生は短い。

ゆっくり振り向くと、アビオの姿はすでになく、代わりに遠くから夫が、黒い髪をなびかせて走ってくるのが見えた。

ヌリタスはルーシャスに向かって早足で近づいた。すると顔を上気させた彼は、彼女の頬を撫でた。

「走って転んだりしたらどうする」

「だけど、あなたに少しでも早く触れたくて」

「……！」

ルーシャスは思いがけないヌリタスの言葉に、驚いて体の力が抜けてしまったようだった。

そのせいで、彼が後ろ手に隠していたものが見えてしまった。

「……あ！」

「サプライズプレゼントは、失敗か」

ルーシャスは彼女にごく普通の、けれどもあふれるほどたくさんの、真っ白な花や黄色い花を抱えさせた。

「俺と結婚してくれますか？」

瑞々《みずみず》しい花を抱いて嬉しそうな顔をしていたヌリタスは、彼の言葉の意味がわからずに目をぱちくりさせる。

「きちんとプロポーズをしたかったんだ」

ルーシャスが彼女を優しい瞳で見つめながら囁いた。

ヌリタスは花束を抱えたまま、こみ上げてくる涙をこらえた。

ルーシャスは、しばらくの間肩を震わせ黙っている彼女をみて不安になった。自分が何を間違えたのか全くわからず、動揺する。

「あの、だから、今日はあなたがとても綺麗で、そうしたらたまたま、あそこでおばあさんが花を売っていたから」

ヌリタスは彼のあたふたした姿をみて、思わず笑みに綻んでしまう口元をそっと花束で隠した。

ルーシャスの艶やかな黒い髪の毛が太陽に照らされ、上気した頬には噴水の水しぶきがかかっている。

「モルシアーニ公爵様、私と結婚してくださいますか？」

求婚の返事の代わりに返ってきた言葉に、驚いたルーシャスは口をポカンと開けたまま何も言えずにいた。

そんな彼をみながら、ヌリタスは小さな声で付け足した。

「私こそ、きちんとプロポーズをしたかったのです」

押しつけと嘘で固められた最初の出会いはもうやり直せない。だからどうしても気持ちを伝えたかった。

「百回聞かれたとしても。喜んで」

ルーシャスがスッと頭を下げた。

お互いを見つめる二人の視線は、この上なく優しかった。

第101話　私たちの昼は、あなたの夜より美しい

ロマニョーロ伯爵は、書斎に座って考え込んでいた。

美しい銀髪にすらりとした体、男らしい顔、そして王国随一の名門家の後継者だということは、彼にとって大きな意味を持っていた。

彼には剣の才能もあった。そのころ勃発した戦争で、その能力を思う存分発揮した。

ハンサムで若い名門の伯爵が戦争で手柄まであげると、周りの人々は皆、彼をおだてた。美しい女性たちに注目されるのも、特別なことではなかった。

そして当然のように、その中で最も美しい赤毛の女性と結婚した。その時のエラート・ロマニョーロは、人生において失敗や挫折などという単語を考える暇すらなかった。

だがどういうことか、妻は女児ばかりを連続で産み、彼の世間体は悪くなった。

（息子一人産めない、ダメな女）

だから、度重なる妊娠と出産で心と体が壊れていく妻の

姿を、他人事のように傍観した。

伯爵は空っぽな心を慰めるために外で遊びまわり始めた。彼は依然として女性たちから崇《あが》められる条件を持っていたため、厄介な家の仕事を顧みず、彼女たちの甘い微笑みや爽やかな若さに溺れた。

「愚か者たちめ！」

伯爵は飲んでいた酒を机に乱暴に置き大声をあげた。永遠に輝くと思っていた彼の未来が曇り出したのは、確実にあの女中と私生児のせいだと思った。

（あの卑しい奴らのせいで、私の高潔な名誉が汚れたのだ）

伯爵の前には督促状が積み上げられている。そこには、借金返済の期限と、それができない場合裁判にかけられる、と書かれていた。

「生意気な奴らめ。ふざけおって」

どの口がこのロマニョーロ伯爵に命令などしているのだ。だが、あの間抜けなモルシアーニ公爵を利用してすべてを解決できることだけは不幸中の幸いだった。

「あの若造の金でな」

このようなことがなければ、決してあんな男に助けを求めたりなどしなかった。いまいましさで、体の中がイバラの薮《やぶ》に引っ掻かれるような苦しみを感じる。

「はあ」

実際に痛む胸を押さえながら椅子から立ち上がると、頭がクラクラした。そしてそのまま床に倒れた。床に頭を伏せた伯爵の目の前で、過去の栄華がかすめたような気がして、彼はかすかに微笑みながら手を伸ばした。

＊＊＊

「最近、奥様の様子はどうだい？」

一人、刺繍枠を手にしていたソフィアはハッと驚いて隣を見た。そこには久しぶりにみるセザールが立っていた。

「奥様は……」

ソフィアはその瞬間、公爵の寝室で愛し合う二人の姿を思い出し、頬を染めた。言うまでもなく、今奥様は幸せな時間を過ごしているはずだ。

「公爵様の方は、とっても調子がよくないのだ」

「はい？」

ソフィアがそんなはずないと疑いの表情を浮かべるなり、セザールが咳払いをした。

目を丸くしたソフィアが彼を見つめると、セザールはなぜか突然心臓がどきんとするのを感じた。

そういえば、会わないうちに、ソフィアはどこか変わったような気がする。

背が伸びたのだろうか？　それとも……？　瞳は輝き、唇は艶やかで……。

セザールは気が付けばそっとソフィアの顔に触れている自分自身に驚き、慌てて挨拶をして立ち去った。

残されたソフィアは、両手で頬を触った。

「変な方」

その声は、不思議と震えていた。


モルシアーニ家には、連日沢山の招待状が届いた。

王国最高の財力を持つ公爵と公爵夫人との親交を深めたくて、皆うずうずしていた。だがしばらくの間、領地から出るつもりなど全くない公爵は、それらの招待状にひとつも興味を持たなかった。

しかしヌリタスは、山のように積まれた招待状の中から一通を抜きとった。

「貴婦人たちの集まり……」

また高級ドレスや高価な宝石でもたくさん買ったのだろうか。病気の人たちのために集まった席でも、必死で着飾った自分の姿だけを誇示していた女性たち。

招待状を手にとって柔らかい椅子に移動して、しばらくの間考え込んだ。

窒息しそうなほどきつい香水と化粧の匂い、そして人をお金で判断する彼女たちの視線が目の前に浮かんだ。

だが避けることは、決して解決法にならない。

「何もしなければ、何も変わらない」

ヌリタスはペンを持つと、出席するとの返事を書いた。

彼女の筆跡は、最初の頃に比べれば著しく成長したが、まだまだ貴族女性としては十分な水準に達していなかった。ヌリタスが自分の書いた文字を見ながら小さなため息をついていると、とても心配そうな声が聞こえた。

「どうしたんだ⁉　誰かがあなたを苛《いじ》めているのか？」

「……っ！　驚いた」

ヌリタスは突然かけられた声に驚いたが、ルーシャスだと分かって胸をなでおろした。

彼が椅子の後ろから柔らかい手つきでヌリタスの肩を撫

でると、彼女はすっと立ち上がり、忙しそうなふりをした。

いつかの夜を境に、ルーシャスは昼夜関係なく、躊躇なく彼の愛情を示そうとした。

「これを送ったら、私が書いている教科書を完成させなければいけないのです」

ルーシャスは彼女に丁寧に断られると、悲しそうな目をした。

「それは俺より大切なことなのか？」

「……」

最近の彼は、とても頻繁に彼女を困らせた。ついこの前も、オニックスと俺、どちらの方が好きなのか答えてほしい、などとかわいらしいわがままを言ってきた。

ヌリタスは彼の潤んだ黒い瞳を見つめながら、頬に手を伸ばした。

「この世にあなたより大切なものなどありません。私の公爵様」

分かりきった答えだったが、ルーシャスはこの世のすべてを手に入れたような表情を浮かべ、ゆっくりと彼女の手に頬をすり寄せた。そのまま彼の唇が顎から首筋へと下りてきて悪戯に動く。

（まさかこの書斎で？）

ヌリタスはもし誰かに見られたらどうしよう、と言う不安で、彼の体を力強く押した。

「俺を拒まないでくれ」

ルーシャスは切ない声を出しながらヌリタスの唇を舐めた。すでに書斎に来る前に、しばらく誰も近づかないよう皆に命じてあると囁く。

「あ……」

唇から洩れる湿った声が、どちらの喘ぎ声かわからないほどに、二人のキスは深く濃厚になっていった。

ルーシャスは彼女をすっと抱き上げて机に座らせると、唇を滑らせ、ドレスの前側の露わになっているヌリタスの柔らかな肌を貪った。それだけでゾクゾクとした快感が背中を走る。

そしてルーシャスは片手でドレスの後ろで結ばれた紐を素早くほどきはじめた。ヌリタスは彼が耳に、首に、唇に、鎖骨に唇を押し当てるせいで、うっとりとして意識が朦朧とした。

まもなく、ほとんど脱がされた彼女は、いつの間にかルーシャスの硬い太ももの上に不思議な姿勢で座っていた。

「あなたは俺を誘惑しているのか？」

「……？」

仕掛けてきたのはそっちが先じゃないか。と、ヌリタスは彼の意地悪な冗談ににっこりと笑い、彼の耳元で囁いた。

「私の誘惑に負けてくださいますか？」


最初はキスをするだけで固まってしまって、息すらできなかった彼女が、今ではこんなにも自分を狂わせるようになるとは——。

強い熱を帯びたルーシャスの黒い瞳は、膝の上に座って体をくねらせる最愛の温かな女性に、再び深く溺れた。

「……ルー？」

ルーシャスは彼女の呼びかけに忠実に応えるつもりだった。

彼はすでにほぼ裸のヌリタスを向かい合わせに座らせ、ゆっくりと愛し合うために体を動かした。

やがて一つになった彼らは、窓から入ってくる風に合わせて、ゆらゆらと動いた。


しばらくして、疲れきった二人が周囲を見渡すと、まるで台風が過ぎ去ったかのような様子だった。

本があちこちに散らばり、破れた紙が力なく落ちていた。彼女が書いていた返事の手紙などは、元の形もわからないほどになってた。二人の手のひらや体のあちこちには、インクがこびりついている。

「今度からは、書斎はやめましょう」

「俺も同感だ」

汗ばんだルーシャスの胸に、裸のヌリタスが顔を埋めて明るく笑った。

＊＊＊

ヌリタスは、引き止める公爵をなんとか説き伏せて、貴婦人たちの集まりに参加することにした。

今回の催しの主題はわからないが、城の庭園の片隅に茶菓子が準備され、楽師たちが優しい音楽を奏でていた。

ヌリタスはお腹にしっかりと力を入れたまま、貴婦人たちの群れに近づいた。

この前、絵を描くために集まった時とは違う空気を感じる。

ヌリタスが病気の者たちのために献身的に働いたおかげで、多くの人々は彼女に好意的であったし、今日は意地悪なアイオラもいないせいかもしれない。だが、貴族たちの中には、相変わらずヌリタスを敵対視する者もいた。

フェデラー家の侯爵夫人は、数十年の間、社交界の最も高い位置に君臨していた女性だった。彼女は四十代後半にもかかわらず、ハリのある肌を持った気品のある女性で、周りからとても尊敬されていた。

そんな彼女にとって、突然現れた公爵夫人の存在は脅威であり、最初から理由もなくヌリタスに対して悪い感情を抱いていた。

「モルシアーニ公爵夫人。いらっしゃいませ。おいでになることを、ずっとお待ちしておりましたわ」

「そうですわ。私たちにも、貧しい者たちの話をお聞かせくださいな」

「私たちは貧しい人たちなんて見たことないから、想像もつきませんの」

何か面白い話でも期待しているかのように目を輝かせて、髪の毛をアクセサリーで飾った女性たちがヌリタスの周りに集まってきた。

「何を話せばいいのでしょう？」

「彼らは本当に下水を飲んだり、泥でパイを作って食べるのですか？」

侯爵夫人がそう言い終えると、ほかの人々も面白そうに笑い、拍手した。

ヌリタスは今日の集まりに何も期待していなかったが、彼らの苦しみをこんなふうに笑い者にする侯爵夫人や女性たちに腹が立った。

「そうですね……。ところでそれは、そんなに面白い話ですか？」

「はい？」

フェデラー侯爵夫人は、ヌリタスの話にカッとなり、やり込めるなら今だわ！　と喉に力を入れた。こんな未熟な子どもが公爵夫人として、でしゃばる姿を彼女は認められなかった。

しかし、フェデラー侯爵夫人の非難の声にヌリタスは動じなかった。

「彼らの子どもは生まれてから百日で生死をさまよっていました。ある兄妹は一緒に病気にかかりましたし。彼らは父親を先に病気で亡くしたのです。綺麗な水があれば汚染された水など飲まなかったはず。食べ物があれば木の皮なんて齧《かじ》らなかった。私たちが恵まれた生活をしている間に、多くの人々が空の星になりました。まだ笑えますか？」

ヌリタスの落ち着いた説明にはどんな感情も込められていなかったが、聞いていた人々は皆恥ずかしさで顔を赤くした。だがフェデラー侯爵夫人は、直接攻撃されたかのように、怒りで真っ赤になっていた。

「あの、なぜそんなことを私たちが気にしなければいけないのです？　それから、モルシアーニ公爵夫人はとてもお若いから知らないようですが、私はこの集まりの主催者、フェデラーでございます」

「さようですか。きちんと申し上げてもご理解いただけなかったのを見ると、あなたは無駄に歳を取られたようですね」

ヌリタスは威厳のある声を出し、彼女を初めからバカにしていた侯爵夫人を一喝した。

同じ空の下で一生懸命生きている者たちが、身分が低いという理由だけでなぜ差別されなければいけないのか。

なぜ彼らの悲しい死が笑われなければいけないのか。

貧しい身分に生まれたくて生まれたものなど、いるだろうか。

「すべての命は平等で、大切なのです」

ヌリタスは腕に抱いた小さな赤ん坊や幼い兄妹、そして病に息絶えていく人々の顔を思い出し、力強くそう言った。

「そして、モルシアーニ公爵夫人は、私の妹でもあるのだよ」

女性たちだけの集まりの場で響いた男の声の主は、ルートヴィヒだった。

今日の彼は、真っ赤なズボンに真っ赤なシャツを着て、真っ白なマントを羽織っていた。

「フェデラー侯爵夫人、王の妹に対してひどいことを言うではないか」

侯爵夫人は、突然現れて公爵夫人の味方をする王に驚き、急にしおらしく態度を変えた。王に見捨てられるよりも大きな災いなどないからだった。

「陛下……！　私の失言をお許しください」

ぽっちゃりとした侯爵夫人のドレスの肩が、細かく震えていた。

第102話　女神ディアーナの祝福が満ちることを

貴婦人たちは、王とモルシアーニ公爵夫人の親交が深いという噂は聞いていたが、ここまでだとは思っていなかった。

冷たい空気が漂う庭園の真ん中に立ったルートヴィヒが妖しい笑みを浮かべながら、華麗に飾られたテーブルに手を伸ばした。

「さあ。私が特別に準備した物だ。遠慮しないで食べなさい。まあ、たまに言葉を発するとき舌を誤って動かしたせいで、毒の入ったティーカップに鼻を埋めて死ぬこともあると聞いたが」

ルートヴィヒは恐ろしい冗談を言いながら、特にフェデラー侯爵夫人の顔を正面からずっと睨みつけていた。

ヌリタスは突然の王の登場に驚いた。さらに少し過激な方法で彼女の味方をしてくれたことに感謝すると同時に困惑した。

「なぜ誰もカップに手をつけない？」

王の問いかけに、皆手を震わせてカップを持ったが、それをそのまま飲むことなどできなかった。

結局ヌリタスは貴婦人たちの様子を見て、一歩前に出ると、ルートヴィヒに対して最大限礼儀正しい口調で言った。

「陛下、以前見せてくださった場所を、もう一度見せていただけますか？」

「ん？」

するとルートヴィヒは冷たい表情を一瞬で緩め、貴婦人たちに背を向け、ヌリタスに朗らかな笑みと、明るい声で応えた。

「言われなくても！　新しく見せたいものがあったのさ。妹は、なぜ私の気持ちをこんなにもよくわかっているのだろう」

ヌリタスは一瞬にして機嫌をよくする王に近づき、残された貴婦人たちに優雅に挨拶をする。

「お先に失礼いたします」

その姿に、すべての貴婦人たちは頭が地面に触れるほど丁寧に挨拶を返した。それ以来、誰もモルシアーニ公爵夫人に無礼な態度を取るものはいなかった。

王とヌリタスが彼女たちから離れると、あちこちで安堵のため息が聞こえた。

「モルシアーニ公爵夫人の気品は、並外れておりましたわ」

「まあ、私もそう思いましたの」

「その上、陛下ともあんなに親密でいらっしゃる」

ついさっきまでフェデラー侯爵夫人の味方をして、モルシアーニ公爵夫人の悪口を並べていた女性たちは、手のひらを返したように公爵夫人の熱心な支持者になっていた。


ルートヴィヒは特別な庭園に向かう途中、突然思い出したように怒った声を出した。

「君が止めなければ、私があの老いぼれ魔女を跪かせてやろうと思っていたのに」

ルートヴィヒが怒りで目を紫に染めるのを見て、ヌリタスは宥《なだ》めるように微笑んだ。

彼が、全くの赤の他人であるヌリタスのために神聖力まで使い、まるで自分のことのように腹を立ててくれることに、なんだか心が温かくなる。

異母兄弟であるアビオにさえ感じたことのない気持ちだった。

「陛下、私は全然平気だったのですよ。それから、本当にありがとうございます」

落ち着いた表情に微かな笑みを浮かべて、静かな声でそう言うヌリタスの顔を、ルートヴィヒは惚《ぼ》けたような顔で見つめた。

どうしてあんな環境で生まれたのに、彼女はこんな高潔な魂を持っているのだろうか？

ルートヴィヒは、ヌリタスと知り合う前は、身分の低い者はその魂も軽いのだと思っていた。だが彼女のおかげで、人となりは必ずしも身分によって決まるものではないと、彼は気がついた。

「……陛下？」

「ああ……、さあ、着いたぞ」

ルートヴィヒはヌリタスの無《む》垢《く》な顔を見ながら、上を見るように囁いた。

「あれは、何ですか？」

生まれて初めてみる動物の登場に、ヌリタスは目を丸くした。ルートヴィヒは驚いた彼女の顔をみると、楽しくなってはしゃぎはじめた。

「〝えれふぁんと〟というらしい」

〝えれふぁんと〟はシワの寄った鼻で木を揺らし、のんびりを草を食べていた。長い鼻の両側には、真っ白な一対の牙が生えており、その上にある大きな耳をバタバタと揺らし続けている。

「今回もらった贈り物さ。とても珍しい動物らしい」

ルートヴィヒは得意になって自慢したが、すぐに現実を思い出して肩を落とした。

――こんなことを自慢してどうするのだ。

かわいい妹は多分ルートヴィヒのことなどあまり好きではないし、この後、公爵の元に戻ったら、きっとすぐに自分のことなど忘れてしまうのだ……。

そんなことを考えているルートヴィヒの緑色の髪の毛は、こころなしかしょんぼりと萎《しお》れているようだった。

「陛下、これを受け取ってください」

急に沈み込んだルートヴィヒに、ヌリタスが手に持っていた小さな紙を差し出した。

「これは何だ？」

ルートヴィヒがそれを開くと、真っ白な紙に人のような落書きが描いてある。

「以前、救われた子どもから、陛下に」

「これは私なのか？　私は……私は何もしなかったのに。こんな……」

ルートヴィヒは顔も知らない子どもから贈られた絵に、不思議な気分になった。彼はこれほど複雑で微妙な気持ちを今まで感じたことがなかった。

彼はあふれる感激を抑えるために唇を強く噛み締めて、ヌリタスの前に立った。そして片手を伸ばし彼女の手を握った。

「あなたの人生に、女神ディアーナの祝福を……」

そして頭を下げると、ヌリタスの手の甲に軽くキスをした。ルートヴィヒは赤くなった顔を隠すためにすぐに顔をあげると、彼女の前を歩きはじめた。

二人は大きな動物がのんびり草を食べる姿を、しばらくの間並んで見守った。

血の繋がらない兄妹のはずなのに、なぜか後ろ姿が少しだけ似ている二人の周りは、祝福するような暖かい光で包まれていた。

＊＊＊

紆余曲折の末、ついに王国の地を踏んだメイリーンは、まともに立つことすらできなかった。一日中わざと咳をしていたせいで、腹はちぎれるように痛く、激しいめまいも感じていた。

だがメイリーンには、自分の体調を気にしている余裕はない。すぐに馬車を捕まえて、ロマニョーロ家に行くように命じた。

硬い船室の壁ではなく、少し柔らかい背もたれに寄りかかった瞬間、メイリーンの固まっていた顔が少しだけ緩んだ。だが家に帰って母に会うまでは、絶対に緊張を緩めないと決めた。

馬車はすぐに、恋しかったロマニョーロの地へ到達した。だが、いつもならこの季節になると城壁を赤く彩っていた花は咲いておらず、館に生気はなかった。

メイリーンは得体の知れない不安を必死でぬぐいながら、馬車から降りた。

「ここで待っていて。すぐに召使いがきて、お金を払ってくれるから」

慌てずに門の中へ入って行くと、掃除をしていた女中が一斉に声をあげて駆け寄ってきた。

「まあ！　お嬢様！」

長い旅から突然帰ってきたメイリーンが、普通なら絶対にしないような服装で、酷く疲れた顔をしていることに、皆驚いて目を丸くしていた。

「誰か外に行って、馬車の代金を支払ってきて。私は今、頭が割れそうだから皆静かにするように。お母様はどこにいらっしゃるの？」

メイリーンの言葉で、一人がバタバタと外へ出て行くと、残されたものたちはお互いの顔色をうかがいながら、体の前で手を重ねたまま立ち尽くしていた。

不自然なほどの静けさの中で、メイリーンはさっきから彼女を苦しめている不安がどんどん強くなっていることを感じた。

「みんな、どいて」

メイリーンは首に巻いていた汚いマントの紐を解き、そのまま脱ぎ捨てると急いで階段を駆け上がった。焦るあまり、何度も転びそうになった。

「……お母様」

力の入らない足を何とか動かしながら、どうか嫌な予感が外れますようにと必死で祈る。そしてメイリーンは、寝室のドアを勢いをつけて一気に開けた。

「お母様！　帰りました！」

メイリーンは大きな声で母親を呼んだが、部屋には人の気配がない。室内に入ってカーテンを開けた。少し明るくなると、ベッドに横たわっている母の姿が見えた。

「お母様、お昼寝をされているのですか？」

メイリーンは泣きそうになりながら、母の手をとる。温かい手が、彼女の顔を撫でてくれることをずっと夢見ていたのだ。

「……お母様？」

しかし、握った手はとても冷たく、母の顔はすっかり黒ずんでいた
「……どうして？」

後ろから恐る恐る女中たちが入ってきて、慌ててカーテンを閉め、メイリーンを支えながら外に連れ出した。

ぼんやりした目で涙を流しながら、メイリーンは応接室の椅子に倒れこむように座った。女中たちが温かいお茶を準備する。

「一体何があったの？」

「奥様は、薬物のせいであのような状態に……」

「ですが、お嬢様が帰られたことを知ったら、きっと喜ばれるはずです」

女中たちが口々に答える。だがメイリーンの頭の中は、混乱していた。母の精神は確かにとても脆かったが、自分がこの家を出る前までは、そんな薬に手を出したことなどなかったはずだ。

メイリーンは震える両手で顔をこすると、女中たちに尋ねた。

「お父様は、その間何をしていらしたの？」

「その、伯爵様は、お仕事がお忙しくて……」

メイリーンは他の貴族の令嬢と同じように、家門の仕事には特に興味がなかった。

綺麗な服を着て、香りのいいお茶を飲むこと。

それらがメイリーンの日常であり、些細な喜びだった。だから、自分がその生活を営むことができるならば、父の女性遍歴も気にしなかった。

そんな父のせいで母親が苦しむ姿に、父へと怒りを覚え

ることもたくさんあったが、結局は女の人生など、大多数がこんなものだと思い目を瞑《つぶ》ってきた。

だが今のメイリーンは昔とは少し違った。

彼女は着替えを持ってくるように命じ、すぐに女中たちに伯爵の行方を聞いた。

＊＊＊

「号外です！」

「偉大なるルートヴィヒ・ザビエ陛下のお言葉でございます」

「今から王国のすべての庶子に対する差別を禁じる。これに反したものは、全財産没収および、王命にしたがい厳重に罰することとする」

道で黒い服を着た男たちが、大きな声で王命を伝えていた。それを最初に聞いた平民たちの反応は冷ややかだった。

「何だそれは？」

「私生児を差別するなっていう意味か」

「飯を食うことすら難しい俺らに、何の関係があるんだ」

「自分の子ども一人世話するのでも大変なのに」

だがルートヴィヒが命じた庶子差別撤廃は、貴族社会を騒がせた。

長い間庶子の存在を認めてこなかった風習のため、大きな反発が起きたのだ。

貴族たちは、彼らの富や権力を両親とも貴族である嫡子以外に分け与えるつもりなど微塵《みじん》もなかった。

「陛下、突然そんな命令をされたら、混乱を引き起こすだけでございます」

「私生児など、どうだっていいではないですか」

ルートヴィヒは王国を象徴する月が刻まれた王座に斜めに座り、熱弁する貴族たちをぼんやりと眺めていた。

彼にも、この貴族たちと同じことを考えていた時があった。だがルートヴィヒはヌリタスと出会ってからそれがどれほど理不尽なことか知ったのだ。

貴族たちの一瞬の快楽のために犠牲になった農夫の娘や女中たちから生まれた多くの子ども達は、生まれてからずっと、何も悪くないのに世間から冷たく差別された。

（そんな泥沼の中で育った私の妹は、世界を恨まなかった。むしろ、苦しむものたちのために快く手を差し伸べているのだ）

皆が虫にも及ばない存在だと蔑む私生児であるヌリタスは、貴族の男をも凌ぐ判断力と温かな心を持っていた。

ルートヴィヒは首に青筋を立て、自分の財を守ろうとする貴族たちに温和な笑みを浮かべながら質問した。

「あなた方は、火遊びを楽しむ自由は享受するのに、責任を負いたくないということか？　そんなことで、王国を支える高潔な柱になれると思っているのか？」

いつもと違う王の真剣な声に、文句を言っていた貴族たちは皆黙り込んだ。だがこれは彼らの立場がかかったことなので、了承して平伏するわけにもいかなかった。

しかし、すでに心を決めたルートヴィヒには、貴族たちの釈然としない表情などどうでもよかった。

（最初は私的な感情から始まったことだが）

身分というしがらみから抜け出し、誰にでも才能を発揮できる機会が与えられれば、最終的に王国の繁栄にも大きく役立つだろうと確信していた。

ルートヴィヒは久々に君主らしい思考をしたと思い、胸を張って、誰かに褒められる甘い夢を見ていた。

第103話　花より美しい私の子

アビオは酷い飢えと寒さを乗り越え、何とかロマニョーロの領地に戻ることに成功した。

靴は擦り切れて足にぶら下がり、袖も擦れて端がボロボロだった。真っ白になった髪の毛が風で力なく揺れていた。

（ついに僕が帰ってきたぞ）

以前のような高貴な輝きを失いやつれた顔で、広い野原の向こうにそびえ立つ城を見ながら、感傷に浸っていた。

（僕が生まれ育った家）

城の姿を目にしたら、もう尽きていたはずの力がこみ上げてきて、彼は痛む足をずるずると引きずりながら前に進んだ。しかしアビオはすぐに大きな難関にぶつかった。

ロマニョーロの城に行くには可動橋を渡らなければならないのだが、今のみすぼらしい彼の姿は、誰が見ても伯爵家の後継者ではなかった。さらに声が出ないという問題が、彼を苦しめた。

だが試してみなければわからないと思い、門番を見上げて両手を振った。

（僕がアビオ・ロマニョーロだ。すぐに扉を開けろ！）

だが門番には伝わらなかった。彼はアビオのことを気にもとめなかった。だがアビオは諦めずにずっと見上げ続け、必死で自分の存在を知らせようとした。

しかしそれに苛立った門番は無情な言葉を吐いた。

「さっさと消えないと弓を射るぞ、この乞食野郎」

その時、メイリーンを乗せた馬車が城の外に出ようとしたので、門番はすぐに門を開けた。

そして、馬車に乗ったメイリーンは隣を通り過ぎた。カーテンがしまっていない窓を通して赤毛の姉と目があったアビオは、両手を振って存在をアピールした。

メイリーン姉さんに会えたならこっちのものだと思い、アビオは涙が出そうになった。

（メイリーン姉さん。僕だ。僕）

だがメイリーンには、真っ白な髪の毛のみすぼらしい男を気にする余力など全くなかった。彼女は父親を探し母について問い詰めるつもりだった。そしてセバスチャンから聞いた家門の危機についても直接質問してみるのだ。

彼と彼女が家を出てからまだ数ヶ月なのに、いまやすべてはめちゃくちゃだった。

アビオはメイリーンを乗せた馬車が土埃を立てて消えて行くのを、朦朧とした目で見つめた。

声が出ないことがこんなにも怨《うら》めしいとは。

「ううう……」

そして、騒ぎ立てる彼を罰するために、門番が太い棒を持ってやってきた。

アビオはその棒をみて以前パン商人に殴られたことを思い出し、体をこわばらせた。急いで逃げ出し、城壁の隅に座り込んだ。

どれほど長い道のりだっただろうか。

靴の先から飛び出た足の親指は、傷だらけで汚れていた。血と膿《うみ》が混ざっていたが、いつの頃からか痛みを感じることすらできなくなっていた。

（母さんがこの向こうにいるのに）

陽の当たらない場所に座っていると北風に吹かれているように全身が震えた。耐えるために目をすっと閉じる。

アビオは伯爵城に入ることを想像してみた。

温かい浴槽に入り、軽くワインを一杯飲むのもいい。いや。まずは医者に声が出ない原因を聞こう。そして傷に薬を塗ってもらうんだ。柔らかい服に着替えて、そして……。

そういえば、最後に何かを食べたのはいつだったっけ。焼きたてのパンを食べて、香りのいいお茶を飲むんだ。暖かくて甘い想像をしているアビオの顔にうっすらと微笑みが浮かんだが、体はそのまま倒れこんだ。


ロマニョーロ伯爵夫人は眠っていたが、突然すっと起き上がると、荒い呼吸をした。

「……はっ」

少し前から、彼女は光にとても敏感になり、一日中カーテンを閉じて暮らしていた。だから目覚めて座っても、今が夜なのか昼なのかすらわからなかった。

「私の子どもが泣いている……」

窓を揺らす風が、まるで彼女を探す子どもの泣き声のように聞こえた。両手を前に伸ばしながら、ベッドの下に足をおろした。

何日も横になっていたせいで頭がクラクラしたが、なんとか窓辺に近づいてカーテンを開ける。そしてすぐに力尽き、窓辺に寄りかかってやっとの事で窓の外をみた。

「月明かりがとても綺麗」

丸い月が彼女の手の甲を照らすと、皺がさらに鮮明に刻まれたような気がした。伯爵夫人はそんな自分の皺が気持ち悪くて、すぐに手を引っ込めた。

「私の子どもたち。どこにいるの？　今すぐにでも会いたいわ……」

彼女にそっくりな愛らしい赤毛をしたアビオとメイリーンがどこかで泣いている気がして、胸が張り裂けそうに悲しかった。

彼女のすすり泣きは白い吐息になって、夜の空気に跡形もなく消えて行った。

＊＊＊

ある日、ロマニョーロ伯爵の前に、一通の書類が届けられた。

酔いの醒めていない目で封筒にさっと目を通すと、モルシアーニ公爵からだった。

きっとこの中に、彼が頼んだ一万ゴールドが入っているのだろう。

「若造が。こうでなくちゃな」

伯爵は割れそうな頭を片手で押さえながら、勝者らしい笑みを浮かべた。

「伯爵様、お目覚めですか？」

金髪の女が彼の側で甘い声を出した。

「さっさと出ていけ。気が散るから」

裸の女は急いで服を抱えて部屋から出ていった。伯爵は頭をはっきりさせるために冷たい水を一杯飲みながら、その封筒を軽く叩いてみた。

「私生児にどっぷり溺れるなんて、哀れなことだ」

ロマニョーロ伯爵は、今になって、一万ゴールドという金額が、この領地すべてを処分しても足りない額だということを知った。

「本当に、訳がわからんな」

そんなことより、自分が何にそんなに金を使って借金まで抱えてしまったのかわからなかった。貴族として享受すべきことに金を使っただけだ。

だが、彼以外の者たちが使った費用の目録を思い出した。伯爵夫人とアビオ、メイリーンが買った衣服や宝石たち。

「全く。役立たずが」

家族たちを思い出すと、突然怒りがこみ上げてきた。伯爵は気分転換のために、急いで封筒を開けた。するとその中には金ではなく、分厚い書類の束がどっさりと入っていた。

「ええ？　なんだこれは。オリーブ伯爵？」

「オリーブ伯爵という者が公爵に払わなければならない金があるのだが、それを私に譲渡するという意味か？」

モルシアーニ公爵が一万ゴールドを貸してくれるといったことだけを思い出し、彼は残りの書類は適当にペラペラとめくっただけで終わらせた。何はともあれ、その借金は解決されるという話だろう。

「無駄に複雑なことばかりしやがって」

セバスチャンに持っていって見せようかと思ったが、書類を置いてもう一度ベッドに横になった。借金を返さなければならない期日が迫っていたが、ロマニョーロ伯爵の心は呑気だった。

「この私に向かって何を言っているのだ！」

突然彼に借金を返せといってきた不届きものたちを思い出すと、怒りがこみ上げてきた。もう二度と、賭博場には近づかない。

「来てもらえることを光栄に思うべきなのだ。愚か者たちめ」

この件が一件落着したら、ロマニョーロ家主催で豪華な舞踏会を開こう。鴨《かも》やガチョウをたっぷり準備して、どこの家門も真似できないような料理を用意するのだ。

そしてこのロマニョーロ家の健在をまわりに見せつけるのだ。

多くの人々の羨望の眼差しの中心に立っている自分の姿を想像しただけで、ひとりでに笑みがこぼれた。

＊＊＊

ヌリタスは母の腕を支えて庭園を散歩していた。

「母さん、木のてっぺんに、真っ白な鳥が一羽とまっています。湖には、五羽の鴨がスイスイ泳いでいて。今、さらに一羽飛んできたところです」

レオニーはヌリタスの話を静かに聞いていた。昔と違って明るさを帯びた娘の声は、彼女にとって大地に降り注ぐ雨のように甘く大切なものだった。

「お前の声は、まるでミツバチのようね」

ヌリタスは母の言葉にどんな意味がこもっているのかわからず、首を傾げた。

「ところで母さん、なぜ私に名前をつけてくれなかったのですか？」

なぜ今日、そんな疑問がふと浮かんだのかわからない。

彼女の問いかけに、レオニーは虚ろな瞳で空を見つめ、言いにくそうに話し出した。

「とても昔の話だけれど……生まれたばかりの子どもに名前をつけて、十六歳になるまでそれを口にしなければ、その子どもは無病息災で過ごせると聞いたの」

レオニーは伯爵の子どもを身ごもったと知ったあと、その可哀想な子どもをなんとか産まずに済む方法を探した。私生児の人生が最悪なことを知っていたレオニーは、それが最善の選択だと思ったのだ。

だが、洗濯用の苛性ソーダを飲んでも、急な坂から転がってみても、彼女のお腹は毎月大きくなっていった。

このままお腹の子どもと一緒に死んでしまおうかと悩んでいたある日の夜、とうとう月明かりの下、みすぼらしい藁の山の上で、子どもの小さな産声が響いた。

「どうにかできるはずなんてなかった」

レオニーは生まれたばかりの赤ん坊を腕に抱いた瞬間、その子を愛さずにはいられなかった。

子どもがいなければ伯爵の穢《けが》らわしい行為に耐えられず、舌を噛んで死んでいただろう。だが、母親を困らせないように泣き声すらあげない子どもを守るために、強くならなければならなかった。

「だから、何も持たない私は、そんな迷信にさえもすがりたかった。元気に育ってほしかったの。馬鹿みたいだとわかっていても」

「それじゃあ母さん……その隠していた名前は、何だったんですか？」

涙をこらえるヌリタスの声が、細かく震えていた。

（だから、名前もない男の子として育ったのか）

彼女を生き延びさせようとした母の願いがそのまま伝わってきて、胸が痛かった。

「……デイジー。とても平凡だけど……」

レオニーは子どもの名前を初めて声に出した。

声に出した方も、それを初めて聞いた方も、しばらくの間胸が苦しくて、何も言えなかった。

「とても綺麗な名前です。私が好きな花の名前」

ヌリタスは母親の肩を抱いて、痩せた背中をさすった。

彼女に内緒でその名前を、何万回も心の中で呼んでいただろう母はどんな気持ちだったかと思うと、涙が出そうになった。

「ああ泣いてはダメよ。こんないい天気の日に、涙は似合わない」

レオニーはすすり泣くヌリタスの背中をポンポンと叩いた。

「こんなふうに、生きてお前の声を聞けるだけでも十分なんだから」

レオニーはすでに死んでいてもおかしくなかった自分が少しでも長生きできていることは奇跡だと思った。

「なんでそんなこと言うんですか！」

母親の、いつも旅立つ準備をしているような態度に、ヌリタスはさらに不安になった。こんな天気のいい日に母親と一緒にやりたいことがまだたくさんあるのだ。

レオニーは優しく微笑んだ。

「今、死んでも思い残すことがないのは、本当よ……デイジー」

ヌリタスは初めて母に名前を呼ばれ、これ以上泣くのをやめた。袖で涙をぬぐい、明るく笑った。

「そう。そうやって笑って生きていってちょうだい」

レオニーは自分が空へ旅立ってしまったら一人残されてしまう娘の手を撫でた。

自分の母が死んだときも、こんな気分だったのだろうか。子どもにもっと優しくしてあげられなかった後悔と、これ以上何もできない未練が、彼女の心をかき乱した。

だがあんなに素敵な男の人が、娘のそばにいてくれることは、本当によかった。ただ一つだけ、伯爵家にいた時に辛い仕事ばかりしていた娘の体に、もしも異常があったらどうしようという心配があるけれど。

悪いことはすべて自分に降り注いでほしい。

あの憎い人間たちのせいで苦しめられるのは、自分一人で十分だ。

ヌリタスはいつの間にか自分より小さくなってしまった母親を見下ろしながら、彼女の手をぎゅっと握った。

＊＊＊

そしてその日の夜、ヌリタスは目の不自由な母親のために、程よく冷ましたお茶を用意していた。

「あの、失礼でなければ」

ティーカップを触りながら、ルーシャスが少し間を置きながら口を開いた。

ヌリタスはいつもの彼らしくない姿に、不思議そうな顔をした。

「なぜ、そんなにためらうのです？」

「私たちだけでいるときは、お義母《かあ》さん、とお呼びしてもいいでしょうか？」

ルーシャスの小さな声を聞いて、ヌリタスとレオニーはしばらく言葉を失った。

困っている二人を見たルーシャスは、慌てて残ったお茶を飲みながら手を振った。

「俺が余計なことを言ったせいで、困らせてしまいましたね。妻のお母様でありますし、それから……」

「いいえ、公爵様。そうではなくて……」

レオニーは少し前まで下働きをしていた身分の自分が、こんなに身分の高い人からお義母さんと呼ばれるなど、何だか申し訳なく感じた。

「嫌でないなら、よかったです。お義母……さん」

照れくさそうなルーシャスを見つめるヌリタスの眼差しには愛情が込められていた。

家族を包む優しい空気の中で、レオニーは少しだけ目を赤くした。

第104話　不幸は一人でやって来ない

ルーシャスは久しぶりに馬を走らせて何処かに向かった。到着した場所では意外な人物が彼を待っていた。

「いや！　まさか一人で来たんじゃないだろうな？」

ルートヴィヒは驚いた顔で、一人で現れたルーシャスのうしろを一生懸命確認した。

「私一人です」

「急に会おうというから、久しぶりに家族団欒の時間を期待していたのに……」

ルートヴィヒはがっかりした顔で耳をほじりながら、ふて腐れた。だが、彼と向かい合っているルーシャスも、同じような気持ちだった。

二人きりで会いたいはずがない。

だがヌリタスがいない場所で、一度きちんと王にお礼が言いたかったのだ。

「陛下、ありがとうございます」

ルートヴィヒは聞き間違えたのかと思い、姿勢を正して座り直し、目を細めた。

「……何が？」

ルーシャスは王のことが本当に好きになれなかったが、彼がヌリタスに出会わせてくれたのは間違いない。そして彼女を死の危機から神聖力で救い出し、庶子差別撤廃というとんでもないことまでやってくれたことに頭を下げた。

そして顔を上げながら、ヌリタスに危害を加えたものへの復讐に力添えをしてくれたことに対する感謝の気持ちも、すべて眼差しに込めた。

それを受けて、ルートヴィヒの王家の嫡流長男のみに受け継がれる紫水晶色の瞳がきらめいたが、彼は気乗りしない声を出した。

「公爵にお礼を言われたくてやったわけじゃないよ……ところで、胡椒はどうなった？」

王国に、今のこの曖昧な会話を理解できるものは誰もいないだろう。王の質問にルーシャスはにっこり笑い、堂々と答えた。

「隠密に処理し、すべて陛下の名前で貧しい民を救うことに使いました」

「……はあ」

本当に自分勝手で、気に入らない奴だ。

ルートヴィヒは一瞬の隙もないモルシアーニ公爵の顔を見ながら舌打ちした。

「カードゲームのテーブルは？」

ルーシャスからの問いかけはやはり誰にもわからない質問だったが、ルートヴィヒはとても簡潔に答えた。

「あのぼけ老人を惑わす程度さ」

ルートヴィヒはヌリタスの過去を知って以来、できることならロマニョーロ伯爵家を消し去ってしまいたくなっていた。

だがロマニョーロ家は昔から代々王家に忠誠を誓う名望の高い家柄だ。伯爵が多くの女性たちに溺れていることくらいでは、罰するに十分でなかった。

「ふむ……」

二人は同じような色に目を輝かせて、謎めいた笑みを交わし合った。そしてすぐにルーシャスが服を整えると、とても丁寧にお辞儀した。

「これからもよろしくお願いいたします。義兄上」

「……？」

ルートヴィヒは突然公爵が自分を義兄上と呼ぶ理由がわ

からず困惑した。

「妻の兄を呼ぶとき使う言葉では？」

顔を上げて平然と答えるルーシャスを見つめながら、ルートヴィヒはとても大きく笑った。

「そんなふうに呼んだからって、私が君を可愛がるだろうという期待はするなよ」

「私も同じ気持ちです」

ルートヴィヒが、次は必ずヌリタスを連れてくるようにと、言い残し立ち上がると、ルーシャスは考えてみますと答えた。

再び馬に乗ったルーシャスの心は、妻への慕わしさにあふれていた。

家に帰ったら、妻のさらさらした銀髪が彼の胸に絡まり、その細い手首が葡萄《ぶどう》の蔓のように甘い香りを漂わせながら首に巻きついてくるのだろう。

＊＊＊

メイリーンは疲れた体を引きずって、あちこち伯爵を探し回った。そして丸一日が経ってやっと父親と再会することができた。

「お父様！」

家門が今どんな危機に面しているのか、父はなぜそんな状況を放置しているのか。

母の黒く痩せこけた顔と、父のふてぶてしい顔を比べてしまい、胸がとても苦しくなる。

「お前が何故ここに居る？　こんなところに来てどうするつもりだ」

それが、荒波に立ち向かってやっと帰って来た娘と会った伯爵の最初の言葉だ。メイリーンは誰が見ても寝食もろくにとっていない疲れ切った顔だったが、伯爵は娘の顔をきちんと見ようともしなかった。

だがメイリーンはそんなことを悲しむ暇も無く、伯爵に、城に溜まった督促状と母の病気について問い詰めた。

「お前まで、父親に口出しをするのか？　女など、慎《つつ》ましく暮らして結婚でもすればいいものを」

「お父様！」

「ああ、なぜ朝っぱらから、こんなに品のないことをするのだ」

メイリーンは父に、本気で聞きたかった。

借金については父だけを責められる立場ではなかったが、具合の悪い母を放《ほ》ったらかしにして、別の女を求めることはそんなにも高貴なことなのかと。

「私がどうにかするから、戻っていなさい。お前の母親を看病する者が、一人は必要だろう。目立たないように気をつけろ」

この悪びれない態度を見て、メイリーンは、父親が今すぐに船にのって旅立つように命令しなかっただけでもありがたいと思った。メイリーンは適当に挨拶をして、その吐きそうな匂いのする部屋から出た。

「どこから間違ってしまったのかしら」

最初は、恐ろしい噂のある男との結婚を避けようとした。その時は、それがどれだけ大きな問題を引き起こすことになるか、全くわからなかった。

メイリーンは彼女の名前で生きられなくなることを、とても甘くみていた。小さな嘘は凄まじい大きさに膨れあがり、決して越えることのできない高さの山になってしまった。

「まずは、お母様のもとに帰ろう」

薄情な父親の対応に泣き叫ぶような、世間知らずの彼女はもういなかった。

馬車に乗ったメイリーンは、伯爵のいる部屋の窓を見ながら、小さな声を吐き出した。彼女の固く握られた拳がブルブル震えていた。

「お元気で。伯爵様」

決別の挨拶を終えて馬車を出発させた彼女の声からは、少しの未練も感じられなかった。

「城に戻るわよ！」

馬車に寄りかかったメイリーンの深く落ち窪んだ目はさらに疲れてみえた。

もしかすると、遠くから帰ってきた娘を父は抱きしめてくれるのではないか。そんな微かな希望を抱いていた自分が滑稽で、耐え難かった。

ここにくる前にアビオの消息を調べるために使いを送り、母を連れ出す準備もしておくように命じておいた。執事たちには、金庫に残っている貴金属類をすべて集めておくようにいった。

「きちんと備えておかなければ、大変なことになる」

イングリッドの逃亡で経験したあの酷い体験を、再び繰り返すわけにはいかない。その上母は今、体の具合も悪いのだ。

あのアクセサリーを売れば、田舎の静かな場所に母を連れ出すことができるだろう。

「私はもう、一生分の涙を流してしまったの」

ずっと苦労など知らなかった、小さくて真っ白な手が馬車の窓に触れる。そしてすぐに彼女は、短い眠りについた。


「女が朝っぱらから甲高い声で騒ぎやがって」

ここにいてはいけないはずの娘が、帰って来るなり父を糾弾するとは。

ロマニョーロ伯爵は目を覚ますなりやってきた災いに、メラメラと怒りがこみ上げて来た。

「最近ずっと運が悪い」

あの私生児以下の出来損ないを、嫡子として育てたことが悔しくて頭がおかしくなりそうだった。伯爵は適当に服を着ると、真っ白な肌を露わにしたままベッドに横たわる女をちらっと見て言った。

「ここで待っていろ。この件だけ片付けたら、お前を貴婦人すら羨ましくないようにしてやる」

伯爵は、この借金さえ返したら、もう一度元の生活に戻ることができると信じて疑わなかった。

＊＊＊

アイオラが名前もない小さな修道院に身を寄せて、しばらくの時が経った。

彼女は肉刺ができた手で箒を握り、修道院の前の小さな庭の掃除をしていた。

頭にかぶった手ぬぐいの横から、短く切った金髪があちこちに飛び出ていた。

一度箒を掃けば、彼女の欲一握り。

二度箒を掃けば、彼女の愚かさ少しだけ。

三度箒を掃けば、彼女の未練ごくわずか。

こんなふうに埃を掃きながら、彼女は心の垢《あか》を落とそうとしていた。

そしてその姿を見守っていた美しい服を着た貴婦人が、柱の後ろで倒れるように座り込んだ。生死もわからなかった大切な娘に会えた喜びは一瞬で、胸がズタズタに切り裂かれるような気分だった。

「どうして、私の可愛い娘が……」

くすんだ荒い布の服を着て、女中のようなきつい仕事をしているのだ。しかも今のアイオラの顔は、彼女が知っていた顔とは全く違った。

カリックス男爵夫人は、少し前にモルシアーニ公爵から手紙を受け取り、すぐにここへ駆けつけた。

すっかり痩せこけてしまった娘の姿に、彼女は泣くことすらできなかった。

そして、掃除をしていたアイオラは、カリックス男爵夫人と目があった。その瞬間アイオラは、手から箒を落とし、両手で顔を覆った。

（お母様。どうか今の私の顔を見ないでください）

その姿を見た男爵夫人はゆっくりとアイオラに近づき、抱きしめた。そして荒れてしまった娘の手を触り、ボサボサの髪の毛を撫でた。

「アイオラ。あなたがどんな姿でも、私にとっては世界で一番綺麗なの。だからそんなに必死に隠さなくても大丈夫」

「お母様。アイオラは、怪物になったのです」

男爵夫人はアイオラが顔を覆う手をそっと下ろして、目を合わせた。

「許しを請うのならば、百回でも千回でもすればいいの」

「お母様」

「私の可愛いアイオラ。きっとすぐに傷が癒えて、新しく生まれ変われる。私があなたの罪を一緒に背負うわ。一緒に」

アイオラと男爵夫人はその場でしばらくの間抱き合ったまま声も出さずに涙を堪えた。その姿を女神ディアーナの姿が刻まれた木の彫刻が、慈愛深く見つめていた。

＊＊＊

モルシアーニ城に見慣れない手紙が舞い込むようになったのは少し前からだった。

公爵家に届く手紙の大部分は、上質な紙に金箔《きんぱく》を塗《まぶ》した高級な封筒に入れられてくるのだが、それと比べてとてもみすぼらしい手紙だった。

ある時はボロボロの封筒が届き、またある時は酷く汚れていたり、変な匂いを放つものもあった。

共通点は、モルシアーニ公爵夫人宛であること、そして文字が読めないほど汚いということだった。

「貴族たちが送ったものではないはず」

ヌリタスは書斎に座って、落ち着いてそれらに目を通した。

封筒の中から出て来たのは、文字が書かれた手紙ではなかった。

そこにはドライフラワーや、布で作った小さな小物が入っていた。黄ばんだ紙に子どもを抱いている女の姿が書かれていたりもした。

そして次の紙を開くと、青い瞳の女がひょろひょろした線で描かれていた。

「これ、私だわ」

差出人不明の手紙たちだったが、ヌリタスはこれを送った一人一人の顔がわかるような気がした。手紙を送るのに費用もかかるだろうに。貧しい人々がどうやってそのお金を準備したのかと考えたら、胸が熱くなった。

「こんなふうにお礼を言われることなど、何もしていないのに……」

彼らすべてが彼女の母のようであり、彼女自身のようでもあった。

誰からも助けてもらえないその絶望的な状況を誰よりもわかっているからこそ、自分が得た温かさを少しでも彼らに分けてあげたかった。

そして、以前に訪問した街の子ども達のことを思い出す。

危篤だった生まれて百日の赤ん坊は、すっかり太ってお腹が丸々としていた。顔の湿疹《しっしん》も消えて、真っ白い頬はとても可愛かった。抱いてみたらとても重くて、本当に嬉しかった。

同じように、横になって苦しんでいた兄妹も、ヌリタスを見つけたとたん駆け寄って抱きついてくるほどに回復していた。元気な子ども達を抱きしめた時の幸福感は、言葉にできないほどだった。

「畜生。こんなに嬉しいのに、なぜ涙が出るんだろう」

ヌリタスは手紙を持ったままもう片方の手で涙を拭った。誰かに救いの手を差し出してあげられることを幸せに思い、これからの人生も無駄には過ごさないと誓った。

第105話　泥の中でも花は咲く（完結）

　ロマニョーロ伯爵は、役人に向かって威風堂々と書類を突き出し、傲慢な態度をとった。伯爵は今この瞬間も、なぜ自分がこんな面倒なことをしなければいけないのかわからず、苛立っていた。

「忙しいのだから、さっさと処理してくれ」

　だが書類を開いて確認した役人は首を傾げると、もう一度初めから書類に目を通しはじめた。

「もう帰ってもいいんだろう？」

　ロマニョーロ伯爵が大きな声を出しながら椅子から立ち上がると、役人は乾いた声を出した。

「恐れ入りますが、帰られてはなりません」

「……なんだと！　そこに一万ゴールドとはっきり書いてあるだろう！」

　槍を持った兵士二人に腕をつかまれた伯爵が、暴れ出した。すると役人が冷ややかな声で、この書類には、伯爵に金を渡すことになっていたオリーブ伯爵が破産し、投獄されたと書いてあることを伝えた。

「ですから、持っていらっしゃった書類は、干し草の山と変わりません」

「そんなはずない。それはモルシアーニ公爵が直接私に送ってくれたのだ」

「申し訳ございませんが、私たちには書類に書かれていることだけがすべてなのです」

「この野郎、何をぬかしているのだ！　私が持ってきたものが、なんだと？　干し草⁉」

　ロマニョーロ伯爵の叫び声が建物の壁にぶつかって跳ね返り、彼自身の胸を殴った。

「故に、伯爵様を逮捕します」

「私を誰だと思っている？　私はロマニョーロ伯爵だ！」

「存じておりますが、王国の偉大な法に従って、借金を返せないならば伯爵様の逮捕は避けられません」

　ロマニョーロ伯爵が抵抗しても意味がなかった。

　彼は自分自身がとんでもない苦境に立たされていることにようやく気がついた。彼は突然時計をみると、慌てた声で言った。

「まだ午前十一時だ。私には一時間残っているではないか。

一緒に私の城へ行こう。そこにいけばすべて解決するはずだ」

伯爵の言葉は事実だったので、役人は彼に最後にチャンスを与えるしかなかった。そして、兵士たちに捕縛された伯爵、そして二人の役人が、ロマニョーロ城に向かいはじめた。

ガタガタ揺れる馬車の中で、焦る伯爵の頭の中はめちゃくちゃだった。

（きっと何かの手違いだ。間違った書類が届いたのだろう。モルシアーニ公爵に、私を痛い目に遭わせる能力などないはずだ）

いざとなったら、代々伝わる家宝や城を丸ごと引き渡そうと決心した。

城に向かう間、ずっと足がガクガク震え、口の中が乾いてヒリヒリした。馬車は残された時間内にロマニョーロ家に到着し、伯爵は走って城に入り、執事を探した。

「セバスチャン！」

だがいくら呼んでも彼の忠実な執事の返事がなかった。しばらくして、彼の呼ぶ声で女中が一人現れ、執事はメイリーンと伯爵夫人と一緒に旅行に行ったと答えた。

「……なんだと？」

なんだか不吉な予感がしたが、ロマニョーロ伯爵は急いで高価な品物が保管してある部屋に向かった。すると、金庫の扉は開け放たれており、金庫を隠すために使われていた大きな額縁が床に転がっていた。

「そんなはずが」

金庫の中にぎっしりと詰まっていた家宝や、金貨の袋が跡形もなく消えていた。伯爵家に関連する書類一枚すら残っていないではないか。伯爵は空っぽの金庫に手を入れると、怒る気力すらなく虚ろな笑みを浮かべた。

「……は」

彼の背後で、後についてやってきた槍を持った兵士の影が、まるで死神のように真っ黒にそびえ立っていた。

「この城と、今あるすべての貴重な彫刻品や絵をやろう。まずはそれを受け取って、私を助けてくれ。世間体がある。私がそんな薄汚い場所に閉じ込められるなど、ありえないだろう」

ロマニョーロ伯爵は怒りながら哀願したが、役人は冷めた顔で兵士に伯爵の両腕をしっかり捕まえるよう命令するだけだった。

（ああ、これはとても生々しい悪夢だ）

伯爵は華麗だった過去が息づく城の内部を隅々まで眺めながら、ゆっくりと階段をおりた。

失意のどん底に落ちた彼は、馬車に乗っても黙ったままだった。そして馬車が城を出て角を曲がる時のことだった。

「おい、ちょっと停《と》めてくれ」

人影が城壁の下でうずくまっていた。その瞬間、妙な既視感を覚え、そのまま通り過ぎることができなかった。

ロマニョーロ伯爵はその日の当たらない場所に倒れこむように駆け寄り、その男と向かいあった。

裸足の男は目をぎゅっと閉じて昼寝でもしているかのような姿で死んでいた。ロマニョーロ伯爵は、慌てた手つきでその倒れている男の顔を持ち上げた。

「……これは」

髪の色は変わり、汚い服を着ていたが、確かにここで眠っている男は、いつも彼が不満に思っていた伯爵家唯一の後継者アビオであった。

「アビオ！　目を開けろ！　お前がなぜこんなところで眠っているのだ！」

なぜたった一人の息子が、家を目の前にして、こんなに寂しい死を迎えなくてはならないのだ。

「いくらお前を嫌いでも、こんな姿は望んでいなかった」

ただ、強い息子に育ててロマニョーロ家を継がせようと思っていただけだ。軟弱でも、彼の血を受け継いだ唯一の息子だった。

伯爵は、すでに冷たくなった息子の体を強く抱きしめた。すべてが手遅れだった。すると、地面に何かが落ちる音がした。それは、輝く一枚の銀貨だった。

「そうか。これが私たちのすべてなんだな」

「ご冥福をお祈りいたします。ですが伯爵様、もう行かなければなりません」

伯爵が息子の死を悲しむ間も無く、役人の固い声が聞こえてきた。ひんやりと冷たくなってしまった息子の亡骸《なきがら》を道の端にそっと置き、頬を濡らした伯爵は再び馬車に乗り込んだ。

壁にもたれかかった息子の姿があまりにも哀れで、窓の外を見るのも辛かった。そしてどこかで正午を知らせる鐘の音が寂しく鳴り響くと同時に、ゆっくりと馬車が動き出した。

＊＊＊

ロマニョーロ伯爵家の没落の噂は、王国全体にすぐに広がり、ヌリタスはその話を聞いてほろ苦い笑みを浮かべた。

窓の外を見つめながら額にかかった髪の毛をかきあげる彼女の瞳は、微妙な色を帯びていた。

母の過去を灰色に染め、彼女を苦しめたことを思えば、彼らは百回でも罰を受けるべきだった。

だがそれは、伯爵家の破産やアビオの死を意味していなかった。ただ、彼らがヌリタスや母に犯した罪をこれ以上繰り返さないことを願っていただけだった。

（あの時見た顔が、最後だったんだ）

青ざめた顔をしていたが、その目付きは相変わらず奇妙に輝いていたアビオを思い出すと、ヌリタスは複雑な気持ちがこみ上げてくるのを感じた。

誰かの死を前にして、喜ぶことなどできなかった。

遅れて部屋に入ってきたルーシャスが何も言わずに彼女を慰めようと、ヌリタスの震える肩を力強く抱き寄せた。

ヌリタスはルーシャスのたくましい胸に顔を埋めて涙を流した。

「お願いがあります」

「何だ？」

「アビオ様の葬儀をしてあげたいのです。それからメイリーンと伯爵夫人を探してください」

罪は憎いと言えども、死んだものを辱めるのは、彼らの行為と変わらない。

ルーシャスは彼女の言葉を聞き、抱きしめる腕にさらに力を込めた。

泥水の中で咲く花があると聞いたことがあるが、まさにその花が彼の腕の中で芳《かぐわ》しく咲いていた。

「あなたが望むのならば」

「ありがとうございます」

彼を見上げるヌリタスの濡れた瞳を見たルーシャスの胸は、突如高鳴りはじめた。涙で濡れた頬はこのうえなく魅惑的で、彼の胸におとなしく抱かれている小さな体はルーシャスに隙間なく触れていた。

ヌリタスは顔を埋めていた彼の胸から伝わる鼓動が速まっていることに気づくと、両手で彼の体をそっと押しのけた。

「あなたという人は、本当に……もう」

するとルーシャスは咳払いをしながら、あなたが可愛いからいけないのだ、などとブツブツ独り言を呟いた。そして胸元から一枚のハンカチを取り出して、ヌリタスの涙の跡を拭いてくれた。

「……それは」

「俺の一番大切な人がくれた宝物ですが、特別にあなたにも使わせてあげましょう」

ヌリタスはルーシャスがかつて自分が贈った間抜けなワシが刺繍されたハンカチを胸にしまうのを見ながら、再び泣き出した。だが今回は、口元には笑みが浮かんでいた。

「俺はいつでも、あなたを笑わせたい」

「今、笑っていますよ」

二人はお互いを見つめながら、優しい眼差しを交わし合った。


アビオの葬儀の日は、小雨がしとしとと降っていた。

穴に棺桶《かんおけ》を埋める時、周りでカラスたちが鎮魂歌でも歌うように騒がしく鳴いた。

葬儀はモルシアーニ公爵夫妻の主導下で行われ、没落したロマニョーロ伯爵家のためにやってきた弔問客は彼ら二人だけだった。

ロマニョーロ伯爵もこの場に特別に出席できるよう手配する予定だったが、彼は何をそんなに焦ったのか、昨夜監獄で心臓の痛みを訴え、そのまま息を引き取ったそうだ。

（不幸は、一人でやってこないというからな）

黒いドレスを着たヌリタスは、うつむいたまま、どうか旅立つ者の最後の道が寒くないことを祈った。小雨が彼女のまつげに水滴をつける。

ヌリタスは手に持っていた白いバラを棺桶の上に投げ、別れの挨拶をした。

（どうか安らかに）

ヌリタスとルーシャスは互いに支え合い、つらい時間に耐えていた。

そして遠く離れた場所で、もう一人の弔問客が雨に打たれながらその姿を見守っていた。

「遅かったのか。俺の鳥が、永遠に旅立ってしまった」

荒っぽい低い声の男は帽子をとると頭を下げ、亡き者のために挨拶をした。

顔をあげた男は目を真っ赤に染めている。その瞳は金色だった。

彼はその場を離れる前に、胸元からすでに枯れてしまった小さな花を取り出し、足下にそっと落とした。

＊＊＊

ロマニョーロ家の残した借金は、そのままモルシアーニ公爵が返したため、ロマニョーロ家の召使いや女中が職を失い路頭に迷うことは無かった。

そこにはもう、女中たちに穢らわしい手を伸ばす貴族も、気分次第で鞭を振り回す夫人もいなかった。

そして伯爵も後継者も同時に亡くなってしまったため、家門の後継問題が浮かんだ。

ある日、ルートヴィヒ・ザビエは、盛大な宴を開き、たくさんの貴族たちを呼び集めた。そして皆を注目させてからヌリタスを貴族たちの前に立たせた。

「あなたの名前を言いなさい」

ヌリタスは優雅にひらめく青いドレスを着て、首にはモルシアーニ家の家宝である貴重なネックレスをし、王に向かって丁寧に頭を下げた。

（もう誰かの代役は終わり）

名前を言うことは、他の誰かにはとても簡単なことかもしれない。だが今の彼女には、とてつもなく勇気がいることだった。


「私は、ヌリタス・ロマニョーロです」


初めて聞く名前に、貴族たちは互いに顔を見合わせた。

彼らの疑問は尽きなかったが、彼女は貧しい者たちから聖女と崇められているモルシアーニ公爵夫人であり、王の義妹でもある。問題提起などできるはずがなかった。

「王の名の下に、そなた、ヌリタスを、ロマニョーロ家の次期伯爵に命ずる」

「……与えられた多くのものを、皆と分け合って生きていきます」

ヌリタスは丁寧なお辞儀をして王の言葉を受け取った。

そしてゆっくりと振り向くと、黒い服で正装したルーシャスが、待っていたように彼女の腕を引いた。

ヌリタスは数歩進むと一瞬後ろを振り返って王を見つめ、彼に向かってとても明るく微笑んだ。

その笑顔を見たルートヴィヒは魂が抜けたようにヌリタスを見つめると、一歩遅れて微笑み返した。

ルーシャスは、今日は格別に凛としていて眩しい彼女の横顔を見つめながら、その傍らで密《ひそ》やかな声を出した。

「早く帰りたいな」

ヌリタスは彼の囁きが何を意味するのかに気がつくと、顔を真っ赤に染めた。

そしてヌリタスは手を伸ばして彼の手首の傷をそっと触り、ルーシャスは彼女の背中を優しく包みこんだ。

その時、若い公爵夫婦の後ろでは音楽の演奏が始まり、色とりどりの服を着た者たちによる美しい踊りが、まるで咲き誇る花のように揺らめいていた。

ガブリエラブックスをお買い上げいただきありがとうございます。
Jezz先生・なおやみか先生へのファンレターはこちらへお送りください。

〒110-0016　東京都台東区台東4-27-5（株）メディアソフト
ガブリエラブックス編集部気付　Jezz先生／なおやみか先生　宛

gabriella books

MGB-090

ヌリタス　～偽りの花嫁～　下

2023年6月15日　第1刷発行

著者　Jezz《ジェズ》

装画　なおやみか

発行人　日向晶

発行　株式会社メディアソフト
〒110-0016
東京都台東区台東4-27-5
TEL：03-5688-7559　FAX：03-5688-3512
https://www.media-soft.biz/

発売　株式会社三交社
〒110-0015
東京都台東区東上野1-7-15
ヒューリック東上野一丁目ビル3階
TEL：03-5826-4424　FAX：03-5826-4425
https://www.sanko-sha.com/

印刷　中央精版印刷株式会社

フォーマットデザイン　小石川ふに(deconeco)

装丁　齊藤陽子(CoCo.Design)

ISBN 978-4-8155-4316-7